独身貴族は異世界を謳歌する

～結婚しない男の優雅なおひとりさまライフ～

4

錬金王

ill. 三登いつき

GC NOVELS

「お肉がこんなにもいっぱい！
幸せな光景ね！」
ジルク＝ルーレン
現代日本から転生した
筋金入りの〝独身貴族〟
ルージュ
ジルク工房の営業担当。
家族を愛する常識人
パレット
新人の魔道具師見習い。
明るい性格で愛嬌がある

イスカ
新人の魔道具師見習いで
ナルシスの息子。
真面目で感性豊かな性格
サーシャ
ジルク工房の経理担当。
見かけによらず芯が強い
トリスタン
少しお調子者な魔道具師見習い
（彼女募集中）

「上手くいった魔石に共通点があると思わないか？」
「あっ！　私のは外から内のものが多いかも！」
「……僕が成功している魔石の魔力は、内から外に広がっているものが多い」

独身貴族は異世界を謳歌する

~結婚しない男の優雅なおひとりさまライフ~

4

鍊金王

ill. 三登いつき

GC NOVELS

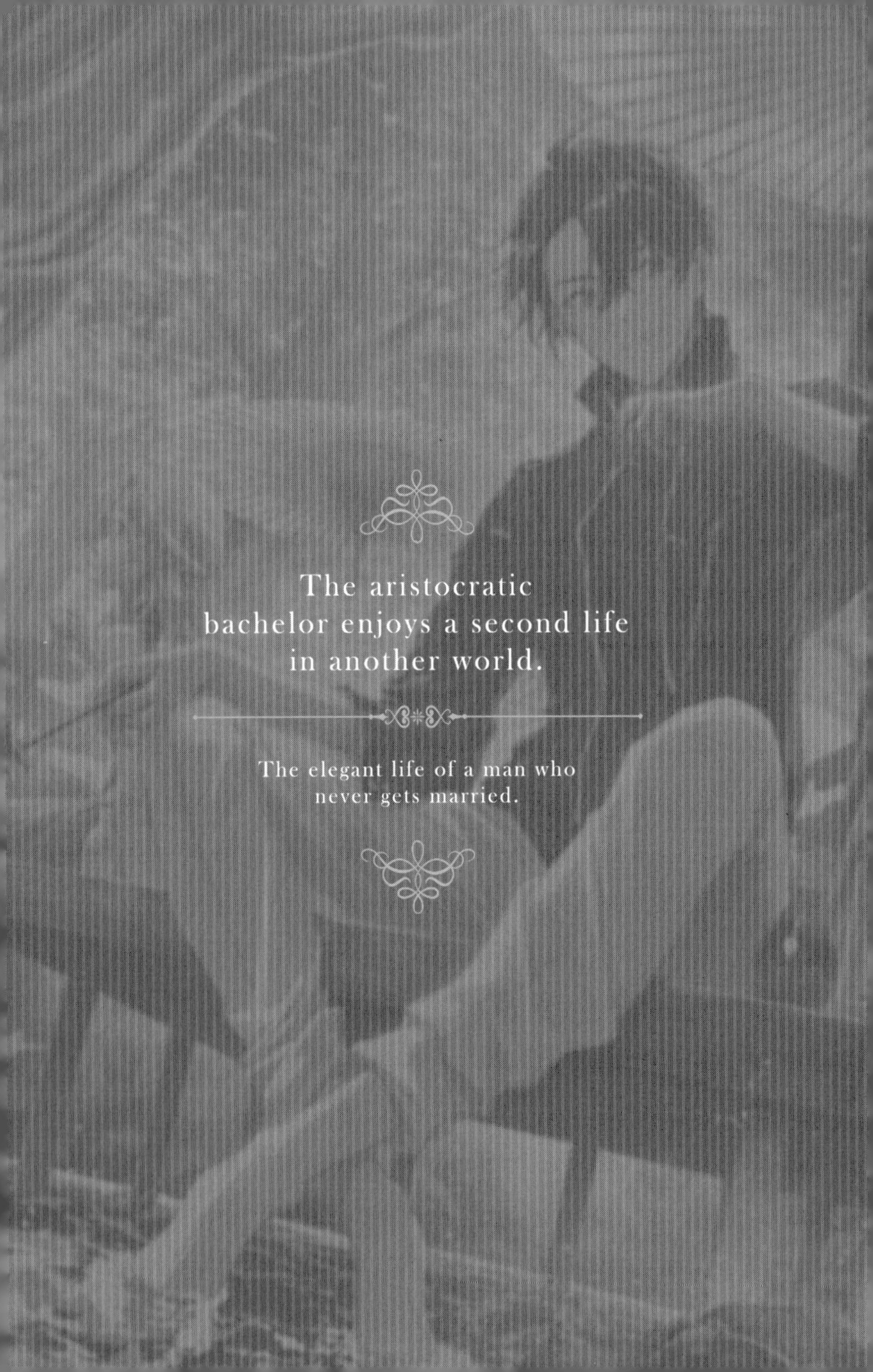
The aristocratic bachelor enjoys a second life in another world.
The elegant life of a man who never gets married.

1話 Episode 01 独身貴族はハーブにハマる

王都の北区にある緑地を走る。

とはいっても全力疾走ではなく、日課であるランニングだ。

太陽が完全に昇り切っていない朝の時間帯は、歩いていてもじっとりと汗をかかず涼しい。

そんな過ごしやすい時間を無駄にしないために、この季節はランニングを朝にすると決めている。

暑いというのは言い訳であって、こうやって工夫をすれば他の季節と何ら変わりなく行うことができる。

涼しいのは夜も同じだが暗くなってしまって視界が悪い。その上、酔っ払いがうろついていたり肩を組んで歌っていたりする。単純に走ることに集中しづらいのだ。

そういったわけでこの季節のランニングは朝だ。

夏だからといって中断するのは単に止《や》める理由を探しているだけだろう。

緑地には人がほとんどいない。

結構な距離を進んでいるが、すれ違った者は同じようなランナーと朝番の衛兵くらいのものだ。この人気《ひとけ》の無さがとてもいい。やはり朝は静謐《せいひつ》であるべきだ。

静かな始まりがあってこそ良い一日が始まるというものだ。

なんて考えながら走っていると、前の方で立ち止まっている二人の人物が見えた。

一人は立っているが、もう一人はすっかりへばっているらしい。

帽子を被り動きやすそうな衣服をしていることから俺と同じランナーか。

道が塞がれていて邪魔だ。

ランナーであれば、しっかりと周りを見て、他のランナーのペースを乱すようなことは控えてもらいたいのだが。

「ぜえ、はぁ……もう無理ィッ！」

「ええ？　もうへばったんですかカタリナ？　まだ少ししか走っていませんよ？」

「はぁ、はぁ……おかしいわね。前はもう少し走れたんだけど……」

「ずっと部屋にこもりっぱなしなのが良くなかったんですよ」

「だって、クーラーがあると涼しくて家から出たくないじゃない……？」

「気持ちはわかりますけど健康や体形の維持のためにも運動は必要です。ほら、カタリナも最近は油断して、お腹《なか》の辺りが……」

「やめて！　ローラ、触らないで！」

よくよく見てみると迷惑なランナー二人はカタリナとローラだった。

以前はそれなりに運動ができると豪語していた彼女だが、夏の暑さとクーラーの誘惑に負けてすっかり運動不足のようだな。情けない。

それにしても、ランニングコースが被るとは……。

この緑地は人通りが少なく、道も平坦で走りやすい。その上、芝や木に囲まれていて景色もいいのでお気に入りだったのだが、あの二人が使うようであればランニングコースを変える必要があるな。

リズムを崩すことになるが仕方がない。あの二人に絡まれるよりかはマシだ。

俺はくるりと踵《きびす》を返して来た道を戻ることにする。

「新しいランニングコースでも開拓するか」

朝の心地いいランニングくらい独りでやりたいからな。

✣ ✣ ✣ ✣ ✣

ランニングを終えるとアパートへと戻る。

その頃には太陽は昇り切り、気温は徐々に蒸し暑いほどになっていた。

やはりランニングは早朝が正解だな。

自宅に入るとクーラーをかけ、衣服を脱いで風呂で軽く汗を流す。

朝から汗をかいて洗い流すのは心地がいい。

お湯で身体《からだ》も温まったお陰か頭もスッキリとする。

ドライヤーでしっかりと髪を乾かし、リビングに入ると空気はすっかりと冷えている。

クーラー様々だな。

冷蔵庫からガラスのピッチャーを取り出す。

中に入っているのはハーブウォーター。

コップに注ぎ、スライスしたレモンやハーブを添えてやる。

グラスを呷《あお》ると、口内でハーブの爽やかな風味とレモンのほのかな酸味が広がる。

喉越しが良くスルリと喉の奥へ通っていく。非常に爽快な味だ。

汗を流した身体に水分がしっとりと染み渡るようだ。

ハーブウォーターを作るのは俺の中でのちょっとした流行りだ。

ハーブ、氷、レモン、水を入れて冷蔵庫で冷やすだけ。手間とも言えないような簡単な作業をするだけで、このように美味しい飲み物が作れる。

夏は暑さのせいで食欲が落ちてしまいがちだが、ハーブウォーターならスルリと喉を通ってくれるので大変嬉しい。

「……少しミントが足りないか？」

こくこくと飲んでいると少しだけミントの風味が弱いように感じる。

前回、ミントを多く入れすぎたので少なめにしたのだが、今度は少なすぎたらしい。

ミントの風味が足りないと思った俺は、ベランダに出る。

そこにはたくさんの植木鉢が並んでおり、たくさんのミニ野菜やハーブたちが栽培されている。ベランダ菜園というやつだ。

最初はベランダとはいえ、植物を存在させることに抵抗があったが、やってみると意外と悪くない。

そもそもハーブとして使用される植物は、もともと荒れた野や山岳などの厳しい環境で育つ品種が多いので育てるのは簡単だ。

滅多に枯れるようなことはないし、あまり虫も寄ってこないからな。

植木鉢で育てているミントを摘み取るとグラスに入れた。

摘みたてのミントが清涼な香りを放ち、味わいもちょうど良い感じだ。

ピッチャーにも入れたので一時間もすれば味が染み込んで馴染むだろう。

こういったちょっと物足りないような時に、すぐに収穫して料理に追加できるのがベランダ菜園のいいところだ。ベランダであればわざわざ外に買いに行く必要もないしな。

今はまだあまり種類がないが、栽培にも慣れてきたので種類を増やしてもいいかもしれない。

水分補給をしてホッと一息つくと、じっとりと肌に浮かんでいた汗はすっかりと引いた。

「朝飯を作るか」

少し身体を休めると、そのまま動き出すことにする。

ベランダにはせっかくハーブがあることだ。朝食はハーブを使うことにしよう。

ハーブ入りのオムレツなんていいかもしれない。

ハサミを手にした俺は再びベランダに出て、ミント、万能ネギ、パセリを適量収穫。

台所に移動すると、ミントの葉を手で千切り、ネギとパセリをハサミでそのままカット。

ボウルに玉子を二つ入れると、軽く塩胡椒をかける。

さらにカッテージチーズを加えると、適度に混ぜる。

フライパンにバターを落とすと溶けだし、クリーミーな香りが漂う。

バターが全部溶けたところで、先ほど溶いた玉子を入れる。

中火でそのまま火を通し、周りが白くなってきたら軽く混ぜる。

そこにネギ、パセリ、ミントといったハーブ類を真ん中に投入。

フライパンをトンとひっくり返すと、綺麗に玉子で覆われた。

きっちりと形を整えると、そのままお皿に載せた。

付け合わせにはパンを用意し、ヨーグルトにもミントを添える。

ハーブを使った洋食風の朝食の完成だ。

リビングのテーブルに移動して、早速食べることにする。

まずは出来立てのハーブオムレツ。

スプーンで割るととろりとした中身が出てきて、中に入っているハーブが露出する。

口に運ぶととろりとした食感と、カッテージチーズの味が広がる。

そして、追いかけるようにネギの食感やパセリやミントといった爽やかなハーブの風味がやってきた。

そのまま食べてもいいがパンに載せて食べても美味しい。ケチャップなどのソースは別に必要ないな。

ハチミツをかけたヨーグルトも、ミントがあるお陰かいつもよりもさっぱりとしている。

ランニングをしてお腹が空いていたこともあってか、あっという間に朝食を平らげた。

ベランダから収穫したハーブを使った朝食。爽やかで夏らしい味わいだ。

食が進んで暑さにも負けない身体が作られること間違いなしだな。

2話 Episode 02 独身貴族はデトックス効果を語る

朝食を食べ終えると準備を整えて出勤することにした。

いつもより時間が早いが、あまり遅くなると日がすっかりと昇り切って気温が高くなるのが嫌なので早めに外に出る。

しかし、その考えは俺だけでなく、王都で働く他の奴等も同じらしい。

朝の早めの時間にもかかわらず王都の大通りは人で賑わっていた。

気温自体はまだ落ち着いているが、人が密集しているせいで同じくらいの暑さがあるような気がした。夏の暑さよりも人混みの方が不愉快だ。

人混みを避けて回り道をしながら進んでいくと、ようやく工房へとたどり着いた。

その頃にはじんわりと汗がにじんでいたが、大通りを進んでいれば人の熱気でもっと汗だくになっていたに違いない。

工房の扉を押し開けると、クーラーによる涼しい空気に包まれた。

「ジルクさん、おはようございます」

工房に入ると、トリスタンの明るい挨拶が飛んでくる。

「来るのが早いな」

「工房には中型のクーラーがありますからね。家にいるよりもずっと涼しいんですよ」

道理で早いわけだ。基本的にトリスタンの出勤は、いつもそこまで早いわけじゃないからな。

デスクに荷物を置くと、奥にある給湯室に直行。

あまり使うことはないが一応魔道コンロが設置され、調理器具も一通りそろっている。

が、トリスタンやルージュはあまり料理をするタイプではないので、俺以外が調理をすることはない。

基本的にちょっとした飲み物や洗い物をする際に使われることが多い。

そんな中、俺は【マジックバッグ】の中からレモンときゅうりを取り出す。

包丁でそれらを薄くスライスすると、ウォーターボトルの中に投入。

そこに水を加え、冷凍室で作ってある氷を入れてやると、しっかりと蓋を閉めてシェイク。

後は冷蔵庫に入れて一時間ほど放置すれば馴染むだろう。

今朝、飲んだハーブウォーターとはまた違った、爽やかなレモン水ができること間違いない。

給湯室を綺麗に片付けると、そのままデスクに戻って朝の仕事を開始する。

ここ最近はずっとクーラーの生産作業だ。

ルージュの予測では大量の予約が入ってくること間違いなしとのことなので、ひたすらに作らされている。

二階の魔道具保管庫などは既にクーラーで埋まっており、別に所有している倉庫も満杯になりそうな勢いだ。

もしルージュの言うように予約が殺到しなければ、赤字間違い無しだろうな。

まあ、彼女が実際に営業をして何件も打診をしているのだ。そのようなことにはならないだろうが。


作業をしていると喉が渇いてきた。

小一時間くらい経過しているので、冷蔵庫で冷やしたレモン水がちょうど馴染んだ頃合いだろう。

デスクから立ち上がって給湯室に移動すると、ちょうど工房の入り口が開いた。

「おっはよう！」

快活な声を上げて入ってきたのは営業や経理、雑務を担当しているルージュだ。

白いシャツの襟をパリッと立てており、金色のネックレスをしている。

麻のタイトスカートから伸びている足は透明なストッキングに包まれており、すらりと長い足が強調されているようだった。

本格的な夏を迎えてルージュの服装も涼やかで動きやすいものに変わっているようだ。

「おはようございます、ルージュさん。朝から元気ですね」

「クーラーの販売時期が迫っているのよ。暑さになんか負けてられないわ」

クーラー販売のために奔走してダウンした彼女だが、今やその面影はまったく感じられない。

十分な休暇をとって心身ともに回復したルージュは、エネルギーで満ち溢れているな。

元気そうな彼女を確認して給湯室に向かうと、誰かが後ろを付いてくる気配がある。

コツコツとしたヒールの音からルージュだろう。

彼女のデスクは給湯室とは明らかに違う場所にある。俺に何か用でもあるのだろうか？

「なんだ？」

「別に何も」

「なら、どうして付いてくる？」

「ジルクが給湯室に向かってるから、何か美味しいものが出てくるんじゃないかって思って」

「そういえば、さっきなんか作ってましたよね？」

ルージュの言葉に反応してトリスタンもやってくる。カルガモのヒナのようだ。

給湯室に出入りしてよく何か作っているとあって、分けてもらおうという算段らしい。ここまで堂々とされると一周回って清々しいな。

こいつら二人のせいで我慢するというのも腹立たしいので隠すようなことはしない。

「まあ、綺麗！」

冷蔵庫からウォーターボトルを取り出すと、ルージュが驚きの声を上げた。

「フルーツジュースです？」

「いや、ただのレモン水だ」

甘い飲み物を期待しているトリスタンには悪いが、そんなものじゃない。

見た目は華やかだが決して甘くはない。

「飲ませて！」

「俺も飲みたいです！」

「わかった、わかった」

予想通り、ルージュとトリスタンが懇願してくるので仕方なく二人分のグラスを追加。

氷を入れて、ウォーターボトルに入ったレモン水を注ぐ。

ピンセットでレモンやきゅうりもきちんと添えてやった。

「わー、オシャレね！　それじゃあ、いただくわ！」

「いただきます！」

グラスを差し出すと早速ルージュとトリスタンが飲んだ。

こくこくと喉を鳴らす音が聞こえてくる。

「美味しい！　爽やかで飲みやすいわ」

「確かに甘くはないですけど、水よりも飲みやすいですね」

グラスから口を離した二人が驚きの表情を浮かべた。

ちょっと一手間加えるだけで水より美味しく味わえる。それがいいのだ。

目を丸くしている二人をしり目に俺もレモン水を飲む。

刺激的なレモンの味がし、スカッと美味しい。

後味がとても爽やかで汗をかいた身体《からだ》が喜ぶように受け入れる。

「ただ水にレモンやきゅうりを入れるだけでこんなに飲みやすくなるんですね」

「それだけじゃない。レモンにはリラックス効果や風邪予防の効果もある上に、美肌効果もあるからな」

「本当!?」

飲みやすさ以外の理由を告げると、ルージュがかなり食いついてきた。

「あ、ああ。絶対に綺麗になる保証まではしないが、今の季節だと日焼けや、しわ、シミになど効果が期待できるだろうな」

「それすごいじゃない！　あたし、しばらくは毎日これを作って飲むわ！」

確固たる決意のこもった表情で拳を握りしめるルージュ。

彼女がある程度見た目などに気を遣っていることは知っていたが、想定以上の熱量だ。

「わざわざ工房でこんなものまで作るなんて、本当にジルクさんってまめですよね」

「ただレモンときゅうりを薄く切って氷水に漬けただけだぞ？　手間もかかってないしまめじゃない」

「まめな人は皆そう言うんですよ。俺からすれば、なにかを切るってだけで面倒くさいです」

「わかるわー」

そんなことを言っていたら何もできないじゃないか。

二人の私生活は一体どうなっているのか。

トリスタンはともかく、ルージュは面倒くさいと思いながらもしっかりやっているのだろうが。

「あっ、そういえば追加の従業員の話！」

ルージュが唐突に言った。

料理が面倒くさい云々という話から、どうやってこの話題に飛んできたのか不思議でならない。

「確かルージュさんのママ友さんが経理として来るってやるですよね？」

「ええ。明日来られるそうだけどジルクは問題ない？」

「問題ない」

ルージュの紹介とはいえ、俺からすればまったく知らない人物だ。

まずは軽い能力の審査と面談をして、問題なければ試用期間として働いてもらおうと思っている。

クーラーの販売を控えて、ルージュの業務がひっ迫している現状では、追加の人員はできるだけ早く取り入れるべきだろう。

「わかった。それじゃあ、明日の朝に来るように伝えておくわね」

「ようやく新しい従業員が増えるんですね！」

「トリスタン、わかってると思うけど既婚者だからね？」

「職場恋愛は禁止だ」

ルージュや俺に釘を刺されても仕方がない程に、トリスタンは浮かれているのが丸わかりだった。

「わ、わかってますよ。俺だってそこまで見境がないわけじゃないですから！　たとえ、既婚者であっても職場に華が増えるだけで嬉しいんです」

「あら、あたしじゃ華は足りないってことかしら？」

「いやいや、そういうわけじゃないですからね！」

「じゃあ、どういうわけかしら？」

余計なことを言ったあまりにしどろもどろになるトリスタン。

間抜けなことを言う部下を愚かに思いながら、俺はデスクに戻って仕事を再開した。

3話
Episode 03

独身貴族は審査する

翌朝。いつも通り工房で仕事をしていると、ルージュと共に入ってくる女性がいた。

淡い空色の髪におっとりとした垂れ目の優しげな女性だ。

年齢はルージュと同じくらいか少し上といったところだろうか。

恐らく彼女が昨日ルージュの言っていたママ友とやらなのだろう。

「ジルク、少しいい？　前に言っていた人を紹介したいの」

「わかった。応接室に行こう」

ルージュのママ友とやらはまだ正式な従業員というわけではない。

工房の作業場には様々な資料や設計図も転がっているので、応接室で応対するのがいいだろう。

挨拶したそうにしているトリスタンを敢えて無視し、俺はルージュたちを連れて二階の応接室に移動した。

「かけてもらって大丈夫だ」

「はい、それでは失礼いたします」

応接室のソファーに腰掛けると、ルージュが飲み物の用意をしてくれた。

とはいっても、先ほど俺が作ったレモン水だがな。

「それじゃあ、あたしが連れてきたし軽く紹介をするわね。あたしの家の近くに住んでいるママ友のサーシャよ」

「はじめまして、サーシャと申します。よろしくお願いいたします」

にこやかな笑みを浮かべながらぺこりと頭を下げるサーシャ。

元は商会で勤務していたとあって笑顔がとても自然だな。

「魔道具師であり工房長のジルク＝ルーレンだ」

「お会いできて光栄です。魔道コンロや冷蔵庫はうちでも使わせてもらっていて、とても助かっています」

「そうか」

短い俺の返答にサーシャが一瞬戸惑った顔をする。

特に俺は人々の生活に貢献したいがために魔道具を作っているわけではないので、どうしても返事は淡泊になってしまう。

取り繕《つくろ》った台詞《せりふ》を吐くこともできるが、社交界ならともかく工房でまでそんなことはしたくないしな。

「さて、ルージュからはうちで働きたい意思があると聞いたのだが間違いないか？」

「はい、子育てが少し落ち着いたので働きたいと思っていたところ、ルージュさんからありがたいお誘いを受けました」

チラリと視線を送ると、ルージュが照れたように笑う。

どうやらルージュが無理を言って連れてきたわけではないらしい。

きちんと自分の意思で働きたいというのであれば問題ない。

「ルージュから軽く聞いているとは思うが、うちは従業員が少なくてな。特にルージュの業務内容が重くなってしまい、その負担を軽減してくれる人員を探している。サーシャがうちで働くとすれば、経理、雑務が主な業務内容になるが問題ないか？」

経理はお金を取り扱う仕事なので、業務に関する適性の高さ以上に「責任感のある人柄」が求められる。人間性が重要だ。

サーシャとの会話の中でその辺りを重要視して確かめていきたい。

「はい、前の職場では経理の仕事をしていたので願ってもないことです」

「前にどこで働いていたか聞いてもいいか？」

「デュノア商会です」

デュノア商会というと、かなりの資本力を誇る大商会だ。

王都だけでもいくつもの店舗を並べており、他の国や街にも支店を置いている。

当然、大商会とあって入社するのは難しく、学院でも数多《あまた》のものが就職しようとしていた場所だ。

「ちなみに本店か？　支店か？」

「王都の本店になります」

本店と支店ではまた従業員の優秀度合いが違うのだが、どうやら本店勤務だったらしい。

精々が中堅商会の経理だと思っていただけに驚いた。

連れてきたルージュがサーシャの隣でしたり顔をしている。

ルージュが自信をもって連れてくるわけだ。

「それはすごいな」

「いえ、すごいのは私ではなく商会の方なので」

その上、ステータスを誇ることなく謙虚ときた。人当たりも柔らかそうだ。

「能力を疑うわけではないが上に立つ者として、どの程度やれるか軽く測っておきたい。申し訳ないが今から簡単なテストを受けてもらってもいいか？」

「構いません」

突然のテスト通告であるが、サーシャは動揺することなく了承した。

テストというのは計算問題に加えて、うちの工房の過去の決算書類の処理だ。

「いつの間にこんなの用意していたのよ」

「仕事の合間にだ」

やや凝ったテストにルージュは若干呆れている様子だ。

今ほど利益を出している頃ではないので、金の流れは大きくないし複雑ではないのですぐに終わるだろうが、処理能力を見極めるには十分だ。

筆記用具を渡すと、サーシャは真剣な顔つきでテスト用紙に向かい合う。

「同席はここまでで大丈夫だ。お前は仕事に戻れ」

「わかったわ」

しばらくはサーシャのテスト時間となる。ルージュが傍にいてもできることは何もない。

「くれぐれもサーシャに失礼なことは言わないように」

応接室の出入り口で振り返り、そんな台詞を言うルージュ。

どうして俺が失礼なことを言う前提なのか。それこそが失礼というものだ。

ルージュが退室するとサーシャはサラサラとペンを動かしていく。

最初にこなしているのは計算テストだ。

前世にあったような電卓やパソコンなどといった便利なものは、この世界にはないので経理の仕事はかなり大変だ。

数字に慣れたものであればスラスラと解けるが、慣れていなければ思わず手を止めてしまうような複雑な計算式も織り交ぜている。

しかし、サーシャは動きを止めることなくスラスラと計算式を書いて正解を導き出していた。

この様子ならそう時間はかからなそうだな。

サーシャの様子を確認しながら俺は離れたデスクで書類仕事をするのであった。

応接室ではサーシャがペンを動かす音がしきりに聞こえていた。

計算テストは既に提出されて俺が確認をしているが、文句なしの全問正解だ。

その上、解くスピードもかなり速いときた。

少なくともサーシャの計算能力は抜群に優れているようだ。

王手の商会で経理をしていただけあって、複雑なお金の流れや数字には滅法強いらしい。

ルージュが自慢げに連れてきた人員だ。これくらいはやってくれないと困る。

むしろ、本番は次の方だ。

サーシャが取り組んでいる決算書類には別に試練が組み込まれている。

それを乗り越えられるかどうかだ。

いくつもの資料を確認しながら決算書類に数字を書き込んでいくサーシャ。

しかし、不意にペンの動きが止まった。

資料に視線を巡らせて、何度かペンを動かすとサーシャは動きを止めた。

それから覚悟を決めたようにこちらを見る。

「ジルク様、少しいいでしょうか？」

「なんだ？」

「この決算書、数字が合いません」

「過去の決算書を参考にしたものだ。合わないはずはない。計算を間違ったり、見落としたりしているんじゃないか？」

「していません。資料の数字が間違っているのかと」

ケアレスミスの可能性を指摘してみせるが、サーシャはまったく怯《ひる》んだ様子もなく述べてみせた。

やや鋭い視線を向けて威圧してみるが、サーシャの態度は変わらない。

気の弱い者や自信のない者であれば、もう一度確かめるくらいのことはしそうだが、そのようなことは全くしない。自らの確認や処理能力をまるで疑っていないようだ。

おっとりとした見た目と性格の割に芯は強いようだ。

「……正解だ。その決算書の資料は根本的に数字を変えている」

「なぜそのようなことを？」

「気付くのは当然として、上司であり貴族である俺に指摘できる人物なのか見極めたかった」

従業員になれば部下と上司になる。サーシャは平民であり俺は貴族だ。

その関係を把握した上で、しっかりと意見できる人物なのかが重要だった。

「……そうでしたか」

安堵のため息を吐くよう呟《つぶや》くサーシャ。

「意地の悪いことをしてすまない。だが、工房の要《かなめ》であるお金を取り扱う職務だ。経理のプロが上司の顔色を窺《うかが》い、指摘できないようでは困る」

「心臓には悪かったですけど、ジルク様が経理をとても重要視しているのが伝わりました」

「お金の管理は経営の最重要テーマだからな」

資金のショートは企業の終わりを意味する。売上や利益が上がっていたとしても、その時々で発生する支出分の資金がなければ黒字倒産でさえあり得るくらいだ。

お金の管理は重要だ。

「計算テストも全問正解。速い上に正確だ。それに書類の処理能力も問題ない。テストはこれで十分だ。資料をこちらに渡してくれ」

テストの終了を告げるもサーシャは浮かない顔をしている。

もしかして、先ほど試すようなことをしたのが嫌だったのだろうか？

「あの、できれば数字を変えていない資料を頂けますでしょうか？」

「構わないがどうしてだ？」

「数字が合わない状態というのは経理の者として非常に心地が悪いのです」

どうやら経理の意識として許せない問題らしい。

正しい資料を持ってきて渡してやり、計算をすると正しい決算書ができ、サーシャは満足そうな笑みを浮かべた。

4話 Episode 04 独身貴族は面談する

正しい決算書類を作成できたサーシャはとても晴れ晴れとしている。

数字が合うとそれだけで気分が良くなるのだろう。

前世の会社の経理にもこういう奴がいたなと思い出しながら、ソファーで面談をする。

「さて、テストについて問題ないことは確認できた。俺としてはサーシャに試用期間として働いてもらいたいと考えている。その上で契約内容や働き方についてなど細かく確認していきたいが問題ないか？」

「ありがとうございます。問題ありません。お願いします」

サーシャの意思がしっかりと確認できたところで、契約書類を見せながら説明していく。

うちで働く際の基本給や保障内容、試用期間についてなどだ。

それらを一通り説明すると、サーシャは感心の面持ちを浮かべる。

「……本当に女性に対する保障が手厚いですね」

「デュノア商会でもこれくらいはやっていたんじゃないか？」

大手の商会ほど、こういった保障は手厚いと聞いた。

「ここまでのレベルではありませんでしたし、仮に保障を享受したとしても現場に復帰できるかは怪しいところです」

「まあ、そうだろうな」

大きな企業ほど人の流れや仕事の流れは早い。

出産などで一年ほど現場から離れれば、以前のように働けるかは疑問だ。現場に戻れたとしても、仕事に付いていくにはかなりの努力が必要だろう。

子供が生まれてただでさえ生活が大変なのに、そこまで仕事に労力を割けるかは疑問だ。

「うちは働き方に関しては割と自由だ。仕事が終わってさえいれば、用事に合わせて早く帰っても構わないし、問題なく仕事が終わるのであれば午後から出勤しようが問題ない。夜にやってきて朝に帰るような極端な勤務の仕方は困るが、他の従業員と問題なく連携が取れるのであればいい」

「ありがとうございます。基本的には朝から働きますが、そういった際は相談させて頂きます」

仕事が終わっているのに無意味にデスクに座っているような働き方なんてさせたくないからな。会社にとっても働いている者にとってもデメリットしかない。

「なにか質問はあるか？」

「こちらでの試用期間とは、どのくらいの期間でしょう？」

「言い忘れていたな。三か月だ。その期間で問題なく働いてもらえれば、正式に従業員としての契約を結び直すつもりだ」

「三か月ですね。わかりました。従業員として雇っていただけるように努力します」

その期間に問題を起こしたり、無能であることが発覚すれば、遠慮なく切られるというわけだ。

言葉にはしないが真剣な表情で頷《うなず》くサーシャにはそのことがよくわかっているだろう。

能力にも人柄にも問題はなく、優秀なのでそんなことはないと思うがな。

「サーシャは、どのように働いていきたいと思っている？」

「将来的にですか？」

少し言い方が漠然とし過ぎたかもしれない。

「具体的に言うと、キャリアアップを望んでいくのかどうかだ。経験を積んでもっと上の稼ぎを狙うなら、ルーレン家の工房に異動という道もある」

そこで管理職にでもなれば、ここよりも仕事の幅は広がり給金は上がるだろう。

うちの工房の経理として雇うので、勿論他所《よそ》には行って欲しくないが、従業員の働き方まで縛ることはできない。

その考えがあるのならば、早めに次の人材の補充を考えておく必要がある。

「いえ、そのつもりはありません。夫や二人の子供もいますので、家庭を大事にした暮らしがしたいのです」

しかし、サーシャはきっぱりと否定の意思を見せた。

家庭を大事にした生活か……。

デュノア商会の本店で勤務していたにもかかわらず、支店や他の商会で働かなかったのは、その辺りの意思が関係しているのかもしれないな。

「もしかして、そちらに異動させられる可能性があるのでしょうか？　そうであるのならば、私は……」

「サーシャが望まない限り、そのつもりはない。一応、そういう選択肢もあると伝えただけだ」

「そうでしたか。ご配慮ありがとうございます」

きっちりとそう伝えるとサーシャは安心したような顔になった。

試用期間としての契約書にサインしてもらい、これで従業員として働いてもらうことが決まった。

「面談は以上だ。問題なければ、これから業務に取り掛かってもらいたいが問題はないか？」

余裕があれば明日からと言いたいところだが、現在はクーラーの販売が迫っており少しでもルージュの負担を減らしたいのだ。

「大丈夫です。これからよろしくお願いします、ジルク様」

「様まで言わなくて結構だ」

仕事で丁寧にへりくだり過ぎては、時間がかかって仕方がない。

「では、ジルクさんとお呼びしますね」

ぺこりと頭を下げるサーシャは俺の望むところを正確に理解してくれた。

察せずに馴れ馴れしくため口を利いてきたトリスタンとは大違いだな。

✣ ✣ ✣ ✣ ✣

サーシャを伴って一階の作業室に降りてくると、ルージュとトリスタンが視線を向けてきた。

サーシャの面談が気になっているらしい。

注目が集まっているのであれば、話しやすい。

さっきまで俺と面談をし、既にルージュとは親しい間柄。

自己紹介が必要なのはトリスタンだけになるが、働き始めるための様式美として挨拶は必要だろう。

「今日から試用期間として働くことになった者を紹介する」

視線を送るとサーシャは軽く頷いて前に出た。

「今日から働くことになりましたサーシャです。前職はデュノア商会で経理を担当しておりました。こちらでは経理、雑用などの業務を担当いたします。早く皆様のお力になれるように努力いたしますので、どうぞよろしくお願いします」

にこやかに笑みを浮かべながら簡潔な挨拶をするサーシャ。

挨拶の言葉が終わるとルージュが歓迎するように手を叩き、呆けていたトリスタンが遅れて手を鳴らした。

「サーシャなら問題なく一緒に働けると思っていたわ！」

「ありがとうございます、ルージュさん。今日から先輩ですかね？　頼りにさせて頂きます」

「やめてよ。あたしたちの仲なんだからいつも通りでお願い」

「ルージュさんが、そうおっしゃるのであれば甘えさせて頂きます」

公私混同はあまり推奨しないが、それで女性陣が円滑に働けるのであれば目を瞑《つむ》ろう。

まあ、うちの従業員にそんなことでいちいち目くじらを立てる人間はいないがな。

「はじめまして、魔道具師見習いのトリスタンです」

「サーシャです。よろしくお願いしますね」

「うう、ようやくうちの工房にも新しい従業員がきたんですね。しかもこんなに綺麗な女性だなんて感激です！」

「早く戦力になってお助けできるように頑張りますね」

妙なテンションのトリスタンを綺麗に流してみせるサーシャ。

俺がサーシャの立場なら気持ち悪いものを見るような視線を送ってしまうだろう。

「ところで、サーシャさんの前の職場がデュノア商会ってすごくないですか？　俺もあそこを使ったことがあるんですけど、もしかしたらどこかでサーシャさんを見かけていたり――」

「はいはい、サーシャはこれから仕事に入るための準備をするんだからお喋りはまた今度ね。サーシャ、工房の中を案内してあげるわ」

「すみません。そういうわけなので失礼いたします」

口早に話しかけるトリスタンであるが、ルージュのフォローでサーシャは連れていかれることに。

それを残念そうな面持ちで見送るトリスタン。

「サーシャは人妻だぞ？」

「知ってますよ！　そんなつもりありませんからね!?」

「そう言われても仕方がないようながっつきようだったぞ」

思わず注意すると、トリスタンは目を丸くした。

「俺ってそんなにがっついているように見えます？」

どうやら自覚がなかったらしい。

「ああ、見えるな。俺ならドン引きだ」

「マジですか」

頭を抱えて項垂《うなだ》れるトリスタン。

ルックスはそこまで悪くないのにコイツに彼女ができないのは、落ち着きが足りないからではないだろうか？

「もう少し女性とのコミュニケーションの取り方を考え直すべきだな」

「…………」

「なんだ、その不満そうな顔は？」

「いや、普段女性に塩対応なジルクさんに言われても……」

「俺は仲良くなろうとするつもりがないからな。それは男が相手だろうと同じことだ」

俺はどちらに対しても公平だ。

5話
Episode 05

独身貴族は天然スポンジを使う

作業をしていると、工房の案内を終えたらしいルージュとサーシャが戻ってきた。

「女性二人が並んで談笑しているだけで華やぎますね」

それを眺めていたトリスタンが呟《つぶや》く。

お前はどれだけ職場に女が来て欲しかったのだ。

長い間、下っ端生活を送っているとここまで拗《こじ》らせてしまうのか。

「ジルク、サーシャのデスクだけど、あたしの隣にある奴を使ってもいい？」

「ああ、問題ない」

元々、ルージュの隣のデスクは空いており、二台分を使っているような感じだった。

経理の仕事はルージュから引継ぐ上に、連携を綿密にとるのはその二人だ。

隣同士の方が色々と仕事もやりやすいだろう。

ルージュとサーシャは空きデスクの引き出しの確認をしながら準備を整えていく。

「経理の引継ぎはルージュからしてもらってくれ」

「わかりました」

まずは工房の経理状況の把握から始まるだろう。

うちがどこから仕入れ、どのようなところに卸《おろ》しているか把握しなければ、数字を正しく追うことはできない。

うちも業務の幅も広くなってきて取引先もかなり増えたので、すべての把握は大変だろうが頑張ってもらいたい。

「ジルクさん」

「今度はなんだ?」

またもや話しかけてきたトリスタンにややうんざりしながら返事する。

「そもそも経理の仕事ってどんなことをやるんですか?」

サーシャのことを聞くようであれば、無視するつもりだったが今度の質問は割と真面目だった。いや、真面目だからこそ頭が痛くなりそうだった。

まあ、魔道具作り関連の仕事や雑用ばかりやらせているトリスタンに、具体的に把握していろというのも無理な話か。

「会社のお金を管理する仕事だ」

「いや、それは何となくわかるんで、もう少し具体的に……」

「基本業務は四つあります。一つ目は出納《すいとう》といって、会社の現金や預金の出し入れをする作業です。

出納は銀行口座を通して行われることが多いですが、社内に一定額の現金を常に置いておき、経費の仮払いや備品の購入、交通費用の立て替えなど、現金で行ったりします」

「なるほど！」

俺たちの会話を聞いていたのかサーシャが丁寧に説明をしてくれる。

いちいちすべてを説明するのは面倒だったので助かる。

「二つ目は起票といって、取り引きや出入金が発生した際、その履歴を証拠として残すために伝票に書き起こす作業です。経理の仕事というイメージで一番わかりやすいでしょうか？」

「あっ、ルージュさんが何かあるごとに書いていた作業のことですね！」

「そうよ。帳簿を作る上で大切な書類だから、なにかあったらその日のうちにすぐに報告しなさいよね」

「は、はい。気を付けます」

トリスタンの報告漏れで、ルージュが何度取引先に確認することになったやら。

圧のかかったルージュの笑みにトリスタンはこくこくと頷《うなず》いた。

そんな風にサーシャは記帳、集計といった経理としての仕事を丁寧に説明する。

俺と違って、サーシャはこういった細かい説明や教える行為は嫌いではないらしい。

ちなみに前世の大きな会社などでは経理、会計、財務などとそれぞれ分かれていたが、うちは大きな規模の工房ではないので経理としてひとくくりにしている。細かく分ける意味もないしな。

「へー、経理の仕事って、たくさんあるんですね」

「そうなんです。それにしても、ルージュさん。営業や素材管理と色々な仕事をこなしながら、よく経理の仕事ができていましたね。素直に尊敬します」

「ありがとう。実は工房の利益がドンドンと大きくなってくるものだから経理の仕事をする度に胃が痛くて……本職のサーシャが来てくれて本当に助かったわ」

「任せてください。ルージュさんが営業や販売に集中できるようにお助けいたします」

これに関してはルージュに頼りっきりだった俺とトリスタンは言葉をかけることができない。

女同士が友情と絆を深める中、俺とトリスタンは気まずげに視線を逸らした。

✣ ✣ ✣ ✣ ✣

翌朝。目覚めが良かったので早めに工房にやってくると既にサーシャがいた。

「おはようございます、ジルクさん」

にっこりと綺麗な笑みを浮かべて挨拶をしてくるサーシャ。

「掃除か？」

「はい、皆さんがやってくる前に綺麗にしておこうと思いまして」

うちは定期的に清掃業者を呼んでいるが、細かなところは自分たちでやることになっている。が、サーシャが加わったことで掃除負担は減ることになるだろう。

「ジルクさんのデスクもお掃除しますね」

雑巾を手にしたサーシャがやってくるが俺は手で制止する。

「いや、いい。俺は自分のデスクは自分で掃除することにしている」

「わ、わかりました」

断られると思っていなかったのかサーシャが少し戸惑いながらも頷いた。

自分が頻繁に扱うデスクは、自分の手で掃除しないと気が済まない。

やってもらうべき部分は頼む方が効率的で楽なのだが、どうにも自分でやらないと落ち着かない。

工房内の他の場所は掃除されようが気にならないのだが、デスクだけはダメだった。

これはもう俺の性分なのだろう。

自分で雑巾を濡らして、デスクを綺麗にする。

サーシャはトリスタンやルージュのデスクの掃除を終えると、窓のサッシを掃除し始めた。

「ちょっと待て。それで掃除するのか？」

「すみません。新しい雑巾を使った方が良かったでしょうか？　それともブラシなどで？」

サーシャの掃除の仕方にギョッとしたが、彼女はまだ二日目だ。

主な仕事は経理なので細かい清掃の仕方まで教わっていないだろう。

「いや、うちでは違うもので掃除している」

作業室から移動して保管室へ。

そこには数多《あまた》の掃除用具があり、そこから必要な掃除道具を手にするとサーシャに渡した。

「え、えっと、これはなんです？」

手の平に載っている黄色い物がわからないのか、サーシャが尋ねてくる。

「天然スポンジだ。内部に細かな孔《あな》が空いていている。液体に浸すと、孔内の空気と置換される形で液体を吸い取り、外部からの力で放出する特性を持っている」

前世で多く使われていた人工のスポンジではなく、海にいる海綿動物から採取した天然ものだ。

人工物に比べて形がバラバラで脆《もろ》さはあるが、敏感肌にも使えるほどに柔らかい。

「は、はぁ？」

自宅でも身体《からだ》を洗うのに重宝している一品なのだが、サーシャはスポンジを知らないらしい。

まあ、この世界ではまだ掃除道具としてあまり浸透していない道具だからな。

口で説明するよりやってみせた方がわかりやすいか。

そう思ってスポンジと洗剤、ハサミを手にして作業室の窓へ。

サッシの凹凸に合わせてスポンジにインクをつけると、それに沿うようにハサミで切れ目を入れる。

後は水と洗剤を加えてやり、サッシをそのまま擦ってやるだけだ。

キュッキュッと擦っていくと汚れていたサッシは、瞬く間に汚れを落としていく。

それを見たサーシャが目を丸くして驚いた。

「わわっ！　すごいです！　窓のサッシがこんなに簡単に綺麗に……ッ！　これはスポンジだからですか!?」

「そうだな。少なくとも雑巾やブラシを使うよりかは楽にできるだろう。ポイントは切れ目を入れることだな。こうすることで凹凸部分にもスポンジが密着するようになり、綺麗に掃除できる」

そう言ってスポンジを渡すと、サーシャはキュッキュッとスライドさせてみる。

その度に汚れが落ちて綺麗になり感動のため息を零していた。

少なくとも雑巾やブラシを使って格闘するよりかは、早く終わる上に綺麗に仕上がるだろう。凹凸部分の汚れに苦戦することはない。

ピカピカに仕上がったサッシを見て、サーシャがおずおずと尋ねる。

「これはどちらで売っているのでしょう？」

「残念ながら王都で取り扱っている商会はない。これは俺が個人で仕入れているものだ」

「そうですか……」

王都で売っていないと聞いて、サーシャが残念そうにする。

マイナーな海産物で食べ物でもなんでもないからか、見向きもされていないからな。

俺の場合は契約している漁師に採取してもらっているので手に入れることができている。

「まあ、工房の備品としてたくさん置いてるものだ。従業員なら売っても構わん」

「いくらでしょう？」

「拳ぐらいの大きさで百ソーロだな」

「では、五つほど頂きます！」

値段を提示すると、サーシャは保管室に移動した。

もう少し吊り上げても買ってくれそうだが、従業員相手に搾り取っても仕方がないしな。

従業員価格ってやつだ。

程なくすると五つの天然スポンジを手にしたサーシャが鼻歌交じりに戻ってくる。

「備品項目から引いておけよ？」

「はい！　これで家の窓枠もピカピカです」

俺の言葉にサーシャは上機嫌で頷いた。

6話
Episode 06

独身奏者は期待される

歌劇場にあるいつもの練習場所に入った私とローラは思わず立ち尽くした。

「……ねえ、ローラ」

「言いたいことは何となくわかりますが聞きましょう。なんですかカタリナ？」

「今日って個人練習の日よね？」

「そうですね」

「なのにどうしてこんなにも楽団員がいるのかしら？」

ホール内を見回すと、そこにはうちの楽団員が勢揃いしていた。

これが全体練習ならば何もおかしくはないが、今日はあくまで個人練習。

私やローラといった一部の奏者が個人的に申請して確保した場所であり、精々が五人から八人の小さな集まり。それなのに辺りを見回すと三十人はいるではないか。

「多分、クーラーのせいじゃないかと」

「絶対にそうよね」

ホール内ではディックスが運び込んだ中型クーラーが稼働しており、室内の空気を非常に涼やかなものにしていた。

「やあ、カタリナ。今日も清々しい朝だね！」

サラリとした金髪を手で払いながら、きざったらしい挨拶をしてくるホルン奏者の男。

「なんでシュミットがいるの？」

そもそもこの男は練習会に呼んでいない。

「涼やかな風につられてしまってねぇ」

というと、クーラーのことを聞きつけてやってきたというわけか。

私とローラはクーラーのことを無闇に広めたりしない。他の弦奏者もそれは同じだ。

集まりの中で一番口の軽い者といえば……私は集まりの中で隠れるように座っている大柄なリザードマンに視線をやる。

私と視線が合ったディックスはビクリと身体《からだ》を震わせると、観念したようにこちらにやってきた。

「……俺がクーラーのことを自慢したら、あっという間に噂が広がったみてぇだ」

「こうなるからあまり他言しないようにって言ったのに……」

「すまねえ」

ため息を吐くと、ディックスがしょんぼりとする。

「別にいいじゃん？　これだけいるんなら全体練習だってできるし？　むしろお得っていうか？」

「そうそう。これだけ集まっても涼しさに変わりないっしょ？」

エスメラとブリギットが庇《かば》うように言った。

これだけ人が密集すれば熱気で温度は上がるだろうが、中型クーラーはそれすらも吹き飛ばす馬力があるので問題はない。

「まあ、そうだけど……」

基本的に自由な姉妹がこのような言い方をするとは珍しい。

「ディックスだけじゃなく、エスメラとブリギットも派手に自慢しておったしな」

私が怪訝《けげん》に思っていると、コントラバスを持ったドワンゴが暴露した。

「ちょっとー、ドワンゴ！」

「それは言わない約束っしょー？」

二人が妙に優しかった理由は同じ罪を共有していたからのようだ。

最早、突っ込む気力もない。

「まあ、全体練習が少しでも多くできることはいいですから」

「それもそうね」

いつまでもマイナス面を引きずっても仕方がない。大勢の人が集まった以上、プラスにできることを考えるべきだ。

「こんな素晴らしい魔道具があるのに隠しているなんて、カタリナも人が悪いな」

ぐったりしている私に話しかけてきたのは指揮者であり、団長であるエルトバだ。

「団長までいらしてたんですね」

「屋敷よりも遥かに快適な練習場所があると聞いてね」

屋敷に最新の設備を取りそろえたエルトバでも、クーラー付きのホールというのは魅力的なようだ。

どれだけお金を持っていようが、この快適な涼しさは手に入れることが難しいのだろう。

「それにしても快適だ。確か魔道具師のジルク＝ルーレン氏が作り上げた魔道具だそうだね？」

大まかな経緯を誰かに聞いたのだろう。エルトバが興味深そうな表情で尋ねてくる。

「はい、ちょっとした縁があって試作品を貸してもらいました」

「クーラーといったかい。具体的な製品化は予定しているのだろうか？」

「そうそう！　それ気になる！」

「あーしたちもそれ欲しいんだけど～」

エルトバの言葉を聞いて、エスメラ、ブリギットだけでなく多くの団員たちが口々に欲しいと叫ぶ。

団員たちのほとんどは貴族や大商会の息子や娘といった出自のいいものたちばかり。

高額なジルク＝ルーレンの魔道具でも問題なく買えてしまうだろう。

当然だ。私だってこんな素晴らしい魔道具があれば、すぐに買う。

というか、早く欲し過ぎて、プライドを捨てて頼み込んだくらいなのだから気持ちはよくわかる。

「もし、販売の目途《めど》が立てば知りたい。個人的に購入したいのは勿論だが、歌劇場に設置するように支配人に提案したいんだ。快適な環境で音楽が聴けるのは観衆も嬉しいはずさ」

熱のこもった口調でまくし立てるエルトバ。

今、うちの楽団は私の曲がヒットしていることも相まってノリに乗っている。

ここでクーラーが完璧に配備されているとなれば、観客も大いに集まること間違いないだろう。

とはいえ、私は隣人ではあるが、ジルクと親しい友人というわけではない。あくまでビジネスライクな関係だ。

尋ねてみてもそう簡単に販売時期を教えてくれるものだろうか。

しかし、こちらを真っすぐに見つめるエルトバの瞳には期待の色がこもっている。

これは何とかして聞いてこいという意図だろう。

彼には作曲するに当たって何度もアドバイスをもらったし、コンペにも誘ってもらった恩がある。

できるならばここらで恩を返しておきたいところなので、なんとか頑張るしかない。

「わかりませんが、もし機会があれば、それとなく聞いてみます」

「是非とも頼むよ」

苦笑いをしながら言うと、エルトバは私の肩を叩いて満足げに笑った。

「ていうか、カタリナって前からジルクって人と知り合いなんだよね？」

「どういう経緯で知り合ったわけ？」

エスメラとブリギットから尋ねられた私はドキッとする。

実はアパートの隣に住んでいて、ご近所トラブルが原因で知り合いました。

なんて言えば、誤解される可能性が大いに高いし、変に探られて作曲活動についても知られるかもしれない。

そうなると今後の活動的に非常に困る。

「えっと、パーティーでちょっと……」

「「へー」」

含みのある言い方はやめてもらいたい。

特に女の「へー」は色々な意味が隠れていて怖いのだ。

「さあ、お喋りはこの辺りにしてそろそろ練習を始めようか。これだけ団員が揃っているんだ。時間

妙な空気が漂い始めたホールだが、指揮者であるエルトバの一言ですっかりと霧散したのだった。

7話 Episode 07 独身貴族は期待しない

「トリスタンさん、何度も申し上げていますが終業間際の夕方に領収書を持ってくるのは控えてください」

「すみません」

サーシャに注意されたトリスタンが、ぺこぺこと頭を下げる。

工房で働き始めて一週間。彼女も随分とこの工房に慣れてきたようだ。

ルージュから引継いだ業務を速やかにこなしているのは、偏《ひとえ》に彼女の優秀さによるものだろう。落ち着いた振る舞いで堂々としている様は新人とは思えないほどだ。

「こうして見ると、どう見てもトリスタンの方が新人だな」

トリスタンが謝る姿を横目で見て笑っていると、サーシャが領収書を手にしてこちらにやってきた。

「ジルクさん、この宝具店の領収書に記述がないんですけど、どういう名目ですか？」

「ちょっと魔道具の参考にな」

「千五百万ソーロとかなり高額ですが……」

「宝具だから高額なのは当然だろう」

実際に宝具を参考にして作り上げた魔道具だってある。

参考になっているのだから研究費としては問題ないはずだ。

「しかし、この値段ですと税金逃れのために計上していると疑われる可能性が……」

「今までこれで落としてきたんだぞ？」

「ジルクさんの工房も売上が年々右肩上がりになっています。売上が上がるほど税務官は注目します。今まで通っていたものが、ある日突然止められるということも……」

お金はないところからより、あるところから搾り取る方が楽だからな。

サーシャの意見にも一理ある。

「念のために宝具の経費精算について調べておきますね」

「……わかった。よろしく頼む」

税務官がつけいるような弱みは早めに潰しておくに越したことはない。

杜撰《ずさん》な処理をして稼ぎの大半を国に持っていかれるよりは百倍マシだ。

「あはは、ジルクさんも注意されてますね」

サーシャがデスクに戻ると、近くにいるトリスタンが呑気《のんき》に笑った。

だらしなさを注意されているお前と一緒にするな。

「氷魔石の魔力加工を早くやっておけ」

「…………」

カチンときた俺は収納ケースに入った大量の氷魔石をトリスタンのデスクに置いてやった。

✣ ✣ ✣ ✣ ✣

工房でクーラーの生産作業をしていると、外回りに出ていたルージュが戻ってきた。

荷物をデスクに置いてタオルで軽く汗を拭うと、彼女はこちらにやってくる。

「ジルク、販売日のことを皆に通達してもいい？」

「構わん」

俺が頷《うなず》くと、ルージュはサッと身体《からだ》を反転させてパンパンと手を叩いた。

魔石加工をしていたトリスタンと、帳簿をつけていたサーシャが顔を上げる。

「注目！　クーラーの十分な稼働データと安全性が確保できたので正式販売日が決まったわ！」

「おお、いつですか？」

「二週間後！　それに伴って三日後から予約が開始よ！」

「遂に始まるんですね！」

「発売日が決まるとワクワクします」

ルージュから告知を聞いたトリスタンとサーシャが興奮したように反応する。

具体的に発売日が決まると実感が湧いてくるのだろう。

俺からすれば発売しようがしまいが、いつも通り仕事をすることには変わりない。

ただ業務をこなすだけだ。

「ちなみに王族からは先んじて百台の予約が入っている」

「ひええ、いきなり百ですか!?」

王家の紋章の入った手紙を見せながら言うと、トリスタンが驚きの声を上げた。

つい先日、ジェラールから届いたものだ。

「本当はもっと注文したかったらしいが抑えてもらった」

王城の広さや規模を考えると百では足りないが、そこは優先的に必要なところだけ設置する方向で勘弁してもらいたい。

王族を優先し過ぎると、他の貴族や商人から文句を言われそうだからな。

「その他は、貴族や大商会をはじめとする人たちから既に問い合わせがきていて、最低二百以上の予約が入る見込みよ」

「もうそんな見込みがあるんですか?」

「販売に向けて手は打っておいたからね。具体的には魔道具店で設置したり、ブレンド伯爵の喫茶店に設置したり。他にもいくつかの大商会や施設でも設置させてもらって宣伝してもらっているの」

「いつの間に……なんだかすごいです！」

俺も報告で聞いていただけで直接見てきたわけではないが、事前の問い合わせの数を聞く限り、確かな効果はあったのだろう。

「さすがですね、ルージュさん」

「サーシャがうちにきてくれたお陰よ」

ルージュがとても活き活きとしているな。

余裕ができて以前からやりたかったことを実行しているのだろう。

そのせいで本人はまた忙しくなっているようだが、体調に影響が出ない限りは好きにやらせようと思う。勿論、無理は厳禁だが。

「にしても、合計で三百台以上ですか。今ってどのくらいの数がありましたっけ？」

「大型四十、中型八十、小型四十だ」

こうなることを見越して事前に大量生産していたつもりだが、予約数はこちらの想定を超えている。

「……今のペースだと一部のお客様には待ってもらう必要があるわね」

「そうだな」

「ねえ、ジルク。ルーレン家の工房から見習いがやってくるのは明日だったわよね？」

「その人たちがやってくれれば、生産ペースも上がって余裕で間に合うかもしれません！」

ルージュの言葉にトリスタンが希望的な感想を漏らす。

が、俺はそんな都合のいい考え方には賛成できない。

「新人に期待するのはやめておけ」

「ええ？　ルーレン家の工房で学びながら働いていたんですよね？　きっとサーシャさんのようにすぐに戦力になってくれるんじゃないですか？」

「サーシャはうちよりも大きな商会で長年勤めていたキャリアがある。同じように考えない方がいい」

サーシャは積み重ねた実績と経験を持った優秀な転職組だ。

大手の商会で揉まれながら様々な修羅場を越えている。

それと比べて新しくやってくるのは大工房とはいえ、下っ端で働いている魔道具師見習いだ。期待しろというのが難しい。

「もしかして、新しく入ってくる人って、あんまり……？」

「さあ？　どんな奴がくるかはまったく知らん」

きっぱりと答えると、ルージュがギョッとした顔になる。

「えっ!?　アルト様から資料が送られてきたでしょ？　見てないの？」

「あんな外側の情報を見ただけで何がわかる。重要なのは使えるか、使えないか。それだけだ」

御大層に並べられた肩書きや志望動機なんかはどうでもいい。うちにとって重要なのは役に立つ人材かどうかだ。それ以外は興味がない。

「だったらちょっとくらい期待してあげても……」

「俺は誰かに期待するのは嫌いだ」

他人に期待し、責任をゆだねるなんてことは間違っている。

人間、最後に信用できるのは自分だけなのだ。

そんな俺の発言を聞いて、トリスタンが微妙な表情になる。

「まあ、新しく入ってきた子たちに、いきなり重い責任を負わせるのもリスキーよね。一部の予約してくれたお客様には間に合わないかもしれないことを伝えておくわ」

肩をすくめながらのルージュの言葉を聞いて、俺たちは仕事に戻ることにした。

✣ ✣ ✣ ✣ ✣

仕事を終えてアパートに着くと、エントランスで立っているカタリナが見えた。

誰か人を呼んでおり、待っているのだろうか。

現在は仕事が繁忙期ということもあり、作曲作業については見送ってもらっているので用事もないはず。よってエントランスに入った俺はカタリナをスルーした。

「ちょっと待ちなさいよ！」

すると、カタリナが俺を呼び止める。

ない。


「なんだ？」

「なんだって……ロクに挨拶もしないのはどうなのよ？」

「別に親しく雑談をするような仲じゃないだろ？」

俺たちはあくまでビジネス的な関係であって、会ったからといって仲良く会話するような関係ではない。

「そ、それはそうだけど……」

そんな当然の指摘をしてやると、カタリナは不服そうにごにょごにょと言う。

「なにか用件でもあるのか？」

自宅を目の前にしており、ようやく一人になれるのだ。

こんなところで道草食っていないで早く部屋に入りたい。

「……あなたに聞きたいことがあるのよ」

「なんだ？」

「えっと、クーラーっていつ発売するの？」

「どうしてそんなことを気にする？　お前には既に試作品があるだろ？」

「えっと、歌劇場に持って行ったら、楽団仲間も気に入ったみたいで。試作品を貰えるほどに仲が良いなら、いつ手に入れられるか聞いて欲しいって頼まれて……」

おずおずと切り出した用件の経緯を語るカタリナ。

「そういった頼みをお前がわざわざ受けるとはな……」

カタリナは気が強く、そういった面倒な頼みは断るタイプのように思えたが。

「上司や支配人だって目をつけてるし、楽団員ほぼ全員から頼まれたらさすがに断れないのよ」

「組織に所属する弊害だな。人間関係のしがらみが何倍にも膨れ上がり、無駄な労をかけさせられる」

こんな夜にもかかわらず、俺を待つために出待ちしなければいけないとは憐《あわ》れだ。

俺の言葉にカタリナはムッとし、何かを言おうとしたが堪《こら》えて愛想のいい笑みを浮かべた。

「それでクーラーの発売日って決まっていますでしょうか？　念のため聞いたって事実は必要なので」

カタリナが愛想良く、丁寧な言葉を使っていると気持ちが悪いな。

適当に聞いたけどダメだった。とでも言っておけばいいのに真面目なことだ。

ふむ、歌劇場の支配人や上司、楽団員のほぼ全員が注目か。

ただでさえ、既に予約数が二百とかなり多いが、確実に買ってくれそうな顧客を見逃すこともないか。

楽団員は貴族の子女や商人の子息が多く、基本的に裕福だ。

【音の箱庭《サウンドガーデン》】の録音でお世話になることだし、恩を売っておくのも悪くないか。

黙って考えていると、カタリナが諦めたようにため息を吐く。

「まあ、発売日なんてさすがに企業秘密だし、教えられないわよね。無理言ってごめんなさい」

「発売日は二週間後だ。予約開始は三日後になる」

「えっ？」

俺が教えるとは思わなかったのだろう。カタリナが目を丸くする。

「予約するなら早朝から魔道具店に並ぶことだな」

「そんなこと教えていいの!?」

「当然良くないから秘密にしておけ。楽団員には宝具の録音でお世話になるからな。恩は売っておいて損はない」

「そ、そう。わかった」

「じゃあな」

話は終わったので今度こそエントランスを通り過ぎて部屋に向かう。

「次の録音は私にも依頼しなさいよ！　隣人だから気まずいなんて気にしないし、前回の言葉を撤回させてみせるから！」

ビシッとこちらに指をさしながら述べるカタリナ。

フンと鳴らした鼻息がこちらまで聞こえている。

どうやら以前の指摘が大変気に食わなかったらしい。

「……考えておこう」

そう伝えると、今度こそ俺は帰宅して一人になることができた。

ああ、やっぱり部屋は落ち着く。

8話 Episode 08 独身貴族は新人と顔合わせする

翌朝。朝から仕事をしていると工房の外で馬車の停車する音が聞こえた。

程なくすると工房の入り口が開いた。

「いらっしゃいませ、アルト様」

「こんにちは、ルージュさん。兄さんいる？　伝えていた通り、新人の子たちを連れてきたんだけど」

「少々お待ちを。すぐに連れてきますので」

適当に作業をしていたらルージュがいいようにやってくれるかと思いきや、どうやら俺も応対しないといけないようだ。

近寄ってきたルージュに小声で呼ばれて仕方なく立ち上がる。

そわそわとしていたトリスタンや見積書の作成をしていたサーシャにも声をかけて向かう。一度に挨拶をしてしまった方が楽だからな。

作業室から玄関に移動すると、そこには弟であるアルトと見慣れない男女がいた。

「わざわざ付き添いで来るとはご苦労だな」

「そりゃ上司なんだから当然だよ」

子供を連れていくわけでもあるまいし律義なことだ。

「うちの工房の子を紹介するよ」

そう言われて前に進み出たのは茶色の髪をした少女だ。

クリッとした茶色の瞳が特徴的で可愛らしい顔だちをしている。

「はじめまして、魔道具師見習いのパレットです！　有名なジルク様の工房で働けるなんて光栄です！　ご指導ご鞭撻《べんたつ》のほどよろしくお願いします！」

親しげに投げかけられる笑みは人の心を引き付けるような吸引力を持っていた。

自分の笑顔が男性に与える影響を心得ているのだろう。

現にトリスタンは新人の笑顔にアホ面を晒し「可愛い」などと漏らしていた。

とはいえ、独身で生きることを決めている俺にとってはどのような笑顔でも変わりない。

「そうか。よろしく頼む」

あっさりと返事をすると、パレットはムッとするでもなくどこか肩透かしを食ったかのような顔をした。が、すぐに落ち着きを取り戻し、綺麗な微笑《ほほえ》みを浮かべた。

パレットの挨拶が終わると、今度は青い髪色をした長身の男が前に出た。

カッチリとした黒のスーツを着ており、手には白い手袋をはめている。

暑い夏の季節には少し不釣り合いであるが、肌を露出することが嫌いな性分なのだろう。

「魔道具師見習いのイスカ＝フォトナーと申します。よろしくお願いします」

「フォトナー？　もしかしてナルシスの息子か？」

名前を聞いて咄嗟に思い出したのは、ふんわりとした灰の髪をした男の言葉。

確か魔道具師を目指している息子をルーレン家の工房に入れていると言っていた。

「はい、写真展では父がお世話になったとお聞きしています」

「世話になったのはこちらの方だ。ナルシスにはまた改めて挨拶をすると伝えておいてくれ」

「承知しました。父も喜ぶと思います」

クーラーの生産作業で忙しく、写真展が終わってからナルシスと会えていなかったからな。

向こうから持ち掛けてきた展示会とはいえ、あれだけやってくれたのにその後に音沙汰が無しというのも気持ちが悪い。せめて礼くらいは言っておくべきだろう。

「自己紹介は終わったな。アルト、もう帰っていいぞ」

「兄さんは冷たいなぁ。まあ、そうさせてもらうんだけど、約束通り中型クーラーと小型クーラーを貰っていってもいいかな？」

「構わん。好きに持っていけ」

アルトにはルージュが倒れた時に販売を手伝ってもらった借りがあるからな。

「えっと、できれば【マジックバッグ】を持っている兄さんに馬車に積んでもらいたいんだけど……」

「しょうがないな。お前たちは勝手に自己紹介をしておけ」

馬車には執事のギリアムがいるだろうが、初老の彼に重い物を運ばせるのは少し酷だ。

アルトを連れて二階に上がると、保管室の中に置いてある中型クーラーを五台、小型クーラーを三台ほど【マジックバッグ】に収納。

工房の外に出ると、停車させてある馬車の荷台で【マジックバッグ】を開放した。

「お手を煩わせてしまい申し訳ありませんジルク坊ちゃま。私があと十年ほど若ければ、全部一人で積みこんでみせたのですが……」

「気にするな」

御者席にいたギリアムが申し訳なさそうに言うが、もういい歳なのだからあまり無理はしないでもらいたい。

「それよりもアルト。お前も重い物を運ぶ手段くらい用意しておけ」

「無属性魔法はあまり得意じゃないし、兄さんみたいに【マジックバッグ】なんて持ってないよ」

「別にその二つしか選択肢がないわけじゃないだろ」

俺はポケットから一枚のカードを取り出すと、魔力を流して放り投げる。

すると、カードはみるみるうちに大きくなり、薄い直方体となって宙に浮かんだ。

「これは？」

【浮遊板《エアボード》】という宝具だ。魔力を流すことによって自在に形を変化させられる。緊急時には障壁として使え、足場なんかにできるのだが、こうやって重いものを載せて移動することもできる」

試しに中型クーラーを載せると、【浮遊板】は落下することなく浮かび、念じると意図した方向に進んだ。

「凄く便利な宝具だね！　机の上に置けない作業器具なんかも載せて、近くに置きながら作業ができるよ！」

真っ先に思い浮かんだ活用法が仕事関係とは、こいつも中々にワーカホリックだ。

「これをくれるの？」

「ああ」

クーラーを荷台に戻し、【浮遊板】をアルトの下に移動させて魔力を抜いた。

効力を失ってひらりと落下するカードをアルトは綺麗にキャッチ。

「でも、宝具って高いんじゃ……」

「同じものをあと五個持っている。一つくらい構わん」

ポケットから同じカードを五枚取り出してみせると、アルトから遠慮の気配が失せ、代わりに呆れた顔になった。

「……一体どれだけ宝具を買ってるのさ」

「宝具はロマンだからな」

それにこれだけ汎用性が高い宝具というのも珍しい。

非常にコンパクトで持ち歩きやすいので割と気に入っている宝具だ。

「というわけで梱包はそれを使って頑張ってくれ」

「うん、わかった。ありがとう」

【マジックバッグ】から梱包用の木箱や布を渡すと、俺は工房に戻った。

玄関に入ると、パレットとトリスタンの賑やかな声が聞こえた。

「トリスタン先輩は、どのくらい工房で働いているんです？」

「うーん、もう五年目くらいになるかな？」

「えー、じゃあもう大先輩ですね！」

「そんなことはないよ。えへへ」

謙遜するトリスタンであるが、だらしないほどに緩んだ顔を見れば嬉しがっていることは明らかだった。あんまり調子に乗らないといいがな。

俺がクーラーの引き渡しをしている間に、ひとまずの自己紹介は終わったとみていいだろう。

「自己紹介が終わったのならルージュとサーシャは仕事を始めろ。トリスタンは新人が仕事を始められるように面倒を見ろ」

「わかりました！」

工房内に戻って指示を出すと、ルージュとサーシャが動き出し、トリスタンが張りきった返事をする。

いつもそれくらいハキハキとした返事をしてもらいたいものだ。

「ここにあるのが二人のデスクだよ。ああ、パレットさんの分は俺が運ぶよ。重いだろうし」

「さすが先輩！　頼りになります！」

俺やルージュが物を運ばせる時は嫌がる癖に、新人の女のためならいいのか。

「デスクはどこに置けばいいでしょう？」

「俺の隣でお願いするよ」

「でも、そうなるとジルク様と距離が遠くないですか？　わからないこととか聞きたいですし、遠すぎると不便なんじゃ……」

パレットの意見を聞いて、トリスタンがこちらを窺《うかが》うように見た。

勿論、俺は首を振って意見を却下だ。

すぐ傍に他人がいるなど冗談ではない。

「ジルクさんは一人が好き……神経質だから周りに誰かいるのが嫌いなんだよ。だから、これくらいは距離を置いておかないとダメなんだ」

「なるほど。なんかクリエイターっぽいですね」

トリスタンの意見に一応納得したのか、パレットが苦笑しながらフォローした。

部下と新人の妙な気遣いが不愉快だった。

9話
Episode 09
独身貴族は嘆息する

「ジルクさん、新人の準備が整いました」

二時間ほど経過すると、トリスタンが報告にやってくる。

後ろにはパレットやイスカも並んで立っている。

トリスタンのデスクの両隣には新しいデスクが設置されており、魔道具作りの道具や事務用品が置かれていた。

賑やかに会話しながら移動する様子も見えていたし、工房案内も一通り終えたということだろう。

チラリと新人に視線をやると、やや緊張した面持ちを浮かべている。

「まずは新人たちの実力を確かめる。氷魔石と風魔石の加工をやってみろ。魔力を均一にな」

「「わかりました！」」

そのように伝えると、パレットとイスカが返事して頷《うなず》く。

どの程度使えるのかわからなければ、仕事を振ることもできない。

まずはどのくらいやれるのか見極める作業が必要だ。

期待はしていないがルーレン家の工房で働いていたんだ。魔石の加工くらいできるだろう。

そう思ってトリスタンに監督させながら、自分の作業を進める。

しかし、数十分が経過しようが全く加工した魔石が上がってこない。おかしい。

トリスタンであれば五つは上げてくる。あいつほどの腕がなくても三つくらいの加工は終わっているはずだ。

「おい、纏めて見せるつもりか？　新人の実力を確認するためだ。一つ加工が終わったのなら早く見せろ」

「あ、いや。それが……」

じれったくなった俺が確認しに向かうと、トリスタンが歯切れの悪い顔をしながらごにょごにょと言う。

「できました！」

ハッキリとした報告を求めようとすると、パレットがそんな声を漏らした。

「見てください、ジルクさん！　氷魔石の加工ができました！」

額に浮かんだ汗を拭いながら晴れ晴れとした顔で言うパレット。

「こちらもできました」

パレットより遅れて、イスカが振り返りながら報告してくる。

二人の手の平には加工されたと思しき氷魔石がたった一つだけ。傍には未加工の氷魔石が高く積まれている。

「……これだけ時間をかけてたった一つか？」

「「え」」

そんなことを言われるとは思ってなかったというような顔を見て、俺はため息を吐いた。

「まあいい。とりあえず、魔石を見せろ」

「は、はい」

スピードが遅いのは致命的ではあるが、加工がしっかりとできていれば問題はない。

そう思って二人から受け取った氷魔石を確認する。

「論外だ。まったく使いものにならん」

「それは具体的にどの辺りがです？」

「一目見ればわかるだろう。魔力の均一化がまったくできていない」

「しかし、我々の魔力加工である程度ムラは抑えられているはずです」

イスカの主張にうんざりとする。そんな舐めた基準で仕事をやっているのかと。

「ある程度だと？　俺は魔力を均一にしろと言ったはずだ」

「でも、ただでさえコントロールが難しい氷魔石の魔力を完全に均一化するなんて不可能です」

などとバカなことをほざくパレットの前で、俺は受け取った氷魔石の一つをトリスタンに渡す。自分の手に残った一つには魔力を流して均一化させた。

「不可能なわけないだろうが。現にこうしてできている」

受け取った氷魔石は魔力加工が歪《いびつ》で濁った色合いをしていたが、きちんと加工処理がされた魔石は澄み渡った色をしていた。

「そ、そんな！　ただでさえ加工の難しい氷魔石の魔力が、こんな一瞬で……ッ！」

「魔力のムラや淀みなんて一切ない。本当に均一化されている！　なんて綺麗な色なんだ」

「まるで宝石みたい」

均一化された氷魔石を見てうっとりとしているイスカとパレット。

頬ずりしそうな勢いで怖い。

あくまで魔石は魔道具のための素材でしかないだろうが。

「ふう、ようやくできました」

「トリスタン先輩もすごい！」

「こちらも美しいです」

遅れて見せたトリスタンの加工魔石を見て、二人が驚く。

「加工が遅い。トリスタン」

「歪に加工されていたので、それを解くのに手間取りました……」

「それでも時間がかかり過ぎだ」

「ジルクさんが速すぎるんですよ」

歪な処理のせいで手間はかかるが、それでもこの程度の作業はもっと早くしてもらわないと困る。

「うちが求める魔力加工はこのレベルだが、お前たちにできるか？」

「で、できません」

「申し訳ありません」

魔石を示しながら尋ねると、パレットとイスカはそっと目を伏せた。

「でも、こんなのルーレン家の工房では教えてもらっていませんでした！」

しかし、次の瞬間、パレットはそのように開き直った。

イスカは口に出して反論こそしていないが、顔には不満が出ており、同じような意見を持っているのが見え透いていた。技量不足だけならともかく、考えの甘さに嘆息する。

「工房は仕事場であって手取り足取り教えてくれる学校ではない」

ただでさえルーレン家の工房は大量の従業員を抱えている。

俺の両親やアルト、イリア、フィーベルと優秀な魔道具師はいるが、彼らには彼らにしかできない仕事があり、全員の面倒を見切れるわけではない。

そのような環境下で上達するには、自分よりも少しでも技量が上のものから技術を盗み、自分で昇華させていく思考と行動力が必要だ。

「魔石の加工すらできないのであれば話にならん。クーラーの販売日までにここまでは仕上げろ」

「そ、そんな！」

「俺たちのように速く加工しろとは言わない。時間をかけても構わないから一つでもできるようになれ。それを雇用試験とし、期日内にできなければ、ルーレン家の工房に送り返す」

「ジルク、さすがにそれは厳しすぎるんじゃないの？　せっかくアルト様が紹介してくれた人たちなんだし……」

ルージュが諫《いさ》めにくるがここばかりは譲れない。

役に立たない者を工房に置いておく気はないのだ。

「優秀な人材ならともかく、使えない人材を雇う余裕も意味もない」

「……わ、わかりました」

「販売日までにこれと同じ魔石を作ってみせます」

「トリスタンの作業を手伝いながら励め」

俺がそう言うと、新人たちは頭を下げてすごすごと下がっていった。

それを見て思わずため息をつきたくなる。

ルージュやトリスタンの言ったように、期待しないでおいてよかった。

もし、新人を当てにして大胆な生産戦略などしようものなら、とんでもない失敗をするところだった。

やはり他人には期待するべきではない。頼りになるのは自分一人の力だけだ。

10話 Episode 10 独身貴族は気難しい

今朝はいつもより早くに目が覚めたが、実に目覚めが良かった。

眠気は一切感じなく、ボーっとした不快感もない。

空は澄み渡るように晴れており、ここ最近に比べると蒸し暑さも控えめだ。

身体《からだ》のコンディションだけでなく環境もいい。

いつもであれば家でゆっくりと家事をしたり、読書をしたり、ロンデルの喫茶店でモーニングを食べたりするのだが、今日はそれらの一切をせず一直線に工房に向かうことに。

……今日は集中して作業できる気がする。

朝から広い工房を占拠だ。

【音の箱庭《サウンドガーデン》】で音楽を流しながら優雅に作業をするのも悪くない。

工房にたどり着いた俺は、扉の鍵を開けようとしたが既に開いていることに気付いた。

「「おはようございます！」」

嫌な予感を抱きながらも扉を開けて中に入ると、そこには昨日入ってきたばかりの新人が腰を折って挨拶をしてきた。

「…………ああ。早いな」

今日は朝から一人で優雅に作業できると思っていたのに計画が台無しだ。

抜群のコンディションが嘘のように霧散し、一気に気が重くなった。

いっそ今から自宅に戻り、そこで作業をしようかなどと考えてしまうが、さすがに行き来する時間が勿体ない。帰ることを諦めた俺は仕方なく、デスクに移動して荷物を置く。

チラリと二人の姿を見ると、デスクの上にはいくつもの加工した魔石があった。

どうやら昨日言い渡した試験をこなすべく、早朝から出勤して練習しているようだ。

「ジルクさん、コーヒーを淹れましょうか？　昨日、ルージュ先輩に淹れ方を習ったんです」

ジャケットをハンガーにかけていると、パレットが立ち上がり愛想のいい笑みを浮かべる。

「不要だ」

「……そ、そうですか」

きっぱりと断ると、パレットはすごすごと席に座った。

それにしても、こうして工房にまったく知らない奴がいると気になって仕方がないな。

ルージュやトリスタンがやってきた時も気になっていたので、時間が経過すれば慣れるだろう。まあ、まずは最初の二週間を越えられるかどうかだがな。

従業員の一員になるかもわからない奴等を気にしても仕方がない。できるだけいないものとして考えることにしよう。

デスクからコーヒー豆とミルを取り出した俺は、自分でコーヒーを作る。

ハンドルを回すとガリゴリゴリと粉砕音が鳴り、コーヒー豆のかぐわしい香りが漂う。

ああ、この豆を潰している感触が堪《たま》らないな。

「コーヒー作ってるじゃん……ッ！」

ハンドルを回し続けていると、パレットの口から囁きが漏れた。

粉砕音を堪能するべく耳を傾けていたが故に、耳が声を拾ってしまった。

「素人のお前と俺が作ったのでは味がまるで違う」

「うえっ!?　す、すみません」

まさか聞こえているとは思わなかったのだろう。パレットは変な声を漏らしながら、作業に戻った。

さっきから集中力が散漫だ。黙々と作業をしているイスカを見習うべきだな。

コーヒーを作り、喉を潤すと俺は一人で作業を始めた。

「「おはようございます」」

「おはようございます、ルージュさん、サーシャさん」

しばらく作業をしていると、ルージュとサーシャがやってきた。

挨拶を交わす声でふと我に返ると、太陽がそれなりに高い位置にまで昇っている。

すっかりといつもの出勤時間になったようだ。

思い描いた理想の過ごし方は新人によって台無しにされたが、集中して作業できる気がしたのは本当のようだった。

「二人とも早いわね？」

「えへへ、新人ですから」

「やる気があるのは結構だけど、無理はしないようにね」

「はい、ありがとうございます。あっ、コーヒーを淹れましょうか？」

「それじゃあ、お願いしようかしら」

「私もお願いします」

「かしこまりました！」

二人に頼まれたパレットが嬉しそうに移動して、コーヒーの用意を始めた。

妙に嬉しそうだな？

「変な顔してどうかしたの？」

訝《いぶか》しみながらパレットを見ていると、ルージュがやってくる。

「魔道具師見習いなのに、お茶汲みとしてこき使われて嬉しいのかと不思議に思ってな」

「こういう小さな積み重ねが信頼関係に繋がるのよ」

「そういうものか？」

他人にコーヒーを用意してもらうだけで、信頼関係が芽生える意味がわからない。

「まあ、ジルクにはちょっとわからない感覚かもね」

「ああ、わからん。俺は自分の飲みたい時に、自分で用意して飲むからな。喫茶店やレストランに行くなら話は別だが」

俺がそのように答えると、ルージュが呆れたような息を吐いてデスクに戻った。

◆ ◆ ◆ ◆ ◆

出勤時間ギリギリにトリスタンがやってきて、続けて作業をしているとサーシャが近づいてくる。

「ジルクさん、少しお時間よろしいでしょうか？」

「応接室でいいか？」

「いえ、それほど重大なことでもないので、あちらで大丈夫です」

サーシャが指し示したのは一階の少し奥にある給湯室。

視線を見る限り、新人にさえ聞こえなければ問題ない程度らしい。

ひとまず、移動するとサーシャが早速と切り出す。

「パレットさんやイスカさんの練習で消費している魔石量が多く、このままのペースで行けば足りなくなるのですが、いかがいたしましょう？　本人たちは自費で買い取ると申し出ていますが……」

そのように説明しながら、魔石の在庫表と消費予測を見せてくるサーシャ。

パレットとイスカには、トリスタンの作業補佐をさせながら、魔石加工の練習をさせている。その際に出た失敗のいくつかは俺やトリスタンが補修すれば、なんとかなるのだが使い物にならないような失敗作もかなり多い。

そういった不安定な魔石は再利用するのも難しく、廃棄しなければいけない。

魔力のムラの大きな魔石や、歪《いびつ》な加工のされた魔石はそれだけで危険だからだ。

元は魔物のエネルギーの核となっていた力だ。未加工の状態で放置すれば、何が起こるかわからない。

そういった事情があり、工房で保有している魔石が大きく減少しているというわけだ。

「それについては工房で出すことで処理してくれ。二人が遠慮するようなら、アルトから既に材料費を貰っているとでも言ってやれ」

「…………」

そのように指示を出すと、サーシャが少し驚いたような顔になる。

「どうした？　そんなにも驚いて？」

「正式な従業員でもない二人に対して、意外と優しいのですね」

基本的に控えめなサーシャだが、上司である俺に大して割と物怖《ものお》じしない。

「現状、役に立たない人材とはいえ、アルトが連れてきた人材だからな。今回は特別だ。二週間で物にできなければ遠慮なく追い出す」

アルトや実家の工房には以前の借りがあるからな。少しだけ我慢してやるだけだ。

期日を過ぎてもできなかった場合は、魔石の膨大な消費による赤字というわかりやすい数字を突きつけて、追い返すつもりだ。

そこまですれば、アルトや実家の奴等も文句は言ってこないだろう。

「うふふ、そういうことにしておきますね」

だというのに、何を勘違いしたのかサーシャは妙な微笑《ほほえ》みを浮かべて去る。

何がそういうことなのかさっぱりわからない。

首を傾げていると、サーシャと入れ違いにルージュがやってきた。

「あっ、ジルク。ちょうど良かった。少しいい？」

「構わん」

ルージュは洗い物以外で給湯室を使わないからな。コップも無しにやってきたということは俺に話があるのだろう。

「……なんか今失礼なこと考えなかった？」

「気のせいだ。それより用件を話せ」

ジットリとした視線を向けられながらも、急かすとルージュはとりあえず疑うのを止《や》めた。

「今日の夜とか予定ある？」

デートの誘いな訳がない。そもそもルージュは既婚者だ。従って業務のことだろう。

「ん？　特に大きな予定は入れてないが……？」

「それなら今夜はパレットさんとイスカさん、サーシャの歓迎会にしない？」

「しない」

「なんでよ！」

断ったら何故かルージュに怒られた。

俺にだって選択の権利くらいあるだろうに。

「俺は一人で食べるのが好きだ。それに何より、そういうのが嫌いだと知っているだろ？」

「ええ、知ってるわ。だからこうしてあたしが頭を下げて頼んでるのよ」

「いや、頭は下げてないだろ」

「細かいところは気にしない」

「そもそも二人は試験中で正式に雇ったわけじゃない」

サーシャのように正式に雇用された者の歓迎会ならともかく、パレットとイスカはまだ正式に雇うと決めたわけではない。

二週間で送り返すなんてこともあり得るのだ。

そんな者たちのために歓迎会などやるだけ無駄だろう。

「あと十二日もの間、ずっとピリピリしたまま過ごさせる気？　ただでさえ、新しい職場にやってきたのにこれじゃ可哀想よ。それにサーシャの歓迎会だってまだだし、クーラーの発売が始まればもっと忙しくなる。ここらでガス抜きも必要だと思うわ」

「とはいっても、今夜というのは……」

「大丈夫。全員の予定は確認済みだから。後はジルクだけよ」

既に根回し済みらしい。優秀すぎる従業員というのも考えものだな。

まあ、アルトが連れてきた人材に冷たく当たった……などと言い触らされても面倒だし、ルージュの言い分にも一理ある。

歓迎会などという催しは気に入らないが、それで繁忙期を迎える従業員のガス抜きになるのであれば悪くはないのかもしれない。

「………わかった。参加すればいいんだろ」

「ありがとう、ジルク」

ルージュはにっこりと笑うと、パタパタと皆のところへ移動。

「皆、今夜は言った通り歓迎会をすることに決まったわ！　どこか食べに行きたい店とかある？　ジルクがいるから普段は入れない高級店でも大丈夫よ」

「マジっすか!?　ジルクさんも来るんですか!?」

「まあな」

ルージュがどうしても頼むからしょうがなくだ。

「イスカさんやサーシャさんは何か食べたいものでもある？」

「え、えっと……」

「僕たちはまだ正式に雇用されたわけではないので、ここはサーシャさんの要望に沿うのがいいかと」

「私もそれがいいと思います」

ルージュが尋ねると、パレットやイスカがやんわりとそのように答える。

トリスタンなら間違いなく遠慮することなく、要望を伝えただろう。

実力はないが人格という面ではトリスタンよりも人ができているかもしれない。

「それじゃあ、サーシャ。どこか行きたいお店とかある？」

「私ですか？　たくさんあり過ぎて迷ってしまいますね」

うーんと唸り声を上げて迷っていたサーシャだが、しばらくして口を開いた。

「『ニクビシ』なんてどうです？」

マズい。そこは俺が贔屓《ひいき》にしているお店だ。こんな奴等を連れていきたくはない。

「待て。別の店に――」

「いいわね！　焼き肉！　旦那や子供のことを忘れて思う存分に肉を食べる！」

「はい！　子供がいるとどうしてもそちらに意識が向いてしまいますから。今人気のお店で思いっきりお肉を食べてみたいと思いました！」

考え直すように説得しようとしたが、ルージュとサーシャはすっかりと意気投合している。

「トリスタン先輩、焼き肉とはなんでしょう？」

「ああ、焼き肉っていうのは、薄くスライスされた肉を自分で焼いて食べる店らしいんだ。俺もまだ行ったことがないけど、皆でわいわいできて楽しいらしいよ」

「なんと！　自分で肉を焼くのですか!?」

「王都には変わった店があるんですね」

トリスタン、イスカ、パレットもすっかりと話し込んで盛り上がっている。

皆が興奮しており、すっかりと乗り気だ。

マズい。他の店に誘導しなくては。

「なあ、別の店にしないか？」

「どうして？　お肉ならジルクも好きでしょ？　それに前は一緒に行こうって話にもなっていたじゃない」

ぐっ、三か月も前のことを随分と詳細に覚えているものだ。

「気に入らないわけじゃない。ただ、俺の紹介があれば、一見《いちげん》お断りの店でも入れるんだぞ？」

「……怪しいわね。まるで、あたしたちに『ニクビシ』に行って欲しくないみたいな」

ルージュがジットリとした視線を向けてくる。

付き合いが長いだけに察しがいいな。

「……気のせいだ。どうだ、サーシャ？」

「そういうお店も魅力的ですが、私は皆で気楽にお肉を食べたいです」

改めてサーシャに交渉を持ちかけるが、きっぱりと拒否されてしまった。

焼き肉への渇望が強いようだ。

「決まり！　今日の歓迎会は『ニクビシ』ってことで！」

ルージュが宣言すると、皆がそれを歓迎するようにパチパチと拍手をする。

どうやら開催店が『ニクビシ』というのは避けられないようだ。

まあ、あそこなら味も保証できるし、俺だけのＶＩＰスペースがある。

他の店で食べるよりも何倍も快適だろう。

「問題はどうやって店に入るかですね。『ニクビシ』はかなり人気で開店前から列ができていますし
……」

「トリスタン！　開店時刻前から並んでくれる？」

「ええっ！　俺ですか!?」

「それが一番確実だから。お願い」

「しょうがないですねぇ」

猫撫で声のルージュに頼まれて、トリスタンが席を立つ。

「入店に関しては俺に任せろ」

「えっ？　ジルクさんが並ぶんですか？」

「そんなバカみたいなことをするか。とにかく、いつも通りに働いて店に向かえばいい」

俺がそのように言うと、トリスタンたちがきょとんとした顔になる。

俺がこういう雑事をやるのが意外に思えたのだろう。

歓迎会のためだけに仕事を切り上げて何時間も並ばせるなんて非効率極まりない。

工房経営にとって大きくマイナスだ。それなら割り切って、俺の力を使った方がいい。

「まあ、ジルクがそこまで言うのであれば任せましょう。仕事を切り上げないで済むなら、それに越したことはないし」

ルージュのそんな声を聞いて、従業員たちはそれぞれの業務に戻った。

11話
Episode 11

独身貴族は仕方なく連れていく

工房の窓から見える景色が薄闇に染まる頃。

「そろそろ行くか……」

作業の手を止めてポツリと呟《つぶや》くと、トリスタンが一番に反応した。

「じゃあ、仕事は終わりですね！　早く『ニクビシ』に行きましょう！」

俺の声に即座に反応していたことから、待ちきれなくて堪《たま》らなかったのだろう。

もっと業務に集中しろと言ってやりたいが、ノルマはきちんとこなしているので見逃そう。

「そうね。業務はこの辺りにして行きましょうか」

「はい」

ルージュがデスクの上で書類を纏めながら言うと、パレットやイスカも口々に返事をして、帰り支度を整える。

まだ二日目ではあるが、誰の言葉に従うべきなのかよくわかっているようだ。

使っている素材を元の場所に戻し、道具を片付けてジャケットを羽織る。

トリスタンがクーラーのスイッチを切り、他の魔道具の確認をしたり、駆け回って窓の鍵を確認したりカーテンを閉めたりしている。

こんな時だけテキパキと働く部下に腹が立った。

俺が身の回りを整える頃には、全員が準備を終えて工房の入り口に固まっていた。

工房の鍵を閉めて歩き出すと、従業員がぞろぞろと付いてくる。

このまま一人だけフラッと帰ってもバレないんじゃないか。そんなことを考えてしまう。

「皆でこんな風に移動するなんて新鮮です」

「こういう催しがないと全員でゆっくりと話す機会なんてそうそうないわよね」

微笑《ほほえ》みながら言うサーシャと、俺の隣でやけに強調しながら言うルージュ。

もっと従業員同士の会食を増やせということか。冗談じゃない。

俺はそういうのが嫌いなんだ。

前世でも大企業と言われるところに所属していたが、あまりにも生産性のない会議や会食というものが多くて辟易《へきえき》し、すぐに辞めたくらいだ。

やりたがるものはコミュニケーションがどうのこうの、直接話すことで人となりがわかる、信頼できるなどと理由を並べ立てるが、どうにも薄っぺらいその考えに賛同できない。

別に人と仲良くなくても仕事はできる。

従業員の能力に見合った仕事を振ってやれば、それだけで組織は回るものだからな。

「それよりこんな遅い時間になって本当に大丈夫なんですか？　この時間はいつも大行列ですよ？」

「問題ない。黙ってついてこい」

やけに心配してくるトリスタンを適当にいなし、そのまま中央区に歩いていく。

飲食店街の一画では、黒煉瓦《くろれんが》で造られた建物があり看板には達筆で『ニクビシ』と書かれている。

夕食時といえる時間帯なせいか、外には大勢の人が並んでいた。

「うわあ、すごい人が並んでます。こんなに人気なんですね」

あまり王都に慣れていないパレットが感嘆の声を上げている。

イスカは大袈裟《おおげさ》な反応をしていないが、大勢の並ぶ人を目にして驚いているようだった。

少し前にも通ったが、その時よりもさらに人が増えている。こんなにも暑い時期なのによく並べるものだ。

「本当に大丈夫なの？」

「問題ない」

今度はルージュが心配の声をかけてくるが、それを一蹴して店内へと入る。

「すみません、お客様。列の最後尾に並んで——あっ！　ジルク様！」

「いつもの場所は空いているな？」

「はい、空いております。すぐに店長を呼んで参りますので少々お待ちください」

声をかけてきたのは新入りだったが、さすがに何度も出入りしている俺を覚えたらしい。

前回のように手間取らせることなく後ろに下がった。

「ジルク様！　よくぞいらっしゃいました！」

「六人だが問題ないか？」

「えっ！　お連れ様がいらっしゃるのですか!?」

後ろにいるルージュたちを見て、店長がかなり驚く。

今まで一人でしか通ったことはないが、そこまで驚かれると少し不愉快だ。

「いたら悪いか？」

「め、滅相もございません。ささ、奥のフロアにどうぞ！」

かしこまった店長の後ろを付いて歩いていく。

「ねえ、ジルク。これってどういうこと？」

「この店の出資者は俺だ。融通が利くのは当然だ」

「ええっ！　そうなの!?」

「それなら言っておいてくださいよ！」

そう言うと、ルージュとトリスタンが驚く。

「言ってどうするんだ」

「俺も並ばずに入れるように便宜を……」

「図るわけないだろ」

きっぱりと断ると、トリスタンがガックリと肩を落とした。

俺は一人で肉を食べたいのだ。こんな騒がしい部下など本来連れてくるわけがない。

今日が特別なだけだ。

「……本当に皆が自分で肉を焼いて食べていますね」

「なんか美味しそう！」

はじめて焼き肉屋に入ったイスカとパレットは一般フロアを物珍しそうに見つめている。

焼き肉の食べ方をまったく知らない者からすれば、新鮮に見えるのだろう。

「こちらになります」

案内されたのはいつものスペースよりも広めのテーブルだ。

六人掛けのイスが置かれており、テーブルには二つほど炭の入った穴がある。

空間にもゆとりがあり、六人で座っても窮屈なことにはならないな。

俺が席に着くと、他の奴等も続いて席に着いた。

店長が発火の魔道具で炭に火をつけると、その上にそっと網を置いた。

「ご注文はいかがなさいますか？」

店長が尋ねると、皆がおずおずとこちらに視線をやる。

期待するような眼差しが鬱陶《うっとう》しいが、工房長であり貴族である俺が払わないと格好がつかないだろう。

「今日の支払いは俺がする。好きなものを頼むといい」

「「ありがとうございます！」」

期待通りの言葉を言ってやると、五人が実にいい表情と声で礼を言った。

これは業務だ。工房経営に必要な経費だ。

そう思えば、無駄な出費も大して苦にならない。

「なんのお肉を食べます？」

「俺、紅牛《くれないうし》の特上カルビが食べたい！」

「トリスタン先輩、それすっごく高いやつですよ!?」

「大丈夫。ジルクさんはポンと三億ソーロの宝具を買えちゃう人だから」

「三億!?　すごっ!?」

確かにそれは事実だが、トリスタンがそのように言うと非常に腹が立つ。

が、それをわざわざ指摘して取り下げさせるのも格好が悪い。

「……好きに頼め」

「わーい！　というわけで特上カルビ一人前！」

「私も！」

「僕も同じものを」

「かしこまりました。紅牛の特上カルビを三人前ですね」

トリスタンに便乗してパレットやイスカも頼んだ。

新人の癖に豪胆な性格をしているものだ。

「私たちは何を頼みましょうか？」

若者たちが派手な肉を頼んでいくなら、ルージュとサーシャもメニューを眺めながら相談する。

「そうですね。シャトーブリアンなんてどうです？」

「あっ！　聞いたことがある！　確か一頭から六百グラムくらいしかとれない希少な部位よね！　食べましょう食べましょう！　後はミスジやザブトンなんかもいいわよね！」

「それも頼みましょう」

紅牛の希少部位、一位、二位、三位を連続して頼んでいる。

さすがは従業員の中で歳を食っているだけあって、注文の仕方が老獪《ろうかい》だ。

払い主に金があるとわかると、人はここまで容赦がないのか。

「……ジルク様はどうなさいますか？」

「タン塩、ホルモン、ハラミ、カルビを一人前ずつ頼む。それと焼き野菜セットもだ」

「かしこまりました」

周りの奴等が希少部位を頼んでいるからといって、それに合わせることはない。

自分が食べたいと思ったものを頼めばいいのだ。

やがて最初の注文が終わると、店長は厨房へと下がっていく。

トリスタンたちが要領の悪い注文の仕方をしたせいで、かなり時間がかかったな。

初めてなので仕方がないが、やはり誰かに合わせるというのは苦痛だ。

一息ついていると、トリスタンやパレット、イスカはまだメニューを覗いている。

「まだ頼むつもりか？」

「次に頼むものを考えておこうとおきまして」

最初の肉すら来ていないのに一所懸命に次の注文を考えるだなんて忙《せわ》しない奴等だ。

12話
Episode 12
独身貴族は焼き肉奉行

「お待たせいたしました」

程なくすると、店長や従業員が頼んだ肉の数々をテーブルに並べていく。

一人で食べる時は、食べたいものをその都度頼んでいくので、こんなにもたくさんの種類が並ぶことはない。

自分だけの肉ではないとはいえ、これだけの肉が並ぶ光景は壮観だな。

「お肉がこんなにもいっぱい！　幸せな光景ね！」

「はい！」

老獪な女性二人もこれにはうっとりとしたご様子。

満足してくれたようで何よりだ。

全員のところにそれぞれの飲み物が行き渡ると、ルージュが乾杯の音頭をとる。

「それじゃあ、今日はサーシャが正式に従業員になったお祝いと、パレットさんやイスカさんが新しくやってきてくれたことを歓迎してってことで乾杯！」

「「乾杯！」」

それぞれがグラスを手にして重ね合う。

軽く掲げるだけで十分なのだが、他の奴等がわざわざぶつけてくるのでしょうがなく合わせてやる。

「それじゃあ、早速焼いていきましょう」

喉を潤すなり、トリスタンがトングで一気に肉を掴んだ。

しかも、最初に掴んだのはタレがこってりとついたカルビだった。

いきなりの暴挙に俺は慌てた。

「待て。炒めものじゃないんだぞ。もっと一枚ずつ丁寧に載せて焼け」

「そ、そうですか。わかりました」

「それといきなり濃い味のものを載せるな」

「え？　どうしてです？」

「タレで網が汚れて、薄味の肉に味が移るだろうが。塩タンのような味の薄いものから焼き、濃い味のものはその後焼いていくのが常識だろうが」

「……いや、俺焼き肉は初めてなのでそんな常識知らないですよ」

何故かムッとした顔をするトリスタン。

「……ですが、確かにその方が理に適っているのかもしれませんね」

イスカは貴族だけあって、美味しい味わい方に理解があるのか納得したように頷《うなず》いている。

「じゃ、じゃあ、味の薄い塩タンからいきましょう！」

微妙な空気を感じ取ったのか、パレットが空気を変えるように明るい声を出しながら塩タンを焼いていく。

しかし、この女。いつまで経っても肉を取らない。何をボーっとしているんだ。

「薄切りの塩タンだぞ？　火を通し過ぎたらタンの柔らかさが台無しになる」

「え？　そうなんですか？」

「早く取れ」

「はっ、はい！」

慌ててパレットが塩タンを回収してそれぞれの皿に盛り付けていく。

既にかなり火は通っており、薄切りタンの良さが台無しだ。

「おい、ルージュ。一体何回肉を突《つつ》くつもりだ。そんなに転がしたら火の通りにムラができるだろう。サーシャ、霜降り肉は強火でサッと脂を落とし、中火のところで焼いていけ」

「んあ～！　もうっ！　さっきからうるさい！　お肉くらい好きに焼かせて食べさせてよ！」

そんな風に肉の焼き方を教えてやると、ルージュがうんざりしたように言った。

「こっちは丁寧に正しい焼き方を教えてやっているだけじゃないか」

「確かにジルクの言うような食べ方が正しいのかもしれないけど、息苦しいのよ。あたしたちはもっと自由に食べたいの」

それでは食材に失礼であり、店長が用意してくれた良質な肉が台無しではないか。

正しい焼き方を無視した焼き肉など、そこらの露店で食べる肉炒めと何ら変わらない。

「ジルク様は大変博識でプロである我々と同等といってもいいほどに知識を持っておられますが、一般の方にそれを実践して頂くのは難しいのかもしれません」

「そういうものか……」

「勿論、食材を大事に思ってくださるジルク様のようなお客様には、私共といたしましては感謝の念が堪えません」

俺が不満げにしていると店長が小声でフォローしてくれる。

まあ、あくまで俺は出資者であって経営者ではない。

店長がこう言っているのであれば、大きく口を出すべきではないか。

「わかった。ならば、俺はこっちでじっくりと肉を焼く。お前たちはそっちで好きに焼け」

「ええ、そうさせてもらうわ」

互いのスタンスが合わないのであれば、無理に合わせる必要はない。

幸いにして焼き場所は二つあるのだ。俺一人が占領しようとも、あっちはあっちでわいわいと勝手に焼くだろう。

「だ、大丈夫なんですかね」

「ああ、あんなのいつものことだから。別に喧嘩《けんか》してるわけじゃないよ」

パレットが妙な心配をしているが、俺とルージュは互いに落としどころを見つけただけだ。別に喧嘩などしていない。

最初からこうすればよかった。これなら実質的に一人焼き肉ができるというものだ。

そう思いながら厚切りの塩タンを焼こうとすると、向かい側にイスカが座った。

「あっちで食べないのか?」

「……ジルク様の焼き肉美学を堪能したいと思いまして」

そういえば、こいつは妙な拘《こだわ》りや芸術性を持つフォトナー家の息子だったな。

変なことを言い出してもおかしくはない。

「……好きにしろ」

一人で食べられないのは残念だが、正しい肉の味わい方を教えてやるのは『ニクビシ』にとっても嬉しいことだろうしな。

✧ ✧ ✧ ✧ ✧

「美味い！　やっぱり、いいお肉は最高ですね！」

「それに自分で焼いて食べるっていうのも楽しいです！」

トリスタンとパレットが感想を漏らしながらパクパクと肉を口に運んでいる。

さっきから肉ばかりで野菜には見向きもしない。わかりやすい奴等だ。

「はぁー、こんな風に外でゆっくりと食べるだなんて久し振りです」

「わかる！　やっぱり、子供や旦那がいると仕事終わりとか食べにいけないものね！　家族との時間も大切だけど、こうやってたまには羽を伸ばすのも大事よね」

「ルージュさん、呑み過ぎには注意ですよ？」

「大丈夫！　あたし、お酒に強いから！　店員さん、お肉とエールのお代わり！」

ルージュは日ごろのストレスや鬱憤《うっぷん》を晴らすかの如く、高級肉と酒杯を重ねている。

やや顔は赤らんでいるが、本人の言う通りお酒には強いようだな。

サーシャはじっくりと肉を味わうようにして食べている。

チビチビと食べているように見えるが、かなり皿を空にしている。

この店を指定したことから肉が好きなのだろうな。

あっちでわいわいと肉を焼いている中、俺はイスカと二人で黙々と肉を焼く。

最初に焼くのは薄切り牛タンだ。

綺麗に薄くスライスされたものを網の上にゆっくりと二枚載せる。

ジュウという静かな音が鳴る。

「……牛タンを美味しく味わうコツはありますか？」

「牛タンはとにかく焼き過ぎないのがコツだ。火加減は中火でいい。ひっくり返すタイミングは表面から肉汁が湧き出し、縮んできたタイミングだ」

「なるほど」

「牛タンは良い焼き加減で焼くと、食感もよく味も最高な肉だ。多くの者たちが好んで食べるが、残念ながら焼き過ぎてしまっている。あっちのようにな」

「焼き過ぎで悪かったわね」

イスカに説明していると、隣に座っているルージュがタンを小皿に入れてパクリと食べた。

小声で話していたがバッチリと聞こえていたらしい。

しかし、ルージュの相手をしている暇はない。

目の前の網では、今まさに牛タンの表面から肉汁がにじみ出ていた。

しっかりと縮んでいるのを確認し、サッと牛タンをひっくり返す。

そして、五秒ほど裏面を焼くと、サッとイスカの小皿に入れた。

「……もうですか？　ほんの五秒ほどしか焼いていませんが？」

「このくらいの焼き加減がいいんだ」

牛タンの裏側はサッと炙る程度で、ほんのりとピンク色なくらいでいい。

戸惑うイスカを前に、俺は熱々の牛タンを頬張る。

「……美味い」

脂も無駄に落ちていないのでとてもジューシーで、肉の旨みがしっかりと感じられる。

俺の口の中から牛タンが無くなる頃には、イスカも口に含んでいた。

「これは……ッ！　しっかりと火が通りながらも柔らかくジューシー！」

衝撃を受けているイスカの表情に満足しながら、次なる牛タンを網に載せていく。

先ほどと同じように縮んで肉汁が表面に湧いたタイミングで裏返す。

「よし、後は五秒ほど炙れば――あっ！」

絶好のタイミングで取ろうと思った肉が、突如攫《さら》われた。

「ジルクの言う、美味しい焼き方がどれほどのものか確かめてあげるわ」

ルージュは偉そうにそんなことを言うと、パクリと俺の育てた肉を食べる。

「くっ、悔しい。あたしたちの焼いたものよりも美味しいわ」

「本当ですね。どうしてこんなにも違うのでしょう？」

右斜めに座っていたサーシャはイスカの分の牛タンを食べたのだろう。

「強火で一気に焼くと肉の表面だけが焼けて固くなり、食感や美味しさがなくなってしまうからだ」

「なるほど。それで裏面はサッと炙るくらいなんですね」

「というか、お前たちはそっちの網だろうが」

「いいじゃない。ちょっとくらい」

「ふざけるな。領土侵犯をしておきながらその態度か」

「はいはい、ごめんなさいごめんなさい」

俺が憤慨の意思を露《あら》わにすると、ルージュとサーシャは元の網に戻っていった。

どうやらそっちで俺の焼き方を試すらしい。

さっき俺が焼き方をレクチャーした時は、うんざりとしていた癖に都合のいい奴らだ。

「さて、牛タンを食べたら、次はカルビだ」

カルビは筋が多く脂も多い部位だ。

「先ほどの牛タンとは違い、こんがりと焼いて食べるのがベストだ。裏返すタイミングは牛タンと同じで、しっかりと脂を落とすように焼くのがポイントだ」

イスカに説明していると、隣ではルージュやサーシャが真似をするようにカルビを焼いている。気にはなるが、こっちにやってこないのであれば問題なしとしよう。

こんがりと両面が焼けたら取り皿にとって食べる。

表面はカリッと香ばしく、脂はとても甘くてジューシーだ。

これぞ焼き肉の王道という味だな。

カルビを食べなければ、しっくりとこないほどだな。

イスカも気に入ったらしく美味しそうに目を細めながら食べている。

追加のカルビを投入すると同時にピーマン、ししとう、エリンギなどの野菜も並べる。

「野菜……ですか？」

イスカが小首を傾げる。

焼き肉屋に来ているのに、どうして野菜を焼くのかが不思議なのだろう。

「味の濃い牛肉類は、野菜との相性も抜群だ。中盤ではこうして肉と一緒に野菜も焼いていくのが定石だ」

「なるほど！」

「『ニクビシ』は肉だけでなく、野菜にもこだわっているから良質だ。そこらの市場で買うよりもかなり美味しい」

「隠れた主役というわけですね……」

「そういうことだ」

いくら美味しい肉とはいえ、ずっと脂身の強い味ばかり食べていると飽きるからな。

こうやって胃袋と舌をリフレッシュするのも目的の一つだ。

「そんなこと言っても、俺は肉しか食べませんよ！」

「別に野菜を食べろなんて言ってない」

トリスタンが大量の肉を食べながら宣言するが、心底どうでもいい。

俺はトリスタンの母親ではないので、もっと野菜を食えなんて言ったりしない。

13話
Episode 13

独身貴族は婚活市場を語る

「ねえねえ、パレットさんって恋人とかいるの？」

黙々とカルビを焼いていると、ルージュが唐突に尋ねた。

「ええっ！　急にどうしたんですか？」

「いやー、あたしとサーシャは結婚していて子供がいるけど、パレットさんはどうなのかなって思って」

「この歳になると、知り合いは既婚者ばかりでそういった恋愛話は聞きませんからね」

「そう！　それそれ！　だから、若い子のフレッシュな恋愛事情を聞きたいなーなんて」

などともっともらしいことを述べる二人だが、単なる好奇心であることは明らかだった。

前世であれば、セクハラだとか騒がれる質問であるが、異世界にはそのようなハラスメントなどという概念は存在していない。

よって、ありふれた会話だ。

「それでどうなの？」

「え、えっと……いません」

その瞬間、トリスタンの身体《からだ》が大きく震えた。

わかりやすい反応をする奴だ。

「えー？　そうなの!?　それだけ可愛ければ、彼氏くらいいると思ったわ」

「いえ、私なんて全然ですよ。そんな可愛いだなんて……」

などと謙遜しながらあざとい仕草を連発してみせるパレット。

心の中では肯定していそうだな。

「今までいい人はいなかったのですか？」

「よく告白とかされてましたけど、全部振りました。どうもしっくりこないというか、私の望む条件を満たす人がいなくて」

「パレットさんの望む条件って？」

「まず顔が良くて、背が高い人がいいです。百七十センチ以上で高ければ高いほど！　それできちんと収入があって、同い年から二十代後半くらいまでの男性ですかね」

おっと、これは想像以上に具体的な条件が出てきたぞ。

「収入は具体的にどれくらい求めているの？」

「そうですね。年収五百万ソーロは欲しいです」

パレットの条件を聞き、トリスタンがガックリと肩を落とした。

あいつの年収はパレットの求める年収に大きく届いていないからな。

「なるほど。パレットさんは随分としっかりとした条件があるのね」

「幸せな生活を送るためにもお金は必要ですから」

にしても、同年代で年収五百万ソーロか。失笑してしまうな。

「……ジルク、なんで笑ってるのよ」

「いや、別に」

「私の述べた条件ってそんなにおかしいですか？」

ムッとした顔のパレットが俺に尋ねてくる。

「おかしくはない。ただかなり険しい道だなと思っただけだ」

「どうしてです？」

やはりと思っていたが、どうやら知らずに掲げている条件らしい。

「十代から二十代で年収が五百万ソーロを超えている王都在住の男性がどれほどいると思う？」

「えっと、知りませんけど……」

「というか普通知らないいんじゃない？」

「王国賃金統計調査によると、年収五百万ソーロ以上稼ぐ男の割合はおよそ三パーセントだ」

「……よくご存じですね」

「まあな」

サーシャが呆れと感心の入り混じった反応をするが、王城に出入りして、多少の仕事をやっていれば知れる情報だ。

「そもそも二十代で年収五百万ソーロを求めている時点で高望みだな。そこからさらに独身という条件が加わり、なおかつ顔が良く、身長が百七十以上という条件を付け足すと、一体どれだけの割合の人が残るのだろうな」

さらにこの新人と気が合い、交際が続けられる男性となると、天文学的な数字になりそうだな。

「もし、仮にお前が挙げたような好条件の男がいるとして、果たしてそいつはお前を選ぶかどうか……」

「ちょっとジルク。いくらなんでも言い過ぎ――」

「目から鱗でした」

「え？」

パレットの怒るでも悲しむでもない反応に、庇《かば》おうとしたルージュが戸惑いの声を上げた。

「私、そんなに確率の低い出会いを探していたんですね。確かにジルクさんの言う通り、無理に近いです」

顎に手を当てながら「むむむ」と考え込むパレット。

「条件を下げることは簡単ですが、やっぱり理想は高く持ちたいです。好条件の男を捕まえるにはどうしたらいいと思いますか？」

ここで感情的にならず、素直に打開策を乞うてくる様子を見ると、やはり計算高く強《したた》かな女だったようだ。

「まずは自分を磨くことだな。たとえば、お前が一人前の魔道具師となり、独立して自分の工房を持ち、数々の人気作を出していけば自分の価値は変わるだろう」

優秀な男の傍には、それを支える優秀な女が傍にいるものだ。

男女の結びつきとは、互いのパワーバランスが釣り合って成立するものだ。

それらは前世であろうと、異世界であろうと変わらない。

まあ、一般の奴等はそれを理解することができず、高望みをして婚活の沼にハマるわけだが。

「なるほど！　届かないなら自分の価値を上げて、届くようにすればいいんですね！　私、一人前の魔道具師に向かって頑張ります！」

前向きなのはいいことだ。頑張れ。

「なんかいい感じに纏まっているのが納得できないわ」

「確かにAランク冒険者のエイトさんも、同じパーティーのマリエラさんと結婚しましたね。お互いに強くてお金も稼げてイケメンに美人！　羨ましいです！」

「トリスタンさんにもきっといい出会いがありますよ」

テーブルに突っ伏したトリスタンを月並みな言葉で慰めるサーシャ。

「ところで、イスカさんはどうなの？」

「……僕ですか？」

パレットの恋愛事情談義が落ち着くと、ルージュはイスカに狙いを定めた。

さっきの会話を聞いてはいたが一切交じることはなかったので、あまりそういった話題に興味はなさそうだ。

「うん、恋人とかいるの？」

「……恋人はいませんが、婚約者ならいます」

「うえええっ！　なんだよそれ!?」

イスカの返答に取り乱したのはトリスタンだ。

「とはいえ、家同士の結びつきによる婚約なので、先輩方が期待するような面白い話はありませんよ。まだ会ったことすらありませんので」

パレットと比べると、こちらは比較的ドライだ。

家同士が決めた貴族の婚約などそんなものだろう。

「まあ、イスカさんほどの年齢で、貴族ならば婚約者がいるのは当然ですよね」

「俺にはいないが？」

「ジルクは例外よ」

サーシャの呟《つぶや》きに突っ込むと、ルージュにバッサリと切り捨てられた。

レナードやグレアスだって婚約者はいない。

俺の周りには婚約者のいない貴族が大勢いるというのに納得できないな。

「ズルい。確定で恋人ができるなんて……貴族って羨ましい！」

イスカの話を聞いて、トリスタンが血涙を流さんばかりの勢いで羨ましがる。

「家の力がなければどこの家とも結びつくことができず、結局は平民のところに嫁いだりもする。貴族だからといって、楽に結婚ができるというのは大間違いだぞ」

「そんな厳しい現実は知りたくなかったです！」

トリスタンは貴族というものにやたらと憧れを抱いているからな。

誤解をしないように現実を教えてやるのも俺の優しさだ。

「さて、腹も膨れたしもう十分だろう」

「なに言ってるのよ。夜はまだまだこれからじゃない」

「俺もまだ食べられます！　せっかくジルクさんの奢《おご》りで食べられるんで、もっと食べないと！」

解散の雰囲気を醸し出すと、ルージュやトリスタンをはじめとする従業員から反対の声が上がった。

胃袋事情はともかく、大人数での食事に疲れた。

いつもならとっくに自宅に帰って一人の時間を満喫している頃だ。

俺の心が、さっさと一人の場所に行けと囁いている。

「ならば、お前たちは好きに食べろ。俺は一人で家に帰る」

「お勘定はどうするの？」

立ち上がってジャケットを羽織ると、ルージュがお金の心配をしてくる。

「店主に金は渡しておくから問題ない。それと明日は休む。問題ないな？」

「クーラーの予約開始日ではあるけど、ジルクには関係ないし問題ないわ」

「じゃあな」

俺はサッと個室フロアに出ると、店主に多めのお金を渡して店を出た。

多くの客が並んでいる店の前を離れ、大通りは使わずに裏道へ。

ここまで来ると人気《ひとけ》はなくなり、ようやく一人になれた。

「やっぱり一人が落ち着くな」

夜空に輝く星々を眺めながら俺はゆっくりと帰路につくのだった。

14話 Episode 14 独身貴族は山を登る

歓迎会なる催しに付き合わされた翌日。

休みを取得した俺は朝早くから王都を出て、ルーレン家の所有する山にやってきていた。

繁忙期を前に従業員のガス抜きも兼ねているというのであれば、工房長である俺にもガス抜きは必要だ。

昨日は行きたくもない大勢での食事に付き合わされたので、今日は自分を労《ねぎら》うために大自然の中で一人を満喫するのだ。

整備されていない山道を俺は進んでいく。

季節は夏の盛りで暑いのだが、高くそびえ立つ木々の枝葉が日を遮ってくれているので思っていたよりも涼しい。天然の緑のカーテンというやつだ。

深呼吸をすると新鮮な空気が肺に取り込まれて、体内を循環する。

青々とした葉っぱの匂い、土の匂い、わずかに残る獣の匂いなどが鼻腔をくすぐった。

自然の音だけに支配されており、王都のような雑踏はまるでない。

遠くで響き渡る鳥の鳴き声が聞こえ、近くには川があるのか水の流れる音がした。

それにつられるようにして移動すると小川があった。

水の音を聞きながら川に沿って歩いていると、小さな生き物が動くのが見えた。

「サワガニか……」

足が浸かる程度の水深の浅い石の近くに二匹ほどいる。

さらに視線を巡らせると、同じような場所に三匹ほどサワガニを見つけた。

「素揚げにして食べるのもいいな」

今日の目的地は決まっており、そこで食事を堪能する予定である。

十分な食事は【マジックバッグ】の中に入っているが、現地調達した食材があっても悪くない。

今履いているブーツは耐水性も高く、中まで濡れることはないので、そのまま小川に足を入れた。

パシャパシャと足で水をかきわける音を聞きながら、サワガニを手で捕まえる。

手の平に乗せると勢いよく逃げようとするので、ガッチリと背中と腹を押さえた。

甲羅は灰色だが手足はほんのりと橙色だ。

【マジックバッグ】から取り出したケースに水と一緒に入れてやる。

「これで一匹」

二匹目を捕まえようとしたが、傍にいたサワガニは逃げ出してしまったのかいない。

しかし、すぐ近くに潜んでいるはずだ。

近くにある小石を適当にひっくり返していくと、三つ目でサワガニが出てきた。

「見つけた」

水の流れに乗ってちょろちょろと逃げていくが、素早く手で掴んで捕獲してやった。

これで二匹目だ。

そうやってサワガニが好みそうな石ころをひっくり返していくと、次々と見つかりそれらを捕獲していった。

「十匹も獲れれば十分だろう」

サワガニなのでサイズは小さいが、一人で楽しむ分にはまったく問題ない量だ。

収納したケースを肩にぶら下げ、山登りを再開しよう。

陸に上がろうとすると、視界の端で川だまりのような場所を見つけた。

しかも、そこには小さな魚の影がある。

気になって近づいてみると、川でよく見かけるアブラハヤがいた。

唯一の出口は俺が塞いでおり、逃げ場所もほとんどない。

水深も浅いので網で簡単に捕まえられそうだ。

【マジックバッグ】から網を取り出した俺は、そーっとにじり寄る。

網をスーッと水中にくぐらせながら、一気にすくい上げた。

すると、三匹ほどが網の中でピチピチと跳ねていた。

新たに取り出した別のケースに入れた後、そのまま続けて網を振るうとさらに三匹。

「入れ食い状態だな」

さすがに網を振るって追いかけ続けると、たむろしていたアブラハヤは散ってしまった。

しかし、ケースの中には八匹のアブラハヤがいるので十分だ。

ケースを持って岸に上がると、まな板を広げて腹を捌《さば》き、内臓を抜いておく。

生きたままだと【マジックバッグ】には入れられないし、目的地まで少し時間がかかるからな。

こうして処理をして【マジックバッグ】内で保存する方がいいだろう。

それにアブラハヤは内臓が苦いので、そのまま味わうよりも抜いた方がいい。

サワガニは泥吐きをさせたいし、そのままケースに入れて引っ提げるか。

そういうわけでアブラハヤだけ【マジックバッグ】に収納。

これで荷物が少ないまま山登りを再開できるというわけだ。

目の前には清らかな川が流れている。

とても冷たくて足を浸ければ心地いいだろう。

そんな誘惑に駆られてしまうが、ここは我慢だ。

目的地に着けば存分に味わえる。

そう心の中で呟《つぶや》き、俺は再び山道を歩き出した。

「着いたな」

山を登り続けること数時間。俺はようやく目的地にたどり着いた。

目の前には清らかな川があるが、中央には確かな足場がありテーブルもあった。

そう、ここは川床だ。前世にもあった夏の涼の取り方の一つ。

ルーレン家の管理する山の上流でそれを再現している。

靴を脱いでそこで座り込むと、民家から俺の到着を待っていた老夫婦がやってくる。

「これはジルク様、どうもいらっしゃいませ」

「今年も涼ませてもらいにきた」

「ジルク様の魔道具のお陰で健やかな生活を送れております」

「気にするな。その代わりお前たちにはここの維持をやってもらっているのだからな」

近くに住むゲルダとリグルには、川床の管理してもらう代わりに俺の作った魔道具を与えている。

歳をとると井戸の水を汲むのも重労働であるし、薪《まき》を拾い集めて火をつけるのも大変だからな。

そんな生活の支援として魔道具を与え、バリアフリーな生活を送らせているのだ。

「どうだ？　生活の中で困ったところはないか？」

「これだけたくさんの魔道具を頂いているのです。困ったことなど何も……」

「そういう遠慮はいらない。これは俺の将来のためでもあるんだ」

恐れ多い反応をする夫妻だが、それでは俺が困る。

「ジルク様の将来のためですか？」

「俺が年老いた時に、生活で不便だと感じるようなことは魔道具で解決したい。そのためにもどんな些細なことでも教えてくれると助かる」

正直、川床の管理だけであれば、適当な村民に金を払って定期的に管理させればいい。

わざわざ高価な魔道具を与えるほどのことではない。

それでもなお、俺がこの二人に魔道具を与えているのは、俺が年老いて一人で生活することになった時のモデルケースのためだ。

俺は前世でも三十五歳という比較的若い年齢で死んでおり、老後の生活というものを経験したことがない。

独神《ヒトリガミ》には健康な身体《からだ》を貰っているが、それがどこまで通用するのかはわからない。

病気にならないだけで、老化による筋肉の衰えなどには作用しないかもしれないのだ。

少しでも参考になる意見を取り入れ、今のうちに対策できる魔道具を開発しておくべきだろう。

最終手段として、金を払って他人に世話をしてもらうこともできるが、可能なら誰かを頼りたくはない。最期まで一人で生きていきたいからな。

俺がそのように目的を吐露すると、リグルとゲルダは納得したように頷《うなず》いた。

「ジルク様がそうおっしゃるのであれば遠慮なく。やはり大きな悩みといえば、重い物を持ち上げたり、運んだりすることでしょうか？　年寄りになるとどうしても筋力が衰えますし、腰も曲がってしまいますから」

「関節が痛くなると、立ったり座ったりすることや、階段の上り下りも辛い時がありますね。そういった事情で家の細部の掃除が難しくなることも……」

リグルとゲルダの言葉をメモ帳に記していく。

漠然と不便になるイメージはあったが、やはり実際に生活している老夫婦の生の声は違う。自分では想像もしないような細かな不便が語られた。

後半部分は雑談のようなものへ移行していたが、そこは適当に聞き流した。

やはり大きな部分は筋力の低下か……。

身体強化を使えば老人でも驚異的なパワーを発揮できるが、老いた身体で使うと負荷が大きく、逆に身体を壊してしまうこともあると聞いた。

それにその頃には魔力の通りなども悪くなって、上手く魔法なども使えないと聞くので道具で代用するのがいいだろう。

前世の科学でこういった部分に着目してパワードスーツのようなものが作られていた。

全身のような大掛かりなものは難しいかもしれないが、一部の筋肉を補助するような魔道具なら作れるかもしれないな。

「なるほど、とても参考になった。ありがとう」

「いえいえ、こんなことであればいくらでも協力いたしますとも」

「これはもうすぐ発売するクーラーという魔道具で涼風を噴き出す。この辺りは涼しいから不要かもしれないがな」

メモ帳を仕舞うと、代わりに【マジックバッグ】の中から小型クーラーを取り出して渡す。

中型でもいいかもしれないが、持ち運びが辛いといっている老夫婦に重い物を持たせるのも申し訳ないしな。

軽い上に馬力も十分なので過ごす場所に合わせて移動させればいい。

「おお！　ありがとうございます！　ここ最近はどうも暑さが厳しかったのでとても嬉しいです！」

「直接涼風に当たり続けるのはオススメしないから注意してくれ」

「かしこまりました」

ゲルダが丁寧にクーラーを受け取ると、傍にある家に持っていく。

「貴重な魔道具のお礼にもなりませんが、今年もいい皿ができましたので受け取ってくださると幸いです」

残ったリグルは傍に置いてある布袋を広げる。

そこには数多《あまた》の食器が並んでいた。

リグルとゲルダは陶芸家だ。

山奥で川床の管理を引き受けてくれたのは、ルーレン家の所有しているこの山が食器を作るのに必要な粘土、石などの素材の宝庫だからでもあるのだ。

小皿、平皿、丸皿、大皿、湯飲みのようなものまで様々だ。

「オススメはこちらの茶碗です」

「……綺麗だな。まるで氷が割れているかのようだ」

リグルのイチ押し作品は、黒と青緑が入り混じったような茶碗だ。

「素地の土と砕いた氷魔石を練り合わせて作りました」

「……原料に魔石を使っているのか？」

「はい、魔道具で使う魔石があまりにも綺麗で利用できないかと考え、アルト様にご相談してみると、魔力を限界まで抜いた屑魔石を頂けました」

「なるほど、アルトがきちんと魔力処理をしているものなら安心だ」

魔石をそのまま砕いて使ったと言えば、すぐに止《や》めさせるつもりだったが、アルトがきちんと処理しているのであればいい。

未加工の魔石は指向性のないエネルギーだ。それを素人が砕いて加工するなど、危険極まりない行いだからな。

「しかし、複雑な色合いだな。氷魔石を加えるとこんな色合いになるのか？」

「これは焼いた時の収縮率の違いによって独特なヒビ割れができ、氷が割れたように見えるのです。他にも使っている素材の配合にも工夫をしており――」

俺の疑問がリグルのスイッチを入れてしまったのか、想像以上の熱量で語られる。

正直、陶芸に関してはそこまで知識がないので共感はできないが、クリエイターとしての彼の熱意や工夫はかなり伝わった。

「あなた、あまり自分の言葉をぶつけてはジルク様が困ってしまいますよ」

「これは失礼いたしました。つい作品への熱意が溢れてしまいました」

戻ってきたゲルダに窘《たしな》められて、リグルはハッと我に返った。

リグルの作ったものは全体的に渋いものが多い。

素材そのものの良さを引き出すのが好きなのだろう。

ゲルダの作ったものは素朴ながら温かな風合いを感じさせる作品が多い。

自分が使うことを想像するだけで、心がホッとするようだ。

「全部気に入ったので持ち帰ってもいいか？」

「どうぞどうぞ。是非とも持っていってください」

「感謝する」

リグルとゲルダに許可を頂いたので、そのまま皿を包んで【マジックバッグ】に収納させてもらった。

15話
Episode 15

独身貴族は川床を堪能する

「長々とお話ししてしまいすみません。それでは、ごゆっくりしていってください」
「ああ」
食器を受け取ると、リグルとゲルダは深く礼をして去っていった。
二人には川床を管理してもらっているだけで、別に俺のお世話係というわけではない。
頼めば甲斐甲斐《かいがい》しく世話をしてくれるだろうが、俺はそれを望まないし一人が好きだ。
二人はそれをわかっているので早々に去ってくれたのだろう。
気遣いを嬉しく思う。
一人になると川のせせらぎがやたらと大きく聞こえた。
川の傍にいるからかとても涼しい。
扇風機やクーラーで得られる涼とは違った、自然な涼。
座っているだけでスッと汗が引いていくようだ。
縁に移動すると、そのまま靴下を脱いでそっと川に足を入れた。
冷たい水流が足の熱を奪っていくのが気持ちいい。
流れる涼風と岩を打つ水の音が心地よく、その音を聞いているだけで癒される。

見上げれば、樹齢四百年を超える大木がそびえ立っており実に立派だ。

大木をはじめとする木々が陽光を遮り、微かな隙間を通ってきたものが床に斑を描く。

ここだけは別世界の美しさと涼しさだ。風流極まる格別の空間だな。

今頃、あいつらは工房で仕事をしている最中だろう。

今日からクーラーの予約が始まるので、特にルージュは忙しいに違いない。

予約が始まる前から二百件以上の見積もりが立っていると聞いたが、実際にくる数はどの程度だろうな。

まあ、新人が使えない限り、見積もりを大きく上回ろうが多く量産することはできない。

無理のないペースで生産していくだけだ。

「おっと、せっかく休んでいるのに仕事のことを考えては勿体ないな」

心と身体《からだ》を休める時間は必要だ。身体の方は独神《ヒトリガミ》から貰った力のお陰で丈夫かもしれないが、心はそうはいかない。

休める時は休む。きっちりとメリハリをつけないとな。

何をするでもなく、しばらく景色を眺めながらボーっとする。それでいいのだ。

そうやって過ごしていると、不意にお腹《なか》の音が鳴った。

朝早くに出発し、険しい山道を登ってやってきた。

俺の胃袋が空腹を訴えるのも仕方のないことだった。

「昼食にするか」

食事をすることに決めた俺は、足をタオルで拭いて水気を取った。

それから【マジックバッグ】に収納していた数々の食材や、必要な料理器具などを取り出す。

主な食材はアブラハヤ、サワガニ、それに道中に採取しておいた山菜と野草だ。

自宅から様々な食材を収納してやってきたが、山の恵みはとても豊かで思っていた以上に現地調達ができてしまった。

これなら無理に持ってきた食材を消費することもない。

山に登って現地で調達した食材だけで料理を作る。悪くない。

アブラハヤは半分ほどを塩焼きにし、残りはサワガニと一緒に素揚げ。山菜と野草は天ぷらにしてしまおう。

食材の調理方法は一瞬にして決まった。

それが手軽でもっとも美味しいだろうという直感があったからだ。

アブラハヤやサワガニから食べたくなるが、いきなり揚げると油が汚れるので山菜から攻めることにする。

まずはウドだな。

ウドは基本的に春の山菜だが、新芽を採取すれば美味しく食べられる。

ウドの根元を落とすと、固い薄皮を剥がす。

産毛を包丁で丁寧に削いでやり、適当な大きさにカット。

そこからさらに縦に四等分にしてやり食べやすいサイズにすると、酢を入れた水に浸してアクを抜いておく。

その時間の間に、油や衣液の準備だ。

折り畳み式の魔道コンロを取り出す。

中にはバーナー部が折りたたまれており、スライドさせる。

周りにある五徳を展開させ、下にある脚もきっちり開いてやる。

内部に収納されているヒートシールドを展開し、小さな火魔石を投入。

最後につまみを回せば、それだけで着火する優れものだ。

ちなみに工房では売っていない非売品だ。

俺がアウトドアを楽しむためだけに作った魔道具だからな。

折り畳み式コンロの上に鍋を置いて、そこに油を投入だ。

その間に小麦粉と片栗粉を小皿に入れて、そこに炭酸水を注ぐ。

水ではなくて驚くかもしれないが、この方がパリッと仕上がるからな。

衣液が出来上がると、熱せられた油の中に衣液を少し入れる。

衣は途中まで沈んだが、すぐに上がってきた。

高温になっているのがわかったところで、アク抜きをしたウドの水気をしっかりと拭う。

衣液に浸して、油の中へ投入した。

川のせせらぎの音に混じる油の音。

まったく違う音なのに聴いてみると意外に悪くない。不思議だな。

ウドを投入し終わると、次に採取したドクダミとシソも同じように入れる。

鮮烈な臭いを放つドクダミだが、熱を加えると特有の臭いはなくなり食べやすくなるのだ。

シソに関しては美味しさは約束されたも当然だな。

ドクダミとシソは薄い葉なのですぐに揚がった。

リグルがくれた平皿に載せ、追加で揚がったウドと一緒に盛り付ける。

「いい皿に盛り付けると何倍も美味しそうに見えるな」

食器とは、たった少しの手間でこんなにも彩《いろどり》を与えてくれるのだ。

ただの器ではなく、それも料理の一部だと俺は考えている。

「さっそく食べるか」

ただ眺めるだけでは勿体ない。

自前の箸を手に取ると、俺はウドの天ぷらを口に運ぶ。

シャキシャキとした食感とほろ苦さが口の中に広がった。

「大人の味だな」

前世でもよく天ぷらにして食べていたが、やはりスーパーで買ったものよりも採れたての方が風味が豊かだ。

塩をつけて食べても美味しい。

天つゆでもいけるが、塩の方が素材の風味をそのまま味わえるので好きだな。

お腹が空いていたこともあり、あっという間に食べ終えてしまった。

まだ腹は膨れていない。

次はアブラハヤの塩焼きだ。

処理を施したアブラハヤを軽く塩もみし、そのまま串に刺していく。

サイズは小ぶりなので五匹を一気に串へと通した。

串を刺したアブラハヤをそのまま炎で炙っていくと、瞬く間に焦げ目がついていき、いい匂いが漂い始めた。まるで鮎を焼いた時の香りと似ている。

小さな魚なので長時間焼く必要はない。

すべてのアブラハヤの全身に火が通ったら、すぐに火から離した。

味付けとして塩をパラリとかけると、そのまま豪快にかぶりつく。

焼き上がったアブラハヤの身はほっくりとしており、淡泊な味わいが広がった。ほんのりとかけた塩と非常に合って美味しい。

小さな魚なので頭や骨までそのまま食べることができて食感もいいな。

アブラハヤのお供となるのは、ホムラの店で買った夏酒だ。

おちょこに注いで飲むと、口の中で華やかな香りと味が広がった。

キリッとした清酒独特の味が喉の奥を通り抜け、これがまた塩焼きととても合う。

「……美味いな」

再び油が温まるまではアブラハヤを布で拭って水分を取っておく。

水分を含んだまま揚げると、油が弾けて危ないからな。

サワガニは料理用の清酒に浸して、酔わせてから丁寧に洗って拭う。

水分をきっちりと取り終わる頃には、油がしっかりと温まっていたので、そこにアブラハヤとサワガニを投入。

投入されたサワガニはピクピクと脚を動かしていたが、すぐに動かなくなってしまった。

瞬く間に体表が赤くなっていき、甲羅には焦げ目がついた。

赤くなっただけでこれだけ美味しそうに見えるのでカニという生き物は不思議だ。

熱が通ったアブラハヤは引き上げて、リグルから貰った角皿に載せる。

サワガニは寄生虫が怖いので油の弾ける音がしなくなっても念入りに火を通す。

しっかりと熱を通したサワガニも角皿に載せ、サラッと塩を振りかければ完成だ。

サワガニの素揚げを掴んでそのまま口へ運ぶ。

バリバリとした食感がし、中はサクサクだ。

噛むと口の中でカニの味が広がる。

「……美味いな」
清酒を口に含むと旨みが変わる。
新たな旨みが引き出されると、記憶として鮮烈に残るな。
塩との相性もとても良く、おつまみの一品としてピッタリだ。
パクパクとスナック感覚で味わえてしまう。
サワガニだけでなくアブラハヤの素揚げも食べる。
表面はパリッとしており、こちらも美味い。
塩焼きで食べた時よりも、身がふっくらと感じられる。
より美味しく頂くには素揚げや天ぷらの方が正解なのかもしれない。
ただ塩焼きも食べたかったので悔いはないな。
川の流れに耳を澄ませ、美しい自然を眺めながら山の幸をいただく。
「悪くない」

16話
Episode 16

独身貴族は弟と語る

昼食を食べ終わり、川に足を入れて涼んでいると誰かが近づいてくるのを感じた。

リグルやゲルダとも違う人の気配だ。

「はぁ……やっぱり、ここにいた」

視線をやると、そこには弟であるアルトがいた。

額に汗を滲ませてふうと息を吐いている。

「わざわざやってきたのか」

「だって、僕の方から来ないと兄さんは実家をスルーして帰るでしょ？」

その通りだったので何も言い返せない。

山を下りたらそのまま王都まで帰るつもりだったからな。

せっかく一人の時間を満喫して山にきたんだ。

口うるさい両親や、妹夫婦に絡まれたくなかったからな。

俺が無言で川を眺めていると、アルトが隣に腰を下ろした。

そして、同じように靴下を脱いで川に足を入れる。

「ああ、冷たくて気持ちいい」

「で、何の用なんだ？」

「もうちょっとゆっくりしようよ」

「わざわざ山を登ってまで聞きたいことがあったのだろう？　そんな用件を放っておいてのんびりしろという方が難しい」

ようやく寛げるところ悪いが、用件は早く済ませておきたい。

せっかくゆっくりできる場所にいるんだ。余計なことでモヤモヤしたくない。

「確かにそれもそうだね。聞きたかったのはパレットとイスカのことさ。どうだい二人は？」

「正直言って使えないな」

「ハッキリと言うねぇ。見習いの中では、あの子たちは優秀な部類なんだけど……」

「あれで優秀なのか？　ルーレン家の工房で働く従業員の質が疑われるな」

「誰かさんがポンポンと仕事を丸投げしてくるせいで、若手の育成にまで手が回らなくてね」

やや陰湿な言い方をされたが、そう思われるくらいに仕事を丸投げしたので強くは言えない。

「それはそうとして、見習いの癖に魔石の魔力均一すらロクにできんのは頂けん」

「兄さんの求める魔力加工はレベルが高過ぎるのさ」

「そうか？　魔力均一など八歳の頃に俺はできたぞ」

転生者という特別な事情があるとはいえ、俺の住んでいた世界では魔力なんてなかった。

魔力に触れるのはこの世界にやってきて初めてであり、習熟にはかなり苦労した。

より自然に感じられるこの世界の住人であるあの二人が、俺よりも未熟とはどういうことだ。

「兄さんの才能は別格なんだよ」

そう言われると、何も言えなくなってしまうがそんな簡単な言葉で片付けられるとモヤッとする。

「仮にその一言で片付けるとして、工房で技術を教えられていないなどと堂々と言い張る二人の甘い精神性には辟易《へきえき》する」

工房にレスタ、ミラ、アルト、フィーベル、イリアといった確かな実力を持った魔道具師がいる。

それ以外にも家族を支えるそれなりに優秀な魔道具師が在籍していた。

精密な魔力加工だってその時に目にしていたはずなのに、それをものにできていないのは漫然とした生活を送っていたということに他ならない。

「それは僕の指導が甘いっていう一面もあるから、強く反論はできないね……」

見習いの向上心の低さと心構えの甘さを指摘すると、アルトはしゅんと肩を落とした。

「……別にお前を責めてるわけじゃない」

悪いのは甘い考えで過ごしていたイスカやパレットであって、アルトではない。

……はぁ、これだから人を育てるというのは面倒なのだ。

人を育てるには多大な労力と時間がかかる。

それなのに育て上げた人材が最後まで自分のところに残ることは保証されていない。

戦力になるほど鍛えたとしても、辞職、転職、独立などで出ていってしまうかもしれないのだ。

そんな分の悪いものに投資をしろというのが無理な話だ。

前世の企業が即戦力の使い捨てばかりを求めていた気持ちがよく理解できる。

これなら俺が新人の分まで働いた方がマシなんじゃないだろうか？　あるいはトリスタンの給料を引き上げて、もっと働かせるか。

こんなことをすぐに考えてしまうのは、俺に人材教育が向いていないということなのだろうな。

なにせ俺は一人が好きなんだ。誰かの面倒をみるなどという行動とは、真逆のスタイルを突き進んでいる。適性がないのは当然だ。

しかし、そう割り切って放置していては、これまでとは何も変わらない。

新人を育てない企業は、やがて衰退する。

そんなもの、前世の企業を見れば明らかだしな。

「彼らが甘いことを言って努力を怠ったのなら送り返しても構わない。ただ、彼らはまだ見習いなんだ。兄さんのように完璧にできるわけじゃない。少しだけ長い目で見てやれないかな？　頼むよ」

アルトはそう言うと、頭を下げた。

何かと条件をつけて兄である俺を働かせようとする弟だが、このように真摯に頭を下げて頼み込んできたのは随分と久し振りな気がする。

「……まあ、前回の件で借りもあることだ。少しだけ長い目で見てやる。ただ、それでも使えない場合は遠慮なく送り返すから文句は言うなよ？」

いくら弟の頼みとはいえ、使えない人材を工房に置いておくつもりはない。

「勿論、構わないさ」

そのように釘を刺すと、アルトはにっこりと笑った。

魔石の魔力均一があと十一日でできなければ送り返すことになっている……とまでは言わなくてい

いだろう。もっと優しくしろと言われても面倒だからな。

「ああっ、でもちゃんと上手くできたところは褒めてあげてね？　兄さんはそういうところが口下手だから」

「別にそんなことはない」

「じゃあ、最近トリスタンを褒めてあげた？」

「………………」

そう言われて記憶を掘り起こしてみるも、トリスタンをロクに褒めた覚えはないな。

「ほらぁ、ダメだからね？　部下の働きはちゃんと褒めてあげないと」

覚えがなくて黙っていると、アルトが呆れた顔をしながら肩を叩いた。

「どうして俺が人を褒めねばならん」

「誰かに褒められるって嬉しくなってモチベーションが上がったりするでしょ？」

「しないな。俺は自分が便利に使うための魔道具を作っているだけで、第三者の賞賛など求めていない」

自分が満足できるものさえ作れればいい。

他者に認められたから、褒められたからなどという事で一喜一憂はしない。

「それは兄さんくらいだよ。普通の人は、自分の働きや貢献を認めてもらえるだけで嬉しくなったり、頑張ろうって思えたりするんだ」

シレッと俺が普通の人ではないと言われているような気がするが、あれだけ大きな工房で部下を育てているアルトが言うのであれば間違いないのかもしれない。

「兄さんにもしっくりくるような言い方をすると、言葉はコストのかからない投資かな。お金を渡さずに、従業員をやる気にさせるってすごい事じゃない？」

「なるほど、しっくりきた。そんなたとえがあるなら早く言え」

今までコネクリ回しながら長々と語っていたが、その考えの方がよっぽどしっくりくる。

「うーん、本当は最初の言葉でしっくりきて欲しかったんだけどね」

アルトが何やらブツブツ言っているが、その理論ならば褒めることの有用性は認められるだろう。

試しにやってみる価値くらいはある。

「用件はこれで終わりか？」

「うん、そうだね。これで僕もゆっくり――」

「そうか。ここまでよくやって来たな。さあ、屋敷に戻るといい」

「それ褒めていることにならないから！　というか、僕にもここで休ませてよ！」

なんだ、人は褒められれば原動力が漲《みなぎ》るのではないのか。

弟の言葉に感銘を受けたが、俺はすぐに言葉というものの有用性を疑うことになった。

17話
Episode 17

独身貴族は思い出す

「待ってたぜ、ジルク！」

休暇を貰った翌日。出勤すると工房の中の待合室に魔道具店の店主であるバイスがいた。

コイツがいると工房内の温度が五度くらい上がったように感じるので大変暑苦しい。

「クーラーの予約開始日に休暇とは偉い身分じゃねえか」

「貴族であり工房長だからな。実際に偉い」

皮肉をサラリと流すと、バイスがぐぬぬと悔しそうな顔をした。

「それで朝早くから何の用だ？」

「予約が殺到してクーラーが足りねえ。もっと作ってくれ」

またそれか。

今回は大勢のオヤジ共を連れてきていないようだが、毎回せっつかれると辟易《へきえき》する。

「ルージュ、今の段階でどれほど予約が来ている？」

「現段階で大型が八十、中型が百四十七、小型が二百ね。予約開始二日目でこれだからもっと増えると思うわ」

各魔道具店から上がってきたであろう予約数の書かれた書類を渡しながら言う。

「前に言っていた数の二倍以上じゃないか」

「あくまであれは予約してくれる人数の最小値よ」

そういえば、そうだった。

あくまで個人的な問い合わせで来たのが二百件ということであって、それが最大値ではない。

予約開始の情報を聞きつけて、ふらりと予約をしにきた者もいるだろう。

俺がカタリナに教えてやった楽団員の分の予約もあるだろうし、こちらが想定しているよりも増えるのは当然だった。

「んん？　やけに病院からの注文が多いな」

予約表を見てみると、王都の病院や治癒院などの施設からの注文もきている。

貴族や商人などの注文が多い中、病院などの施設もそれなりの割合で交ざっているから目立つな。

「あっ、あたしが入院していた時にお医者さんにクーラーのことを話したから」

「ルージュさん、入院しながら営業もしていたんですか!?」

「だって、ああいう場所にこそクーラーに需要があるって思ったから。体力の弱った患者にとって暑さはそれだけできついのよ？」

俺も他人のことは言えないが、入院中にもかかわらず営業をするとは、とんでもないワーカホリックだな。

身体《からだ》を休めろといった時に、営業をしていたのは叱ってやりたいが、大口の顧客を集めたのは大きな成果だろう。

もっともこれだけ注文が多いと素直に喜べないが、

「王族の方にも百台卸すことになっているし、最低五百台以上は必要ってことになるわね」

「ご、五百!?　……今ってどのくらいの数ができていましたっけ?」

「大型は六十五、中型が百十、小型八十だな」

おそるおそる尋ねてくるトリスタンに現在の生産状況を告げた。

「……半分しかないじゃないですか」

「今のペースで生産をして発売当日に用意できるのは三百台くらいかしら?」

「そういや、新人を二人入れたんだろう?　もう少しペースアップできねえのか?」

バイスがチラリとパレットやイスカを見ながら言う。

工房にやってきた時に挨拶をしたのだろう。

「あいつらは戦力にならん」

「そ、そうか」

バッサリと切り捨てると、バイスはそれ以上言ってこなかった。

魔石加工や魔力回路の設定、素材加工といった基礎が未熟な以上、あいつらにできることは少ない。

「で、結局どうするのジルク?」

「……営業担当としてはどう思うんだ?」

あまり過度な労働はしない主義であるが、工房の利益に大きく貢献するなどのメリットがあるならば、作業ペースをもっと上げたり、個人的に帰宅してからも作業する価値はある。

「夏中にすべての予約客に行き届かせるのは難しいと思うけど、コーヒーミルとは違って利益率も大きいし生産数が上げられるのなら頑張る価値はあると思うわ。予約客のほとんどは貴族だから、ここで恩を売ることもできる。それに早く広まれば、価格も落ち着いて平民の人でも買えるようになるから」

最後の言葉はルージュの個人的な思惑ではあるが、違和感はなく至極真っ当な意見だ。

「なら、少しだけ生産ペースを上げるか」

「へへ、そうこなくっちゃな！」

「バイスさんのお店には優先的に卸《おろ》させていただきますね」

「さすがはルージュちゃん！　わかってるね！」

バイスとルージュがにっこりと笑い合う。

まあ、バイスはあんな怖い見た目をしているが営業上手で、店の規模に比べて他店よりも予約の入りが多い。

そんな彼に少しくらい便宜を図るのはおかしなことではないだろう。

その辺りの采配はルージュに任せてあるので俺からは特に文句はない。

「ぐえー、ということはまた忙しくなるんですね」

「生産数が上がれば給料アップだ」

「ジルクさん！　俺、頑張ります！」

そう言うと、トリスタンはころりと態度を変えて作業に戻った。

金でテキパキと動く奴は実に扱いが楽でいい。

✦　✦　✦　✦　✦

クーラーの生産ペースを上げることに決めた俺は、その日から素早く作業を進めることにした。

ちなみに予約数は初日、二日目、三日目と過ぎるにつれてやや落ちてきてはいるが、それでも絶えることはない。

が、俺とトリスタンが生産ペースを上げていることによって、ちょっとずつ予約数との差は埋まりつつある。

新たに魔道具を開発し、設計することに比べれば俺にとってそこまで重労働ではない。

ひたすら、生産作業というものに没頭していればいい。

そうやって今日も作業をしていると、いつの間にか窓の外の景色は暗くなっており、工房内は魔道具の光が灯されていた。

ルージュとサーシャはいつの間にか帰宅したのだろう。

既にデスクにはいなくなっていた。

工房内に残っているのは俺とトリスタンと新人二人になった。

作業室の空きスペースには十二台の中型クーラーが並んでいる。これが今日の成果だ。

コーヒーミルと違ってそもそもサイズが大きい上に、内部構造も複雑だ。

魔石や素材の加工にも時間がかかるし、生産に時間がかかるのも仕方がない。

「後は家でやるか……」

大型や中型と違って、小型クーラーはサイズが小さいので家でも作ることができる。

そういうわけで、小型の方は家で作っているのだ。

「トリスタン、小型クーラーの素材は加工できているか？」

「はい、そこのデスクに載せているものは終わっています」

トリスタンの傍にあるデスクを見ると、そこには小型クーラーに必要な魔石などの素材が置かれていた。

俺が家で作業を進めるのがわかっているので、こっちの加工をやっておいてくれたようだ。

「ジルクさん、ちょっといいですか？」

加工された素材を丁寧に【マジックバッグ】に収納していると、トリスタンが妙に真剣な顔で話しかけてきた。

「なんだ？」

「イスカとパレットについてなんですが……」

「期日は延ばさない」

「ッ！　なら、少しでいいんでアドバイスしてあげられませんか？　二人とも行き詰っているみたいなので」

「それはお前の役目じゃないのか？」

新人の面倒はトリスタンに任せている。

だとしたら、それを行うのはトリスタンの役目だ。

「そうしてあげたいんですけど、俺って他人に説明をするのが下手で、二人に上手く教えてあげられないんです」

だろうな。トリスタンは良くも悪くも感覚的だ。

自分の中で理屈として消化していないものを、他人に理論的に説明することはできない。

「でも、ジルクさんならしっかりと理屈で教えるのも上手ですよね？」

「さあな。俺は他人に何かを教えるなんてことはしないからな。それくらい――」

自分で何とかしろと言いかけた時に、ふとアルトとの言葉を思い出した。

『彼らが甘いことを言って努力を怠ったのなら送り返しても構わない。ただ、彼らはまだ見習いなんだ。少しだけ長い目で見てやれないかな？　頼むよ』

クーラーの生産ペースを上げることに集中していて、すっかりと忘れていたな。

アルトに頭を下げて頼まれていたんだっけか……。

弟に頼まれたことだ。少しくらいアドバイスくらいしてやるべきか。

18話 Episode 18 ―― 独身貴族は道を示す

「……しょうがないな」

「え？」

俺がそう言って立ち上がると、何故かトリスタンが驚いたような顔をした。

自分で頼んでおきながら引き受けたら驚くとはどういうことだ。

パレットやイスカがやってきて既に一週間が経過している。

課題を出しているが、未だに二人は魔石の魔力均一化に成功していない。

期日がドンドンと近づいているのに、成果が出ないせいか二人とも疲弊しているように見える。

「……二人とも加工した魔石を見せてみろ」

「え？　は、はい！」

近づいて声をかけると、パレットとイスカがおずおずと魔石を差し出してくる。

「ダメだな」

一言で告げると、二人はしょんぼりと肩を落とした。

初日に比べれば、いくばくかマシというレベルにはなったが、それでも使い物にならないということに変わりはない。

「魔石には魔力の流れというものがあるのは知ってるな？」

「……はい、魔石にもそれぞれの個性があり、内包される魔力の質や量、強弱が違います」

尋ねるとイスカが淀みなく答える。

さすがに基礎の知識くらいは、ルーレン家の工房で習っているようだ。

同じ種類の魔物からとれた魔石であっても魔力の流れは微妙に違うし、強弱だってある。

闇雲に同じやり方で加工はできない。

「お前たち、これらの魔石の魔力の流れはどんなものだと思う？」

「渦巻いている感じ……だと思います」

「僕のは内から外に広がっていると思います」

魔石を渡してみると、パレットとイスカがやや自信なさそうに答える。

「渦巻いているとは具体的にどのようにだ？　内から外にどのように広がっている？」

「え、えっと、すみません」

「……これ以上わかりません」

さらなる具体的な説明を求めたが、それ以上はわからないようだ。

「パレットの魔石は右回転で流れており真ん中に収束している。イスカの魔石は内側から外側にいくにつれ徐々に魔力が弱まっている。魔力の流れを詳細に把握できていなければ、最適な魔力加工ができないのは当然だ」

魔石に流れる魔力の特徴を完全に把握しなければ、完璧な均一化は不可能だ。

いくら闇雲に練習しようとも根本的な原因を見直さなければ上達するはずがない。

「「……はい」」

それらを指摘してやると、二人は項垂《うなだ》れる。

なんだ、この微妙な空気は……。

俺は別に他人に説教がしたいわけじゃないのだが。

どうも他人に何かを教えるというのは難しい。

ここで二人の無力さを突きつけるだけでは、面倒を見たということにはならないのだろう。

「今までお前たちが加工した魔石の中で上手くいった部類のものを見せてみろ」

「え？　あ、はい」

そう言うと、パレットとイスカは動き出していくつかの魔石をデスクに載せる。

俺の求める均一化のレベルには達していないが、中にはそれなりのレベルのものもあった。

「上手くいった魔石に共通点があると思わないか？」

「共通点……ですか？」

「あっ！　――なんでもないです！」

傍で見ていたトリスタンが空気を読まず、解答しようとしたので視線で黙らせた。

「……僕が成功している魔石の魔力は、内から外に広がっているものが多い」

「あっ！　私のは外から内のものが多いかも！」

イスカとパレットもようやく気付いたらしい。

二人にも魔石加工が得意な魔力の流れがあるのだ。

不得意なタイプの魔力の流れや、魔力の詳細な知覚すらできない魔石の加工にチャレンジしても習得するのは難しい。

俺が課題に出したのは魔石の完璧な魔力の均一化だ。それも期日までに一個できればいいという条件。

どのような魔石でも完璧な魔力均一をしろなどとは言っていないのだ。

俺の言っている意味が理解できたのだろう。二人の顔がみるみる明るくなっていく。

「あと、お前たちは魔力のコントロールが下手だ。これでも使って練習しろ」

【マジックバッグ】から虹色の光彩を放つ角を二本取り出して二人に渡す。

「これなんです？」

「魔力を通してみろ」

そのように言うと、二人は角を握って魔力を流す。

が、すぐにキイインという音を立てて、魔力が拡散された。

「きゃっ！　な、なんですかこれ!?」

「魔力が拡散された……？」

「それはマナボルテクスという魔物の角だ。魔力を流すと、不規則な魔力を発生させて魔力を拡散させる特性がある」

「懐かしい！　俺もそれで魔力コントロールの練習をしましたね！」

どこか懐かしそうに呟《つぶや》くトリスタン。

そういえば、こいつが入ってきた時にもこれを持たせて練習させたな。

「めっちゃ難しいけど、それを使えば魔力コントロールが上達するよ！」

「本当ですか!?　これを使って練習頑張ります！」

先輩も同じ道具を使って練習し、上達したということで希望を持ったのだろう。

パレットが笑顔で頷《うなず》いた。

「しかし、マナボルテクスという魔物なんて聞いたことがないです。どのような魔物なんでしょう？」

「ダンジョンの奥にいたSランクの魔物だな」

「「「Sランクッ!?」」」

イスカの問いかけに答えると、全員が驚きの声を上げた。

「さ、さすがにジルクさんが一人で討伐した――わけないですよね？」

「俺が誰かとパーティーを組むわけないだろ？　一人に決まってる」

「…………」

何をわかりきっていることを聞くのやら。

俺が誰かと一緒に戦うなんてことをするはずがない。

パーティーなんて組んでしまえば、独神の加護のデバフがかかってしまう。

俺にとっては一人で活動するより、パーティーで活動する方が危険だ。

「魔力を阻害する相手をどうやって倒したんですか？」

「宝具だ」

「な、なるほど……」

きっぱりと告げると、トリスタンが苦笑しながら納得する。

魔力がロクに通じない相手に魔法で挑むなんて論外なので、魔力法則の埒外《らちがい》にある宝具で倒してやった。

消耗は激しかったが普段は絶対に使えないような宝具なども使えたので楽しい戦闘だったな。

まあ、あれは戦闘というよりも一方的な蹂躪《じゅうりん》だったような気がするが。

「とりあえず、暇な時に魔力でも流して練習しておけ」

「「はい！　ありがとうございます！」」

パレットとイスカがぺこりと頭を下げて礼を言った。

普段ならこんなお節介はしないのだが、アルトにどうしてもと頼まれたからな。

これだけアドバイスをして、高価な練習道具まで貸したとなれば、最低限の面倒は見たといえるだろう。後は二人の頑張り次第だ。

役目を終えた俺はジャケットを羽織って帰り支度をする。

二人の面倒を見ていたせいで大分時間が遅くなってしまったな。

小型クーラーの生産を家でしなければいけない。

帰り支度を整えて扉まで向かうと、イスカとパレットが角を大事そうに抱えて付いてきた。

アドバイスをした俺に恩を感じて見送るつもりらしい。

そんな暇があれば、さっさと練習しろと言いたいが今回ばかりは好きにさせてやる。

ドアノブに手をかけたところでふと俺は思い出す。

「言っておくが、その素材はかなり貴重だ。絶対に失くしたりするなよ？　具体的な金額は――」

「ジルクさん、言わないでください！」

「言われたら緊張して使うのが怖くなりますから！」

最後に念押ししようとすると、何故か二人に口止めされ、押し出されるようにして工房を出ることになった。

貴重なものだから大切にしろと言おうとしただけなのに。

新人たちの態度に釈然としない気持ちを抱きながら帰路についた。

19話
Episode 19

独身貴族のスタンスは変わらない

「ジルクさん、今日の魔石を見てもらえませんか？」

アドバイスをしてやってからパレットとイスカは、その日にできた最高のクオリティの魔石を見せてくるようになった。

「いいだろう」

さすがにこのように直接言われては無下にすることもできない。

出来上がった魔石ひとつひとつに適宜アドバイスを乞われるのは面倒であるしゴメンだが、一日一つ見てやるくらいなら構わない。

きっとそんな俺の面倒見の悪い性格を把握した上での行動なのだろう。

入れ知恵をしたのは、デスクから微笑《ほほえ》ましい顔で見守っているルージュだと思う。

あいつの思い通りになるのを癪《しゃく》に思いながらも、パレットとイスカの魔石を確認する。

「パレット、もっと丁寧に魔力を収束させろ。外側は丁寧に均一化できているが、内側に入るにつれて粗くなっている。お前の悪い癖だ」

「すみません。どうしても繊細なコントロールが苦手で……」

「マナボルテクスの角を貸してやっただろ？　一センチの魔力で角を覆う練習をしろ」

「一センチ!?」

「本当はミリ単位がいいんだがなぁ……」

「一センチ！　できるように頑張ります！」

ぼそりと本音を漏らすと、パレットは魔石を抱えて逃げるようにデスクに戻った。

「……お願いします」

次はイスカの魔石をチェックする。

イスカの均一化はパレットに比べると完成度が高かった。

「パレットとは逆にお前は魔力を強く圧縮するのが苦手だな。もっと大きく魔力を動かす意識をした方がいいだろう」

「もっと大きくですか……」

「角に魔力を流し、わざと拡散させてそれを魔力で強引に押さえ込む練習をしろ」

「わかりました。ありがとうございます」

イスカは丁寧に頭を下げると、スタスタと歩いてデスクに戻った。

二人揃ってマナボルテクスの角に魔力を流す光景はシュールだな。

キインキインと頻繁に魔力が弾かれる音がやや耳触りであるが、集中して設計図を作っているわけでもないので見逃してやろう。

無駄に魔石を浪費されるよりも、マナボルテクスの角に魔力を流している方が工房としての出費も削減できるからな。

「ジルクから見て、二人の評価ってどうなの？」

簡単なアドバイスを終えて一息つくと、ルージュがやってきた。

まともな戦力にもなれないレベルというのが正しい評価であるが、ルージュが聞きたいのはそういうことではないのだろう。

「パレットは平民にしては魔力が豊富だが、繊細な魔力コントロールが苦手でそれを活かせていない。イスカは魔力コントロールがパレットよりマシだが、どうにも大きな魔力の動かしが下手だ」

「どっちにも長所と短所があるってわけね」

「そうだな」

見習い魔道具師としてお互い真逆のタイプと言えるだろう。ここまでハッキリ課題が見えているタイプはわかりやすい。

「見習い魔道具師としての才能はどうなの？」

「まあ、それなりにはあるだろう」

「ってことは、十分あるのね！」

それなりと言ったのに、どうしてそういう解釈になるのか不思議でならない。

「にしても、二人とも良い表情になったわね。ジルクのアドバイスのお陰かしら」

「……アルトやトリスタンがどうしてもと煩《うるさ》いからしてやっただけだ」

「そうだとしても、良い事してあげたじゃない」

バンと背中を叩いてくるルージュ。

アドバイスをされたのはルージュではないのに、どうしてそんなにも嬉しそうなのか理解ができない。

「結局はあいつらの努力次第だ」

俺がいくらアドバイスをしようとも、それを確かに実行して上達できるという保証はできない。

「そうね。二人ともいい子だし、あたしとしてはうちで働いてもらいたいものね」

ルージュはそのように言い残すと、自分のデスクに戻った。

二人が期日までに魔力均一のできた魔石を提出できるかはわからない。

どれだけ努力をしようができなかったらそれまでだからな。

他人に期待をしない。

そのスタンスは不変であり、どれだけ時間が経過しようとも変わらないものだ。

✣　✣　✣　✣　✣

ふと窓の外を見ると、空が茜色に染まっていた。

一旦集中が途切れてしまうと、ドッと疲労が押し寄せてくるようだった。

ここ最近は連日遅くまで作業している上に、自宅でも小型クーラーを作っている。

疲労が溜まらない内に早めに引き揚げることにするか。

工房での作業を打ち切る判断を下すと動きは早い。

デスクの上にある素材を整理し、トリスタンの隣にあるデスクから自宅作業用の素材なども回収。

「先に帰る」

「「お疲れ様でした」」

帰り支度を整えると、俺は速やかに工房を出た。

ここ最近はずっと暗くなってからの帰宅だったので、このような早い時間に帰路につくのは久し振りだった。

太陽はほとんど傾いてしまっているが、夕方になっても外は蒸し暑い。

先ほどまでクーラーの効いていた工房にいたので尚更そう感じてしまうな。

「市場で買い物でもして帰るか」

夕食の買い出しをするべく、中央区にある市場へと足を向けた。

が、中央区へと向かう大通りはやけに人が多い。

仕事終わりの者がふらりと買い物をする時間帯であるが、今日は明らかにいつもより多い。

恐らく太陽が沈んで活動しやすくなった時間に買い物をする者たちが多いのだろう。

密集率が高いとそれだけで気温が上がる。

仕事帰りにこんな人混みの中を歩き回って買い物する気力はない。

「……やめだ。バーにでも行くか」

中央区へと足を進めていた俺だが、あまりの人の多さに買い物を断念。

ここ最近、通うことがめっきりと減っていた『アイスロック』に向かうことにした。

人通りの多い大通りから人気《ひとけ》の少ない裏通りへ。

そうやって東に進んでいると、いつも通り傾いた立て看板が置かれていた。

ずれている看板の位置を戻し、地下へと続く階段を下りていく。

「涼しいが湿気がすごいな」

入ってすぐに感じたのは涼しさと湿気だった。

部屋の温度が低いのはいいが、湿気が強いせいでやや居心地が悪い。

扇風機で空気を循環させているようだが、やはり気になる。

「……氷魔法を散布すると涼しいんだけど湿気がすごくて」

カウンターの奥から響いてくるのは、マスターであるエルシーの声。

白のシルクシャツに黒のスラックスを纏っているが、何となく気だるそうだ。

「暑いのが苦手なのか？」

「……大嫌い」

いつも涼しげな顔をしているエルシーが、ここまでぐったりとしているのだから本当なのだろう。

「もうすぐ、うちの工房から涼をとる魔道具を販売するんだが……」

「……知ってる。だけど、気付いて予約しに行った時には遅かった。もしかしたら、秋になるかもって……」

どうやらエルシーは前情報をキャッチし損ねて予約タイミングが遅れてしまったらしい。

今やクーラーの予約数は日に日に増加している。

うちの工房も増産してはいるが、それでも予約数には追い付いていないのだ。

「小型クーラーならすぐに出してやれる」

「……いいの？」

「開発者は俺だ。この程度の融通は利く。他の奴等にも試作品なんかを配っていたしな」

「……ありがとう。本当に助かる」

表情の起伏が少ない彼女だが、この時ばかりはわかりやすい微笑みを浮かべていた気がする。それほど暑さが苦手で参っていたらしい。

【マジックバッグ】に収納していた小型クーラーを取り出してやる。

「……いくら？」

「ホムラの店を紹介して貰った。別にいらないが……」

「……いいえ。あの件は炭酸水を卸《おろ》してもらっているからお相子よ」

別に俺は小型クーラーを売りつけるために言ったのではないのだが……。

「……小型のクーラーって一台で三百万ソーロよね？」

「そうだが？」

エルシーの当然のような説明に返事をすると、ちょっと呆れたような顔をされた。

今の会話で何か呆れられるようなことがあっただろうか？

「……三百万ソーロって、大金よ？」

「そういえばそうか」

俺からすればあり触れたものであるが、本来魔道具は高価なものだ。

小型クーラーの正式な販売価格は三百万ソーロ。

試作品ならともかく、正規品をポンと知り合いに渡すには高価過ぎるのだろう。

「宝具に比べれば安いから感覚が鈍くなっていたな」

「……まあ、作ったのはあなただし、そう感じてしまうのも無理はないわね」

俺にとってはサクッと作れて買うまでもない代物だからな。

エルシーの言う通りかもしれない。

「……こんな高価なものをポンと女性に渡したら、口説かれていると誤解されるわよ？」

「すまない。ちゃんと買ってくれ」

そのような不名誉な誤解をされるのは酷く嫌だった。

「……安心して。あなたにそんなつもりはないし、しない人だってわかっているから。小切手でいい？」

「問題ない」

危ないところだ。トリスタンや結婚する前のルードヴィッヒと同じことをするところだった。今後、魔道具を女性に渡す時は気を付けないとな。

こちらにそんな意図はなくても思わぬ誤解をされるかもしれない。

エルシーは奥に引っ込み、しばらくして小切手を持ってきた。

俺はそれをしっかりと確認し、ジャケットのポケットに仕舞い込んだ。

そもそも俺も逆の立場であれば素直にお金を払いたいと思う。

誰かに大きな借りを作るというのは、どうにも気持ちが悪いからな。

金銭的なやり取りは人間関係でトラブルを引き起こす筆頭格だ。余計な貸し借りは作らないに限る。

「……どこに置けばいい？」

「冷風が直接人に当たらない場所が好ましい。あそこの奥なんかがいいだろう」

「……わかった。そこにする」

俺がアドバイスをすると、エルシーは小型クーラーを奥の壁際に設置した。

起動の仕方や冷風の調節の仕方を軽く教えると、エルシーはすぐにクーラーを起動した。

すると、小型クーラーの管から冷風が噴出された。

「……涼しい」

クーラーの前で直接冷風を浴びるエルシー。

ふわりと髪の毛が揺れ、ほのかに甘い香りが漂ってきた気がした。

冷風を堪能しているエルシーをよそに、俺は出入り口を開けることにした。

部屋の中に漂っていた湿気を追い出したかったからだ。

「……それなら任せて」

換気をしていると、エルシーが振り返って魔法を使用。

すると、瞬時に部屋の中にあった湿気が霧散した。

「今のは？」

「水魔法の応用よ」

「さすがだな」

どうやら魔法で湿気だけを瞬時に追い出したようだ。

氷魔法を得意としているだけあって水魔法もかなり高いレベルで扱えるようだ。

換気が終わってしばらくすると、店内はあっという間に涼やかな空気に包まれる。

元々店内はそれほど広くもないし、地下室ということもあるのだろう。

入ってきた時とは雲泥の快適さだった。

「……ごめんなさい。お酒を呑みにきてくれたのに、余計な時間を取らせちゃって」

「よく通う店だからな。過ごしやすい環境になるに越したことはない」

今日のように一休みしにきたのに、暑くて湿気が凄いなんてことになるのは嫌だからな。

「……今日はお代はいらないわ。好きなものを頼んで」

クーラーの説明や設置を手伝ったことへの礼なのだろう。

俺は素直にその気持ちを受け取ることにした。

20話
Episode 20

独身貴族は審査結果を言い渡す

工房に出勤しては夜遅くまで大型、中型のクーラーを作り、自宅に帰っても小型のクーラーを作り続ける。そんな生活を続けていると、あっという間に日にちは経過し、クーラーの販売日を迎えた。

とはいえ、開発した魔道具の販売日になろうと俺の日常に変わりはない。

いつも通り朝の支度を整えたら、工房に出勤するだけだ。

工房にやってくると、中庭で大勢の配送業者がクーラーを運んでいた。

できたものから魔道具店に順次発送しているので、今送っているのは昨日作ったものなのだろう。

クーラーに傷がつかないようにクッションを入れて梱包している。

それを傍で指示し、見守っているのはルージュだ。

「あら、ジルク。おはよう」

「昨晩作った小型クーラー十四台だ。こっちも運んでくれ」

「ありがとう。問題ないか確認してから送るわ」

ルージュの傍に【マジックバッグ】から取り出した小型クーラーを置いてやる。

配送業者が羨ましそうな視線を向けてくるが、【マジックバッグ】はやらん。

スタスタと工房に入ると、既に俺以外の従業員全員が仕事をしていた。

俺が作業室に入ると、全員が挨拶をしてくるので適当に返事をして席につく。

デスクの汚れがやや気になったので雑巾で綺麗に磨くと、冷蔵庫に入れてあったハーブウォーターを入れた。

酸味の利いたレモンの味と爽やかなミントの風味が心地いい。

じんわりと浮かんでいた汗が引いていくようだ。

ハーブウォーターを飲んで一息ついていると、外に出ていたルージュが戻ってくる。

どうやら今朝の配送は済んだみたいだ。

「さあ、皆！　今日からクーラーの販売日よ！　気合いを入れて頑張っていくわよ！」

「はい！」

「頑張ります！」

「……まあ、販売日になろうと俺たちの仕事に変わりはないがな」

真面目に相槌《あいづち》を打つサーシャやトリスタンの傍で呟《つぶや》くと、ルージュにじっとりとした視線を向けられた。

「もう、せっかく盛り上げているのに水を差さないの」

事実を言っただけなんだがな。

販売日になって頑張るのはクーラーを売る魔道具店であって、生産者ではない。

現時点での予約は数を増やし、今では千台を超えている。

販売当日を迎えた現在で生産できているのは七百三十五台。

少なくとも後二百七十台以上は作らなければいけない。

販売日を迎えようとも、ひたすらクーラーを作り上げるのみだ。

いつもの仕事と変わりはない。

「あの、ジルクさん。少しいいですか？」

作業道具を広げて仕事を始めようとすると、パレットとイスカがおずおずと近づいてきた。

「なんだ？」

「いや、あの……今日が私たちの雇用試験の日なんですけど……」

そういえば、クーラーの販売日までに加工した魔石を提出しろと言った気がした。

クーラーを作るのに夢中で、すっかりと忘れていたな。

「勿論、覚えている。加工が済んでいるのであれば持ってこい」

「は、はい」

そのように言うと、パレットとイスカが自分のデスクに戻って魔石を持ってくる。

ふと周りを見ると、トリスタン、ルージュ、サーシャの三人が固唾《かたず》を呑んだ様子でこちらを見ている。

新人の雇用試験が気になるのだろう。

妙な空気と視線が鬱陶《うっとう》しいが、仕事をしろなどと注意するのも面倒なのでそのままにしておく。

やがて程なくしてパレットとイスカは、魔力加工を終えた氷魔石を手にやってきた。

かなり緊張しているようで二人とも表情が硬いな。

「試験内容は魔石の完全なる均一化だ。合格なら正式に雇用の契約を結び、不合格ならルーレン家の工房に送り返す。問題ないな？」

「「はい！」」

「それでは確認する。どっちから先だ？」

「……僕から願いします」

問いかけるとイスカが前に出てきた。

加工処理の施された氷魔石をイスカから受け取って確認する。

まあ、結果など魔力の流れや魔石の色合いを見れば一目瞭然だがな。

「合格だ」

「やった！」

そう告げた瞬間、イスカが拳を握りしめて歓喜の声を漏らした。

基本的に無口で落ち着いた奴なので、そのように喜びを露《あら》わにするのは意外だった。

俺たちの視線に気付いたのか、イスカが顔を赤くしながら咳払いする。

「……すみません。少し取り乱しました」

「試験を合格したんですから嬉しいのは当然ですよ」

「そうよ。試験合格、おめでとうございます」

「本当によくやったよ！」

「……ありがとうございます」

サーシャ、ルージュ、トリスタンが結果を聞いて拍手しながら褒めたたえる。

イスカは元の落ち着いた口調に戻りながらペコペコと頭を下げていた。

「さて、次はパレットだな」

「お、お願いします！」

パレットが差し出してきた魔石を受け取り確認する。

こちらは先ほどよりも結果が一目瞭然だった。じっくり確認する必要もない。

「……不合格だ」

「えっ!?」

簡潔に伝えると、パレットではなくルージュの驚きの声が上がった。

トリスタンがガタリと席を立って、俺が手にしている魔石を覗き込む。

その魔力の流れや魔石の色合いを見てわかったのだろう。

沈痛そうな面持ちになって固まった。

「え？　本当に不合格なの？　イスカさんの魔石とそう違いがあるように見えないけど？」

「……しっかりと魔力均一がされた魔石は澄んだ色をする。微妙な違いだが並べてみれば一目瞭然だ」

パレットの魔石加工も高水準で均一化がされているが、完全にはできていない。

イスカが処理を施したものと並べてみればすぐにわかる。

トリスタンも一目見て、それがわかったからこそ何も言わないのだ。

「自分でもわかっていただろ？」

「……はい」

俯《うつむ》いたパレットが掠れたような声で返事する。

泣いているのか身体《からだ》が小刻みに揺れていた。

完全にできていないというのは自分でよくわかっていたのだろう。

だから、イスカに比べてパレットは自信がなさそうだった。

「不合格の場合は、うちでは雇わない。ルーレン家の工房に戻れ」

「待ってください、ジルクさん！　パレットは完璧な均一化こそできなかったですけど、ここまでできるようになったんですよ⁉　夜遅くまで魔力コントロールの練習をして、魔石加工の練習もしていました。その頑張りを評価してあげても――」

「努力や過程に意味はない。重要なのは結果だ」

抗議してくるトリスタンをバッサリと切り捨てる。

パレットがどれだけ成長したか、どれだけ頑張ったかなんて関係ない。

そんなものは無価値だ。

世の中は結果がすべてであり、そこに至るまでの過程には微塵《みじん》も意味がない。

俺の言い渡した課題をこなせたか、こなせなかったか。それだけだ。

「もういいんです、トリスタン先輩。私が雇用試験をこなせなかっただけですから……約束通り、ルーレン家の工房に戻ります」

涙を拭いながら歩き出すパレットの手をトリスタンが掴んだ。

「いいや、まだよくない！」

「よくないって、私は試験に落ちたんですよ？」

「ジルクさん、魔石を提出する期限は今日まででしたよね？　だったら、今日の夜までに均一化をして提出すれば認めてもらえますよね？」

「おいおい、それは――」

「確かいくら時間をかけても構わない――って言っていたわね？」

「はい、期日以内であれば問題ないとも仰《おっしゃ》っていました」

俺が否定する間もなく、ルージュ、サーシャまでもが思い出したように言う。

正直、二週間も前の台詞《せりふ》なので細かいところまで覚えていない。

が、無駄に記憶力がいいルージュとサーシャがそう言っているのであれば、過去の俺はそんな風に言ったのだろう。

「いいですよね、ジルクさん？」

トリスタンをはじめとする従業員たちの視線が集まる。

夜遅くまで残るのが嫌なので面倒なんて言えば、暴動が起きてしまいそうな勢い。

俺は無能が大嫌いだが、能を有する努力を惜しまない者には一定の評価をする。

やってきたばかりの頃は甘さが目立ったイスカとパレットであるが、それを今挽回しようとしている。朝早くに出社をし、トリスタンの手伝いをしながら学び、誰よりも遅くまで残って練習をしていた。

これまで何人もの応募者に同じ課題を出してきたが、投げ出さずに食らいついてきたのはこの二人だけだ。

さっきの魔石も魔力加工が少し甘かっただけで、あと少し詰めることができればうちの工房の基準に届くものとなっている。

「……朝日が昇るまでだ。それ以降は明日とみなして受け付けん」

断じて情が移ったわけでないが、『期待』してしまっていることは確かだ。

「だってさ！　まだ時間もあるから諦めずに頑張ろうよ！」

「はい！」

「……微力ながら僕もお手伝いしますよ」

「ありがとうございます」

トリスタンやイスカに声をかけられ、パレットは涙を拭って笑った。

作業にかかる新人たちを眺めていると、ルージュがやってくる。

「完全に悪者ね」

「悪者に仕立てあげた一味の癖によく言う」

「若い子なんだもの。ちょっとくらい応援したくなるわよ」

「仮雇用とはいえ、一緒に働いた仲間ですから。できればパレットさんも受かってほしいです」

「貴重な可愛い後輩だものね」

ここ二週間、自分なりにできる投資をしてきたつもりだ。

できれば、その時間と金額が無駄にならない結果になることを祈っておこう。

21話
Episode 21

独身貴族は居残りをするハメになる

「それでは、お先に失礼いたします」

「ああ」

サーシャのそんな声に顔を上げて返事すると、既に夕方になっていた。

ルージュはクーラーの販売日であり、各魔道具店を回っているため工房にはいない。

作業室にいるのは黙々とクーラーの生産をしている俺と、雇用試験にまだ挑戦するパレットと、それを応援するトリスタンとイスカだ。

「だから違うって！　最後に魔力をグオオオオオッってするんだよ！」

「グオオオオッてなんですか！　もっと具体的に言ってくださいよ！　それじゃわかんないです！」

「……落ち着いてください二人とも」

午前中に作業をはじめてからずっとこの調子だった。

三人してずっと一か所に固まっているが、本当にパレットの力になっているのか。

いつもなら後数時間程度で帰宅するのだが、パレットが完成させた魔石を提出するか、期日を過ぎた明日の日の出まで帰ることができない。

自宅で一人過ごす時間が一番の安らぎである俺にとって苦痛だ。

早く帰って一人になりたいから合格でいいなんてことを言ってしまいそうだ。

しかし、あれだけ言ってしまったし、一度言ったことを撤回することなんてできないので我慢する他ない。

こういう時は、ひたすら仕事に集中するしかないだろう。

どうせ満足に休むことも息抜きもできないのであれば、溜まっている仕事を片付ける方が有意義だ。そして、明日はまた有給をとることにしよう。

思考をポジティブなものに切り替えると、アイスコーヒーを入れて作業に戻る。

そうやって無心で作業を続けていると、いつの間にか空は真っ暗になっていた。

「ふう……労働時間は長引いたが、いつもより多く作れたな」

目の前には大型クーラーが六台と、中型クーラーが十台並んでいた。

一日に中型クーラーを十台作るくらいが大体のペースだ。

さらに手間と時間のかかる大型クーラーを六台も作れたというのだから、今日がどれだけ長時間労働をしているか推し量れるというものだ。

大きな物体で囲われていると他人がいるはずの作業室でも、一人で作業しているように感じていいな。

しかし、このまま放置して帰宅しようものならルージュに小言を言われるのは必至だ。

片付けるのが面倒になる前に【マジックバッグ】に収納して、二階の倉庫へと放り込んでおく。

一階に下りて見通しが良くなった作業室を見回すと、例の三人は相変わらず残っていた。

口を出していたトリスタンとイスカも最早アドバイスをすることもないのか、時間が経つにつれて静かになっていた。

トリスタンは傍で素材加工の作業をし、イスカは別の魔石の魔力加工の練習をしていた。

口を出さないのであれば帰った方がいいと思うが、何故か二人とも居座っている。

一緒にいることでパレットの魔石加工が上手くなるわけでもない。集中して作業している傍に他人がいるなんて邪魔でしかないだろう。

しかし、パレットは二人に帰るように促すわけでもなく、望んで傍にいてもらっている節がある。

三人の無意味な行動が理解できないな。

俺のところに魔石を持ってきていないということは、未だに均一化ができていないのだろう。

夜明けまでまだ時間はあるが、さすがにこれ以上の労働は厳しい。

できないことはないがダラダラと作業しても効率が悪いし、いい物ができるわけがないからな。

二階の応接室のソファーで仮眠でもするべきか。

などと考えていると、猛烈に空腹感が襲ってきた。

思えば、作業に集中するあまり夕食を食べていなかったな。

この時間になるとさすがに大通りの露店も撤収しているし、レストランや居酒屋も閉まっている。

開いているのはバーくらいだが、おつまみと酒というのもな。

「……給湯室で手早く作るか」

どうせ時間はあるのだから暇つぶしも兼ねて料理でもしよう。

給湯室に移動して冷蔵庫の中を覗いてみる。

「ロクなものがないな」

冷蔵庫の中にはアイスコーヒー、ハーブウォーター、水などが入っているくらいで食材になるものはなかった。

トリスタンはそもそも料理ができないし、ルージュもあまり得意ではないのだろう。

サーシャはお弁当を持参することが多く、新人は遠慮して冷蔵庫を使っていない。

他の奴等に比べて料理ができる俺は【マジックバッグ】を持っているので、冷蔵庫に食材を入れておく必要がそれほどない。

うちの給湯室の冷蔵庫が寂しくなるのも当然だった。

「……誰だ。胡椒を冷蔵庫に入れたのは」

よっぽど急いでいたのか何かと間違えたのか何故か冷蔵庫に胡椒瓶が入っていた。

冷蔵庫に入れるのも間違いないが、常温の方が最適だ。

取り出して、傍にある棚へと入れる。

すると、そこには乾麺の入った瓶が入っていた。

多分、ルージュあたりが手早くここで作れるように置いたが、ずっと忘れて使っていないのだろうな。

「夜食にちょうどいいな」

どうせ忘れられて使い道がないのであれば、俺が使ってやろう。

遅い時間ということもあってガッツリ食べる気にならないので、スパゲッティはちょうど良いメニューに思えた。

そうと決まれば行動だ。

鍋に水を入れると、魔道コンロで火にかける。

その間に【マジックバッグ】から取り出したキャベツをざく切り、ニンニクはみじん切りにしていく。

お湯が沸騰したらスパゲッティを投入し、塩を一振り。

ついでにカットしたキャベツも入れて少しだけ茹でて、サッと回収。

もう片方のコンロにフライパンを設置し、オリーブオイル、ニンニク、鷹の爪を入れて熱する。

ニンニクの香ばしい香りがとてもいい匂いだ。

空腹なせいかとても美味しそうに感じられる。

ニンニクの香りが立ってきたら湯切りしたスパゲッティとキャベツをフライパンに入れて炒める。

醤油、ゆで汁を加えてさらに炒め、水分に少しとろみがついてきたら火から下ろす。

器に盛り、たっぷりのネギと刻み海苔を載せて最後にブラックペッパーを散らせば、

「キャベツたっぷり和風ペペロンチーノの完成だな」

我ながら上手くできたものだ。特に麺が綺麗に盛り付けられると、食べる前からテンションが上がるというものだ。

盛り付けた皿を持って移動しようとすると、給湯室の入り口にはトリスタン、パレット、イスカの三人がしゃがみ込んでいた。

「なんだ？」

「お腹《なか》が空きました」

「そうか」

トリスタンの傍をそのまま通り過ぎようとすると、ガッと足を掴まれた。

「お願いします！　俺たちにも食べ物を恵んでください！」

「やめろ、バカ。夜食くらい自分たちで作ればいいだろ」

思い切り足を振り払いたいが手には皿を持っているので、それも上手くできない。

「無理ですよ！　俺、料理ができないんで！」

「僕も無理です」

「私も苦手です」

というか、イスカもパレットもできないのか。

まあ、できたところで食材がないから、どっちにしろできないのだが。

「大体ジルクさんが悪いんですよ！　こんな夜中に美味しそうな料理なんて作っちゃって！」

「そうですよ！　こんな夜中にニンニクの香りとか暴力的です！　私の雇用試験の邪魔をしてるんですか⁉」

トリスタンだけでなく、ここぞとばかりにパレットも抗議してくる。

「……お前、追い詰められている割に随分と余裕があるんだな？」

「追い詰められ過ぎているのと、深夜のせいでなんか感情の制御ができないんです！」

あははと濁った瞳を向けながら空笑いをするパレット。

どうやら空元気だったようだ。

「お願いします！　分けてください！　というか、分けてくれないとジルクさんが食べる時にずっと傍にいますよ？」

ついには部下からのお願いが脅迫へと変化した。

長年の付き合いだけあって、俺が何をされると嫌なのか理解しているのが腹立たしい。

そんな察しの良さよりも、空気を読む能力やら仕事で機転を回してほしいものだ。

「わかった。分けてやるからいい加減離れろ」

「ありがとうございます！」

そのように言うと、足に張り付いていたトリスタンはサッと離れた。

せっかく作った夜食も付きまとわれては台無しだからな。

小皿を用意し、それぞれの皿にペペロンチーノを盛り付けてやる。

「盛り付けなんて適当でいいですよ？」

「お前はよくても俺が許せないんだ」

こんなデリカシーのない台詞《せりふ》が吐けるのは、トリスタンが料理をまったくしないからだろうな。女にモテたいと常々言っているが、これでは道が遠そうだ。

「持っていけ」

小皿を渡すと、トリスタンたちが受け取って作業室に戻っていく。

俺も自分の皿を手にして席についた。

トリスタン、パレット、イスカはイスを移動させてわざわざ固まって座った。

「いただきます！」

「ああ」

軽く返事をすると、三人はすぐに食べ始めた。

「美味っ！　ジルクさんの料理、初めて食べましたけど想像以上！」

「これ……その辺のレストランよりも全然美味しいです！」

「……本当に料理ができるのですね」

ペペロンチーノを食べながら口々に驚愕の声を漏らす。

「こんなもの誰でもできる」

「「いや、できないです」」

ペペロンチーノなんて茹でて、オリーブオイルやニンニク、鷹の爪なんかの具材と一緒に炒めるだけだ。難しい工程など特にないが、料理が不得意な三人からすれば、これでもすごいものだと見えるのだろう。自分の感覚が狂いそうだ。

かなりお腹が空いていたのだろう。トリスタンたちはフォークを動かして黙々と食べている。

俺も食べてみると、ガーリックの旨みの染み込んだオリーブオイルとスパゲッティの相性が抜群だった。

シャキッとしたキャベツが実に食べ応えがある上にヘルシー。

まさに夜食向けのペペロンチーノだと言えるだろう。

「ご馳走さまです、ジルクさん！」

「……ご馳走になりました」

「ああ。皿洗いは自分でしろ」

一足先に食べ終わったトリスタンとイスカが空き皿を持って給湯室に向かう。

さすがに食べ盛りな年齢だけあって早いな。

「ありがとうございます。すごく美味しかったです」

「最後の晩餐《ばんさん》を楽しめたようで良かったな」

「やめてくださいよ！　まだ時間はありますし、必ず加工できた魔石を提出してみせますから！」

憐《あわ》れむような視線を向けると、パレットは頬を膨らませながら給湯室に駆け込んだ。

進捗状況がどうなのかは不明であるが、少なくとも心は折れていない様子だった。

程なくして洗い物が終わると、パレットはデスクに戻って再び魔石の加工に挑戦し始めた。

俺も夜食を食べ終わり、自分の皿を洗い終わる。

眠気防止も兼ねて食後のコーヒーを淹れると、トリスタンとイスカがデスクに突っ伏して眠っていた。

「お腹が満たされてすぐに眠るとは子供か……」

最後まで一緒にいるなどと見せていた熱い結束力はどこにいったのやら。

クーラーの利いた部屋で眠って風邪でも引かれたら、明日以降の仕事に支障が出るな。

仕方なく俺は【マジックバッグ】から取り出した毛布を二人にかけてやった。

夜空はまだ暗いが数時間もしない内に日が昇るだろう。

パレットは均一化ができるだろうか。

できなければこのままルーレン家の工房に送り返す。

新人が一人増えて、もう一人は去る。それだけだ。

とはいえ、ここまで俺が時間と労力をかけてやったんだ。

新人に残って欲しいとかそういう個人的な思いは全くないが、ただ単に一つの投資効果としてのリターンくらいは得られるようになりたいものだ。

なんて考えていると、澄んだ輝きが放たれた。

夜が明けて朝日が昇ったのかと思ったが、窓の外の景色は依然として真っ暗なままだ。

輝きの光は外からではなく、作業室の一角から放たれている。

「これって……」

呆然としているパレットの傍に近づき、澄んだ輝きを放つ氷魔石を確認する。

魔石内部の魔力が見事に均一化されていた。魔石の澄んだ輝きはその証拠だ。

どうやら最後の晩餐にはならなかったようだ。

「……合格だ」

「あ、ありがとうございます」

俺が一言告げると、パレットは喜びをかみしめるように身体《からだ》を震わせて涙を零した。

他人の泣いている姿など見てもどうしたらいいかわからない。

結果として俺は逃げるように帰り支度を整えて工房を出ることにした。

最後に作業室をチラリと確認すると、パレットがゴンという音を立てて突っ伏した。

「おい！」

まさかルージュの時のように極度の疲労や過労で意識を失ってしまったのではないだろうか。心配して駆け寄る。

魔力欠乏症になりかけてはいるが脈も安定しているし、異常は見受けられない。

ただ眠っているだけだった。

「お前もか……」

【マジックバッグ】からもう一枚毛布を取り出し、パレットの背中にかけてやった。

雇用試験から解放された俺は扉を開けて外に出る。

すると、そのタイミングでちょうど朝日が昇り出した。

光が闇を押しのけていく美しい光景をしばらく堪能し、俺は帰路につくのだった。

22話 Episode 22 独身貴族は素麺を貰う

新人の雇用試験で明け方まで付き合わされた翌日。

太陽が中天に差し掛かる少し前に目を覚ました。

睡眠時間がいつもより足りないせいで少しだけ眠いが、ここでさらに眠ってしまうと夜に眠れなくなりそうだ。

そんなわけでやや眠気はあるものの思い切って起きることにした。

昨日は長時間労働した上に、明け方まで工房にいた。

伝言板には休暇をとると記してあるが、さすがに文句を言われることはないだろう。

今日の分のノルマは昨日のうちにこなしているしな。

ベッドから起き上がって洗面台で顔を洗うと、眠気はすっきりと弾け飛んだ。

寝癖を直し、私服に着替える。

いつもなら朝食を食べるところだが、朝食というにはかなり遅かった。

ブランチにしてもいいが、いつも通り家で作るのも味気ない。

こういった休暇の日には王都の外に出て、アウトドアでキャンプなどをしているが、遅くに起きてしまった以上、今から行く気にもなれない。

しかし、ここ最近はずっと工房や自宅に籠って作業をしていた。

家でゆっくりとするよりかは、リフレッシュしたい気持ちだった。

「……少し出るか」

気分転換を行うことに決めた俺は、シャツの上にテーラードジャケットを羽織って外に出ることにした。アパートの外に出ると、厳しい日光が降り注ぐ。

起きたばかりであまり光に慣れていないせいか、いつもよりも眩《まぶ》しく感じた。

それでも歩いていると目が光に慣れてくる。

特に行く場所を決めていない散歩。

しかし、人混みを避けて移動しているうちに自然と、北西区画へと足を進めていることに気付いた。

ゆっくりと道具屋商店街を眺めるのも悪くない。

自然とできた目的を果たすために道具屋商店街へと進む。

道具屋商店街は夏でも活気が失われることはない。

あちこちで商人や職人の丁稚《でっち》らしき者たちが駆け回っていた。

厳しい日差しが照り付けようが文句を言うことなく、黙々といつも通りの仕事をまっとうしている職人の姿は見ているだけで気持ちがいい。

店先には職人たちの魂の籠った作品が陳列されている。

周囲を眺めながら歩いているだけで退屈しないな。

そんな風に歩いていると、ふと目の前でパシャリと水が弾けた。

咄嗟に足を引っ込めたが靴先に少しだけ水がかかった。

「すみません！」

猛暑に耐えかねて打ち水をしていたのだろう。

丁稚の少年は深く頭を下げて謝っていた。

不意に現実に戻されてイラっとしたが、丁稚の少年も深く反省している様子だ。幸いにして今日履いている靴は動きやすさを重視したもので水に濡れても問題はない。

「気をつけろ」

「は、はい」

別にまったく怒っておらず軽く注意しただけなのに丁稚は涙目になってしまった。

自分の愛想が悪いのは自覚していたが少しだけショックだ。

これ以上かける言葉も見つからないのですぐにその場を立ち去った。

そのまま真っすぐに進んでいくと、以前来たことのある包丁屋が目に入った。

前に包丁を研いでもらってから、それなりに時間が経過しているな。

外で使う包丁の切れ味が気になっていたので、研いでもらうことにしよう。

店の中に入ると、無愛想な男性はせっせと包丁を研いでいた。

「……お前か」

「覚えているのか」

三か月ほど前に一度やってきて包丁を研いでもらっただけなので、覚えてもらっているとは思わなかった。

「料理人でもないのにジーッと包丁を見るのはお前くらいだ」

「そうか」

「で、研ぐのか？」

「ああ、二本頼みたい」

【マジックバッグ】から家庭用の包丁が収まったホルスターを取り出して渡す。

「……これなら時間はかからん。が、他の包丁が先だ。適当に時間を潰してからまた来い」

「わかった」

やはり腕がいいだけあって大勢の客がいるのだろう。

どちらにせよ今日はこの辺りをブラついて過ごすつもりだった。多少時間がかかろうが特に問題はない。

包丁を職人に預けると、そのまま店を出て商店街を練り歩く。

手頃な食器店に入ってみると、大量のスプーンやフォークが並んでいた。

同じ大きさのものではなく、子供用から大人用まで様々なサイズのものがズラリと並んでいる。自分の手に馴染むサイズのものを選べということだろう。

スプーンの持ち手の長さや角度、それに深さ。

フォークは三股だけでなく、四股、五股のものもあって様々だ。

さらに木、銀、ホーローなど様々な材質のものまであり、ただの食器とは侮れないような豊富さだな。

『いい靴はその人を素敵な場所へ連れていってくれる』という有名な言葉があるが、食器もきっと同じなのだろう。

『いい食器は、その人を素敵な食事へと誘《いざな》ってくれる』

店主や職人のそんな想いが見ているだけで伝わるようだ。

そういえば、アウトドアで使っているスプーンとナイフの口当たりが何となく気になる気がする。

どうせ時間はあるのだし、じっくりと探してみることにしよう。

✣ ✣ ✣ ✣ ✣

「ありがとうございました！」

店主に見送られて食器店を出る。

スプーンだけのつもりが、つい熱が入ってフォークやナイフまで買ってしまった。

が、自分の手にしっくりくるものが見つかったので悔いはない。

家や外で食事をする時の楽しみが増えたので満足だ。

「さすがは道具屋商店街。他の区画とはレベルが違うな」

買い上げたものを【マジックバッグ】に収納して再び歩き出す。

「そういえば、清酒がなくなりそうだったな」

高い気温が多いせいか、ここ最近はキリッと冷えた清酒を呑むことが多かった。

そろそろ無くなってしまいそうなので買い足すことにしよう。

大通りから三つほど離れた小さな通りにやってくると、木造の建物が多く並んでいる。

小さな個人店の多くは暑さのせいか閉めているところばかりだった。

日陰では野良犬が涼をとって眠っていた。

喧騒が途端になくなりのほほんとした空気が漂うこの辺りは嫌いじゃない。

小さな通りを進んでいると、店の前で打ち水をしているホムラの後ろ姿が見えた。

店の前までやってくると、ホムラはこちらを振り返る。

何となく嫌な予感がした俺は少し大回りをした。

すると、振り返ったホムラがさっきまで俺のいた場所に水をまいた。

「ああ、ごめん――ちっ……」

俺が濡れていないとわかると舌打ちするホムラ。

「やっぱり、わざとだな？」

「うん」

誤魔化すかと思いきや、素直に頷《うなず》いたので怒る。

「おい」

「いや、そんなに怒らないでよ。この時期の極東人の挨拶みたいなものだから」

打ち水をしていると見せかけて、客に水をかけるのが極東人の挨拶なのか？

確かめようにもホムラ以外の極東人を俺は知らないので確かめる術《すべ》がない。

つまり、煙《けむ》に巻かれたというわけだ。少し腹立たしい。

「それにしてもよくかけてくるってわかったね？　挙動には違和感がなかったと自負しているんだけど？」

「商店街の丁稚に靴先を濡らされたからな。打ち水には警戒していた」

「くそー、僕よりも前に被害に遭って警戒心が植えつけられていたかぁ」

訳を話すと心底残念そうにするホムラ。

まさか遠くからやってきた俺にいち早く気付いての芝居だったとはな。

「なんだい？　そんなにまじまじ僕を見つめて？」

「いや、見事な芝居だと思ってな。こちらに気付いたような挙動や不自然な素振りは一切なかった」

「……昔からこういう悪戯《いたずら》は得意だったからね」

「おい、これは極東人の挨拶じゃなかったのか？」

「お茶目な挨拶なんだよ」

思わず突っ込むがホムラは飄々《ひょうひょう》とした顔でそんなことを言う。

これ以上突《つつ》いても極東式の挨拶の真偽はわからないな。

「というか、お前にはクーラーの試作品を渡しただろう。打ち水をする意味があるのか？」

「外からやってくるお客さんや、ご近所さんが涼しく過ごせるようにだよ」

客や近隣の住人などそう頻繁に前を通るわけでもない。

随分と効率が悪く曖昧なことをしているものだ。

ホムラは残った水を通りに撒くと、桶と柄杓《ひしゃく》を玄関に置いて暖簾《のれん》をくぐった。

店内に入ると、クーラーが稼働しているお陰で涼しい。

店の奥に設置しているようだが、風通しがいいために入り口にも涼風が届いているようだ。

「君に貰ったクーラーのお陰で快適に過ごさせてもらっているよ。昨日から販売が始まって大人気だってね？　本当にいいものを貰っちゃったな」

「あくまで試作品な上に実験データも貰っているからな」

「それでも五百万円もする魔道具だからね。せめてもの恩返しに極東から届いた食材をお裾分けするよ」

そう言ってホムラは奥から大量の木箱を運んできた。

蓋を開けると、そこにはぎっしりと乾麺らしきものが入っている。

「これは？」

「素麺《そうめん》という乾麺さ。サッと麺を茹でて醤油ベースで配合した麺つゆっていうソースに浸して食べるのさ」

完全に前世と同じ素麺だな。麺の細さといい食べ方といいそれ以外たとえようがない。

蒸し暑くて食欲が落ちてしまうこの季節。

冷たい素麺であれば、スルリと食べられて美味しいだろうな。

「薬味にネギやショウガなんかも入れたら美味そうだ」

「……何度も聞いて悪いけど、君は本当に極東人じゃないのかい？」

「違うな。なんとなく、そうすれば美味しそうだと思っただけだ」

やはり、極東でもそうやって食べるのが一般的なようだ。

「貰っていいのか?」

「ああ、是非貰ってくれると嬉しいよ。なんなら三箱くらい貰ってくれると助かるかな」

そう言いながら続々と素麺の入った箱を取り出してくるホムラ。

チラッと奥を見れば、同じような箱がいくつも積み上がっているのが見えた。

「一体どれだけ買い込んだんだ」

「買い込んだというより祖母が送ってきてね。気持ちは嬉しいんだけど食べ切れないよ」

どこの世界でも家族がお節介を焼きたがるのは共通らしい。

「家族で食べればいいじゃないか」

「生憎《あいにく》と僕は独り身でね」

どうやらホムラはこちらに家族がいないようだ。

その上独身となれば、これだけの量を消費するのも大変だろう。

「そうか。なら、遠慮なく頂こう」

「君は【マジックバッグ】を持っていたね? 五箱くらいどうだい?」

「三箱でいい」

賞味期限という概念がない【マジックバッグ】を持っていようとも、さすがにこれだけの麺を抱える気にはなれなかった。

【マジックバッグ】に素麺を三箱と、ホムラが持ってきてくれた麺つゆを収納する。

念のために細かい作り方を尋ねてみると、前世の素麺と何ら変わらないものだった。

これなら家で作って食べることができるだろう。

「ところで、オススメの夏酒はあるか？」

素麺と麺つゆを貰えたのは思わぬ収穫であったが、本命の目的も忘れてはいけない。

俺はホムラのオススメの夏酒を二本買い込むのであった。

23話
Episode 23
独身貴族は流し素麺機を作る

ホムラの店を出ると、そろそろ包丁が研ぎ終わったと思い包丁屋に戻る。

店内に入ると、職人はさっきと変わらない姿で包丁を研いでいた。

シャッシャッシャとリズムのいい音が響いていた。

職人が包丁を砥石から離し、水で洗い始めたところで声をかける。

「できているか？」

「そこにある」

包丁を綺麗な布で拭いながら職人が頷いて言った。

愛想はないが、この男は無駄な言葉を喋らないので好感が持てる。

互いに無駄な定型文を言い合って、人生における貴重な時間を消費しないからな。

職人の示した場所を見ると、先ほど俺が渡した包丁ホルスターがテーブルの上に置かれていた。

ホルスターの中から預けた包丁を取り出して確認してみる。

研ぎ終わった包丁は白銀の輝きを放っていた。

微かにあった刃こぼれは見事に整っている。

「やっぱり素人の手入れとは違うな」

「当たり前だ」

しみじみと呟《つぶや》くと職人が答えた。

俺も自分で手入れをしているが、ここまでの輝きと形を作り出すことはできない。

改めてプロの職人の凄さを実感した。

二本の包丁をしっかりと確認すると、ホルスターに戻して【マジックバッグ】へと収納した。

「料金は？」

「合わせて二千二百ソーロだ」

このサイズの包丁であれば、一本千百ソーロで研いでもらえるのか。

これならもっと頻繁にやってきてメンテナンスをしてもらっても良いかもしれないな。

「……お前さんの手入れも悪くない。そのまま大事に使ってやれ」

研ぎ代金を払い終わると、職人はポツリと言った。

これは褒められたのだろうか？　確かめようにも男は話は終わりだとばかりに次の研ぎ作業に入ってしまった。

無表情なので判別がつかないが、プロの職人にそう言ってもらえるのは嬉しいことだ。

包丁屋を出ると、燦々《さんさん》とした太陽の輝きが降り注ぐ。

王都は気温がもっとも高い時間を迎えていた。

昼前には賑わっていた商店街も、人の交通量が少し減っており、軒先で塩を舐めながら一休みしている者も見受けられた。

さすがにこれだけ暑いと、ゆったりと散策する気持ちも失せてしまう。

「家で素麺でも食べるか」

ちょうど歩き回ってカロリーを消費し、お腹《なか》も空いてきたところだ。この辺りで家に戻ることにしよう。

道具屋商店街からアパートに戻ると、何故かトリスタンとパレットがいた。

玄関口でうろちょろしており不審極まりない。

「なんであいつらがここに……？」

今日は休暇を取るということは、伝言板にしっかりと書いてあるので把握していないことはないだろう。

「お前たち、何してるんだ？」

「あっ！　ジルクさん！」

「休暇なのにやってくるとは、なにか大きなトラブルでも起きたのか？」

休日である俺の家にわざわざやってくる理由など、それしか思い当たらない。

今はクーラーの販売が始まったばかりだ。

面倒なトラブルでも起きていれば、俺が対応せざるを得ないだろう。

「いや、そういうわけじゃないですよ！」

「……じゃあ、なんでここにいる？」

何の用事もないのに休暇中の俺の家にきたというのか？　そうだとしたらとんでもない嫌がらせだ。

「え、えっと、それは……」

「私がお願いしたからなんです！」

言い淀むトリスタンの代わりに意を決した様子のパレットが前に出た。

「お前がか？　一体、何の用でだ？」

「あ、あの、私の試験結果ってどうなったんですか？」

「は？」

パレットの言葉の意味がよくわからず、間抜けな声を漏らしてしまう。

この女は一体何を言っているのか。

「魔石の均一化はできていたのですが、気が付いたら朝でして……すごく嬉しいことがあったような気がするんですが、夢だったのか現実なのかよくわからなくて……」

「そういうわけで、パレットが合格したのか、してないのかあやふやなんですよね。俺とイスカは先に寝ちゃったので、結果はジルクさんしかわからないんです」

「色々と酷いな」

訳を聞くと、自然とため息が漏れてしまった。

パレットが申し訳なさそうに「……すみません」と謝った。

遅くまで付き合ってやった俺の苦労を返して欲しい。

昨日の結果を撤回してやりたい気分だった。

「休日なのに押しかけてしまったのは申し訳ないです。でも、結果がどうしても気になりまして。結果はどうだったんですか？　彼女はこのまま働いてもいいんですか？」

トリスタンが尋ねると、パレットがごくりと喉を鳴らした。

緊張した面持ちでこちらを見上げ、手をギュッと握っている。

休日に押しかけてきた罰として、このまま教えずに悶々とさせるのもアリだが、正式な従業員となる者を遊ばせておくのは勿体ない。

結果がわからないと働かせていいものかわからないし、後でルージュが文句を言うに決まっている。

「合格だ」

「おお、マジですか!?」

「やっぱり夢じゃなかったんだぁー！」

結果を告げると、トリスタンとパレットが手を合わせて喜び合う。

昨夜は眠気と疲労で露《あら》わにできなかった喜びが一気に爆発したようだった。

玄関ということもあり二人の声がかなり反響してうるさい。

「近所迷惑になるから止《や》めろ」

「す、すみません」」

「そういうわけだから、さっさと仕事に戻れ」

休日まで面倒な部下たちと絡みたくはない。

「はい！　それじゃあ、失礼します！」

「ありがとうございました！」

シッシと追い払うように手を払うと、二人は機嫌良さそうに去っていった。

休日なのにしょうもない理由で押しかけられてしまったものだ。

✣　✣　✣　✣　✣

自宅に戻ってきた俺は、ホムラから貰った素麺をテーブルに置いた。

「……流し素麺がしたいな」

ただ茹でて、そのまま食べるというのも面白くない。

せっかく夏の盛りなので、夏らしい行いをするのもいいだろう。

とはいえ、竹は持っていないし、今から木材を加工して作るのは面倒だ。

俺がやりたいのは、あくまで一人での流し素麺。

大人数を必要とし、一人ではできないような流し素麺は求めていない。

よって一人でできる流し素麺を実現するには、前世にもあった流し素麺機を作るのが一番だろう。

「……魔道具でやってみるか」

リビングから作業室に移動。

流し素麺機に使えそうな素材を取り出しては、作業台に並べていく。

流し素麺機とは、流し素麺を機械的に実現させる道具のことだ。

ざっくりと分類すると、コンパクトな回転型と立体的なスライダー型の二種類に分けられる。

回転型だとどうしても流し素麺感が薄くなってしまうために、今回は立体的なスライダー型を作りたいと思う。

立体スライダーの仕組みは、そう難しいものではない。

流水桶で水を回転させ、その水を汲み上げて再利用することによって上から素麺を流す。

前世では内蔵されているモーターの力で水が回転し、汲み上げられていたが、それは魔石で代用すれば済む話だ。

必要な魔石は水魔石一つなのだが、少し拘《こだわ》りたいために無属性の魔石も使うことにする。

水流を発生させ、汲み上げるだけなので小さな魔石で十分だ。

まずは土台となる流水桶を作っていく。

プラスチックのように軽く、水に強いブラックチウムを『変形』を加えて流水桶を象《かたど》っていく。素麺の流れるスペースを作ると、中心部分には薬味を置けるように凹みをつけた。

土台となる流水桶を作ると、同じくブラックチウムを加工して支柱を作る。

高さは約六十センチくらいだ。

その下には水魔石を設置して、緩やかな水流を発生させられるように魔力回路を刻む。

流水桶にハマるように加工した支柱を設置すると、プラチウムを加工して回転台を取り付けた。

その中にプロペラを入れてやり、氷を入れることのできるカップも付けてやる。

支柱にスライダーを安定させるために螺旋状にアームを取り付けると、プラチウムで作った螺旋状のスライダーをパーツ別に載せていく。

支柱の中に給水パイプを入れ、上部にプロペラを回転させるための無魔石をセット。

魔力回路を刻んで支柱のスイッチと連動させ、なおかつ回転速度の微調整ができるように設定。

「よし、完成だ」

必要な素材も少なく、非常に簡単な仕組みなので小一時間ほどで完成した。

作業台の上には、見事な立体型の流し素麺機が鎮座している。

螺旋状に取り付けられたスライダーは透明感があり、ブラックで彩られた土台と支柱はシックなイメージを与える。

これぞ大人のための流し素麺機だ。

手早く作れた割には中々の完成度ではないだろうか。

思わず自画自賛してしまう出来栄えだ。

さて、眺めているだけでは意味がない。

早速、素麺を茹でて流してみることにしよう。

完成した流し素麺機を手にした俺は、そのままリビングへと移動した。

24話
Episode 24

独身貴族は流し素麺を堪能する

「素麺《そうめん》よし、麺つゆよし、薬味よし……」

ザルの中には茹でられた素麺があり、ガラス製のグラスの中には冷えた麺つゆが入っている。流水桶の中心の薬味スペースには、刻んだショウガとネギが入っていた。

流水桶に三リットルほどの水を投入し、スイッチを稼働させると、桶の中で水流が生まれた。

モーターは使っておらず、魔石の力で動いているのでモーター音は響かない。

実に自然な水の流れる音が響き渡る。これだけでなんだか涼やかな気分になれた。

冷凍庫から取り出した氷をカップの中に入れる。

後はプロペラの収まった回転台の中に素麺を投入。

最後に支柱にあるスイッチを押すと、無魔石が稼働してゆっくりとプロペラが動き出す。

流水桶で流れる水が、魔石の力で給水パイプを登って氷カップの中で噴き出した。

カップの底には穴が開いており、氷で冷やされた水が回転台へと落ちていく。

プロペラと水の力で押し出された素麺はするりと流れた。

「おおっ！」

透明なスライダーを流れる素麺と水を見ているだけで不思議と胸が高鳴った。

水の流れに乗って素麺がシュルシュルと移動していく。

そっと箸を伸ばして素麺をすくい上げ、つゆの入ったグラスに浸してすする。

「……美味いっ！」

するりと喉の奥を通っていく爽快感。

暑さで参っていた身体《からだ》でも、あっさりとした素麺ならば余裕で食べられる。

水が氷で冷やされているお陰で、素麺はとても冷たくて気持ちが良かった。

そして、何より麺の質が良い。

口あたりは滑らかなのにコシが強く、茹でても全く伸びた様子がない。

きっと厳選された小麦粉と清らかな水、不純物の少ない塩で生成されているのだろう。

舌ざわりもとても良く、ほんのりとした小麦の味が感じられた。

これだけ細く生成しながら、これだけの上品さと気品を感じさせるのは、熟練の製造者が手間暇かけたお陰だろう。

明らかに高級品だ。こんなものをあれだけ送ってもらえるとは、ホムラの家はそれなりにいい家のような気がするな。

まあ、あいつがどんな家に生まれていようが俺には関係ないことだ。

今はこの素麺を味わうことを優先する。

一口目の素麺を食べ終わると、プロペラがゆっくりと回転して次の素麺を押し流した。

スライダーを素麺が流れる。

下の方まで流れるのを観察し、流水桶に到達するギリギリの場所でキャッチ。

つゆの中にネギとショウガを入れて、一緒に楽しむ。

ネギの風味とショウガの風味がつゆととても合う。

繊細な麺がちゅるりと喉へと消えていく。これぞ夏の素麺。

ただ麺を流して食べているだけなのに、普通に食べるよりも美味しく感じるのは何故だろうな。

二口目の素麺を食べている間に、三口目の素麺が流れる。

食べている最中なので今度はそれを眺めるだけですくいはしない。

食べている最中なのに慌てて呑み込んで、次の素麺を食べるなんて麺に失礼だからな。

落下し、流された先に行き着くのは、延々と流れる流水桶。

素麺が流水桶の中でぐるぐると回る。

細い麺が桶の中で回っている姿は、まるで小さな魚の群れが泳いでいるようで優美だ。

ただ水の中で麺が流れているだけなのに涼しさを感じる。

桶で流れる麺を眺めていると、また次の素麺がスライダーを滑って桶に加わった。

流水桶の中にあっという間に麺が増えていく。

そんな時は桶の中に箸を立ててやると、勝手に麺が絡みついてくるので、つゆに浸していただく。

流水桶の麺がなくなった頃には、ちょうど回転台の麺がなくなっていたので補充してやる。

そして、プロペラが回転し、また一口分の素麺が流れた。

スライダーの途中でキャッチしてやり、つゆに浸して食べる。

「一人でも流し素麺は楽しめるな」

これなら誰かに麺を流してもらうなどという面倒な手順は必要ない。

一人で流して、ゆっくりと流し素麺を堪能することができる。

完璧だ。これぞ大人の流し素麺。

また一つ、素晴らしい魔道具を作ってしまったようだ。

そういえば、ホムラのやつも独身だと言っていたな。

一人で大量の素麺を消費するのも大変だろう。

材料と時間も余っていることだし、もう一台くらい作ってやるとするか。

✣✣✣✣✣

「おや、一日に二度も顔を出すなんて珍しいね？」

遅めの昼食を食べ終わり、気温が涼しくなった夕方。またしても俺はホムラの店にやってきていた。

「いい素麺をくれた礼にこれを渡そうと思ってな」

【マジックバッグ】から取り出した流し素麺機を見て、ホムラが首を傾げる。

「なんだいこれは？」

「流し素麺機だ」

「流し素麺機？」

首を傾げている様子を見ると、極東には素麺を流す文化がないようだ。

「素麺を流して食べるんだ」

「ごめん。意味がわからない。どうして素麺を流すんだい？」

そんなもの俺に聞かれてもわからない。

前世での起源は野良仕事の際に野外で素麺を茹でて、竹と冷水を利用して涼を得た光景から思いついたものと言われている。

その後は企業が清涼感を味わわせるために商業的な戦略として広めたものだ。

どうしてやるのかと言われても深い理由などない。

「その方が風情《ふぜい》があって楽しいからだ」

強いて言うならばこの一言以外にないだろう。

そう告げると、ホムラは俺の顔を見て笑った。

「人の顔を見て笑うとは失礼な奴だ」

「……ごめんよ。君がそんなことを言うなんて思わなくて」

ホムラの中で俺のイメージがどんなものかは知らないが、どうもツボに入ったらしい。実に楽しげに笑っていた。

「とりあえず、その流し素麺というのを見せてくれるかい？　君の言う流し素麺がどんなものか気になるから」

ひとしきり笑って落ち着くと、ホムラは目じりに浮かんだ涙を拭いながら言った。

「わかった。そこのテーブルを借りていいか？」

「いや、そこはカウンターだから僕の私室で広げよう」

ふらりと奥に移動するホムラの後ろを付いて行く。

清酒が保管されている冷蔵室よりもさらに奥に進むと、障子がついていた。

「ああ、靴はここで脱いでくれるかい？　土足は厳禁だからね」

大理石の段差があるのでそこで靴を脱いで中に入る。

ホムラが障子を開けて中に入ると、そこには畳の敷かれた見事な和室が広がっていた。

「下に敷いてあるのは極東にある畳といってね。好きに寛いでくれて構わないよ」

「ああ」

とりあえず、流し素麺機を畳の上に置いて座布団の上で寛ぐ。

祖父母の家で嗅いだような懐かしい匂いだ。

前世で大人になってからは、帰省することがなかったので随分と久しぶりに嗅いだな。

別に祖父母が嫌いだったわけではないが、顔を出すと結婚しろと言われたり、見合いを勧めてくるので自然と足が遠のいていた。

中央には長方形の火鉢が設置されており、急須や湯飲みが置いてあった。

いつの時代の人間かと突っ込みたくなるが、これが極東の文化なのだろう。

「ほうじ茶と緑茶というのがあるんだけど、どっちがいい？」

「緑茶で頼む」

使い方を説明したらすぐに帰るつもりだったが、緑茶が飲めるのであれば帰るのは勿体ない。

ホムラが着火用の魔道具で炭に火をつける。

赤熱した炭を火箸で持ち上げて、五徳の中へと入れた。

片方の五徳には水の入った薬缶《やかん》を、もう片方の五徳には水がたっぷりと入った鍋を置いた。

お茶と素麺を茹でるためのお湯を同時に用意しているのだろう。

お湯が沸き上がる間にホムラは台所に移動してネギやショウガを刻み始めた。

特に何をするでもなく俺はボーっと火鉢を見つめていた。

しばらくすると、お湯が沸き上がる音がする。

その頃にはホムラも薬味の用意が終わり、薬缶のお湯を茶器へと注いだ。

お茶の葉をスプーンで取り出し、二杯ほど急須の中に入れる。

程なくして茶器で冷ましたお湯を急須の中に入れ、蓋をした。

二分ほど待つと、急須を手にして茶器へと注いでいく。

淡い透明感のある黄色い液体が注がれ、芳醇な茶葉の香りが漂った。

きちんと濃さが同じになるように少量ずつ注いでくれている。

和室に火鉢に緑茶。どこまでも郷愁感を漂わせるような組み合わせだ。

「雅《みやび》な生活をしているな」

「君にもこの良さがわかるようだね」

緑茶を注いでいるホムラが嬉しそうに笑った。

俺も前世では、古民家などに住んでこういった暮らしをするのに憧れていた。

が、結局は都会の便利さに馴染んでしまって、実現には至らなかったが。

こうやってホムラの生活を見ていると、こんな生活も悪くないと思う。

「どうぞ」

最後の一滴まで残さずに入れると、ホムラが丁寧に茶器を差し出した。

茶器を手にして緑茶の香りを堪能。それからゆっくりと口をつけた。

舌の上でトロリと転がり、まろやかな甘みと強い旨みを感じた。

雑味がなくスッキリとしているため実に飲みやすい。

一般的な緑茶とは違ってズズッと飲むようなものではなく、高級ワインのようにチビチビと味わうようなタイプだ。

前世であった玉露のような味に似ている。

「質のいい茶葉だな」

「わかるかい？　まあ、僕はこれ以外あんまり飲まないから細かいところはわからないんだけどね」

緑茶を飲みながらあっさりと言い放つホムラ。

上質な素麺といい、この茶葉といい、やっぱり上流階級なのだろうな。

他の極東人を見たことはないが漂う気品や仕草が、王国貴族のような風格を醸し出していた。

「さてさて、素麺も茹でないと」

一口緑茶を飲んだホムラが、沸騰したお湯に素麺を投入した。

やがて素麺が茹で上がり、ホムラがつゆの準備をする。

「君も食べるかい？」

「いや、俺はいらない。昼に食べたからな」

さすがに昼に続いて夜も素麺を食べる気にはならない。

断るとホムラは一人分だけを用意し、流し素麺機を設置するための簡易テーブルを広げた。

さすがに火鉢の上には置けないからな。

「それでどうやって楽しむんだい？」

そわそわとしながら尋ねてくるホムラに俺は、流し素麺機の使い方を教えてやる。

冷凍庫から取り出した氷を回転台に入れ、流水桶を水で満たしてやる。

そして、スイッチを押すと流水桶で水が流れはじめ、プロペラが回り出した。

一口分の素麺が押し出され、スライダーを滑っていく。

「わっ、すごい！　素麺が流れた！」

「見ればわかる」

初めての流し素麺を目にして、ホムラは驚いていた。

スライダーを流れる麺をホムラは箸ですくいはせず、そのまま麺は桶へと流れた。

「へー、下まで流れると、ここに行き着くんだ」

「桶の麺をすくってもいいが、スライダーを流れるのを箸ですくうのが趣旨だからな？」

「わかったよ」

頷《うなず》くと、次の麺が回転台から落ちた。スルスルとスライダーから麺が流れていく。

「ここだ！」

ホムラはサッと箸を差し出して流れる麺をすくう。

しかし、受け止めることができたのはたったの二本だった。

こいつ、極東人の癖に箸を使うのが下手なのだろうか。

「……今のは練習さ」

ホムラは咳払いすると、二本の素麺をグラスに入れて無かったことのようにした。

プロペラが回転し、二口目の素麺が落ちてくる。

見計らうかのように目で追いかけると、ホムラは今度こそ箸ですくった。

そして、それをつゆに浸してちゅるりとすすった。

「食べ飽きたはずの素麺が新鮮に感じる！　これが君が言っていた風情なんだね？」

「そういうことだ」

ただ水と一緒に流すだけなのに不思議と楽しく、より涼しく感じることができる。

それが流し素麺だ。

25話 Episode 25 独身貴族は名声に無自覚である

「これで契約は成立だ」

「「ありがとうございます」」

契約を締結すると、イスカとパレットが畏まった態度で受け取った。

「これで私たちジルク工房の一員なんですよね!?」

「そうだな」

「やった！」

「これで家族にもいい報告ができます」

しっかりと頷《うなず》いてやると、パレットは嬉しそうに笑い、イスカもほんのりと笑みを浮かべた。

「うちの工房で働けるのがそんなに嬉しいのか？」

別にパレットとイスカの場合、元々ルーレン家の工房でも働いていたわけだ。

仮にうちの雇用試験で落ちていたとしても、元の場所に戻るだけで困るわけではない。

「何言っているんですか！　嬉しいに決まってるじゃないですか！」

「……ルーレン家の工房も素晴らしい肩書きを得られるでしょうが、ジルクさんの経営する工房出身となると評価は大きく異なります」

「そうそう！　それに肩書きだけじゃなく、たった二週間で魔力の均一化もできましたし、ここで働くのが魔道具師になる近道だと思ってます！」

首を傾げていると、パレットとイスカが熱弁した。

しかし、うちは新人を加えても六名しかいない小さな工房だ。

そこまでの信頼や肩書きを得ることができるのだろうか。

「それだけ王都でのジルクの名声は大きなものになっているのよ」

ルージュがそう言うということは、そうなのだろう。

どうやら俺の工房で働くということは、ルーレン家の工房を含めた、他の工房で働くことよりも魅力的らしい。

「ジルクさん、自覚していないんですか？」

パレットがやや呆れた顔で尋ねる。

「他人からの評価なんてどうでもいいからな」

俺は自分が便利だと思える魔道具を作るだけで、他の奴等からどう思われようが関係はない。

「さて、正式にうちで見習いとして働くことになった以上、以前のように優しくはしない」

「えっ？　あの無茶な雇用試験が優しかったのですか……？」

この娘は何を言っているのだろうか。あれだけアドバイスもしてやって、簡単な雇用試験にしてやったのだ。あれが優しさと言わなければ何だと言うのだ。

「当然だ。自分の得意な性質の魔石を一日かけてした均一化など話にならん。うちでは働く以上はどの性質の魔石でも、五分以内に加工できるようになってもらう」

「えええええええっ！　そんな無茶な！」

「で、ですが、ここで働く以上はそれくらいできるようにならなければいけないのですね……」

「そういうわけだ」

パレットはまだ覚悟が甘いが、イスカは薄っすらと自覚ができているようだ。

「今日からお前たちはクーラーの組み立てをしろ」

「えっ、いいんですか!?」

そのように指示をすると、パレットとイスカがみるみるうちに顔を明るくさせる。

組み立ての仕事がそんなに嬉しいのか……？

「やっていいのは組み立てだけだ。他の素材に余計な手出しはするな。細かいところはトリスタンに教えてもらえ」

「「わかりました！」」

パレットとイスカは嬉しそうに返事してトリスタンのところに向かった。

今は少しでも生産台数を稼ぐべく、使える者は使わないとな。

にしても、簡単な仕事なのに、どうしてあそこまで嬉しがるのか理解ができないな。

「この二週間、あの二人は魔石の加工を除くと、掃除や雑用しかさせてもらえなかったでしょう？」

疑問に思っていると、俺の胸の内を見透かしたかのようにルージュが言った。

こいつは時々、人の心を読める妖怪なのではないかと思う時がある。

「当たり前だ。技量の足りない奴に仕事を任せられるはずがない」

「だからこそ、魔道具に関係する仕事を貰えたのが嬉しいのよ。組み立てを任せたってことは、少しは認めてあげたってことでしょう？」

それは誰かに必要とされたい、認められたいという承認欲求なのだろうか？

「フン、組み立てだけなら誰でもできる」

「まったく、本当に素直じゃないわね」

「素直も何もない。ただ事実を述べているだけだ」

ルージュは呆れたように息を吐くと、自らのデスクに戻っていった。

まあ、雇用試験であいつらにそれなりの技術があるのは示したわけだ。

根性があるのは認めてやろう。

しかし、魔道具師を志して働き続けるのは根性だけでどうにかなるものでもない。

あいつらが、いつまで働き続けられるかは別問題だ。

せめて、トリスタン程度には役立つようになってほしいものだ。

✢ ✢ ✢ ✢ ✢

「いらっしゃいませ」

喫茶店の扉を開けると、ロンデルの落ち着いた声音が響いた。

店内には、まばらにしか客はいなかった。

「お久しぶりですね、ジルクさん」

カウンター席に腰を下ろすと、ロンデルが話しかけてくる。

「ここのところは新しい魔道具の製造で忙しくてな」

「クーラーですよね！　学院の一部の教室や施設にも設置されて大好評ですよ！　とっても涼しいって！」

なんて話すと、リタがトレーの上に水の入ったグラスを持ってきながら言った。

「そういえば、学院からも大量の発注が来ていたな」

ただでさえ膨大な注文が来ているというのに、ほぼすべての教室に取り付けたいなどと無茶を言ってきたそうだ。

学院だけで数百などという注文は到底受けられない。王族に卸《おろ》した百台というのは盾にして、その半分くらいの数を納品してやったっけ。

その結果、学院における重要な教室や施設にだけ設置されることになったのだろう。

学院のことだから貴族が多く在籍しているクラスなんかに設置されていそうだな。

「いらっしゃってくださったのは嬉しいのですが、お仕事の方は大丈夫なのですか？」

「心配はない。従業員が少し増えて作業効率も上がったからな」

イスカとパレットを正式に雇用し始めて一週間が経過した。

予約台数にまったく追い付いていなかった生産台数だったが、その差はほとんど縮まっている。

新人の二人が素材の整理や組み立て作業といった単純作業を担当し、俺とトリスタンの作業効率がアップしたからだ。

未だにクーラーの発注依頼は入ってくるが、ルージュや魔道具店の働きかけもあってその数自体は緩やかになりつつある。

一週間もしないうちに現段階での発注は落ち着くことになるだろう。

もっとも、そんなことを王族や貴族たちに漏らせば、こぞって追加注文をしてくるので絶対に言い触らしたりはしないがな。

「なるほど、それは喜ばしいことです。是非ともゆっくりしていってください。ご注文は何になさいますか？」

「アイスコーヒーを頼む」

「かしこまりました」

気遣いが不要だとわかると、ロンデルは嬉しそうにコーヒーの準備を始めた。

アンティークな家具の数々に囲まれている店内は、とても落ち着く。

客たちもゆったりとコーヒーを楽しんだり、本を読んだりと思い思いではあるが静かな時間を過ごしていた。

サーシャにパレット、イスカと三人も従業員を雇ったお陰で、単純なマンパワーこそ増えたものの騒々しくもなっていた。

勿論、しっかりと働く時は集中して作業をするのだが、休憩中の女性陣の姦《かしま》しさがすごい。

次々と話題が出てきて、尋常ではない速度で切り替わっていく。

女の会話というのはどうしてああも落ち着きがないのやら。

うちの工房もここの客たちのように、落ち着きを持って過ごしてほしいものだ。

「お待たせいたしました、アイスコーヒーです」

などと考えていると、ロンデルがアイスコーヒーを差し出してくれた。

久し振りのアイスコーヒーを前に雑念を抱いては失礼だ。

俺は考え事をすぐに吹き飛ばして、冷たいアイスコーヒーを味わう。

コーヒーの苦みと酸味が実に心地いい。工房でも手動ミルを使って、度々アイスコーヒーを作ってみてはいるが、やはりロンデルの味には敵わない。

「ロンデルのコーヒーを飲むと落ち着くな」

「そう言っていただけると嬉しいです」

冷たいアイスコーヒーが渇いていた喉を潤してくれる。

グラスをコースターの上に置くと、カランと氷が涼しげな音を鳴らした。

しかし、店内にはクーラーが設置されていないせいか、むわりとした空気が漂っている。

最近はクーラーのある場所ばかりで生活していたせいで、この暑さが少しだけ辛い。

「……ロンデルはクーラーを買わないのか？」

「買おうとしたのですが、どこの魔道具店でも品切れでして……」

「なんだ、そんなことか」

買いたいという意思があるのなら問題ない。

「俺の裁量で売ることもできるが買うか？」

「ええっ!?　小型クーラーっ!?　嘘!?　マスター、買おうよ！」

【マジックバッグ】から小型クーラーを取り出すと、リタが勢いよく食いついた。

喫茶店では落ち着いているが、クーラーを前にした彼女は年相応といった反応だ。

それだけクーラーが欲しいのだろう。

「……本当によろしいのでしょうか？　王都にはそれを心待ちにしている人がたくさんいるはずですが……」

ここで喜んで受け取らず、他人のことを気にしてしまうところが誠実なロンデルらしい。

「これは俺が業務外で作った個人的なものだ。ロンデルが受け取らなくても、他の奴に渡ることはない。【マジックバッグ】の肥やしになるだけだ」

実際は他の予約客や知り合いに回すだけであるが、ロンデルはこうでも言わないと納得してくれないだろう。

まったく知らない奴に使われるより、知り合いに使ってもらえる方がいい。

それが行きつけの喫茶店ともなれば尚更だ。

「ありがとうございます。でしたら、遠慮なく買わせていただきます」

「金貨百枚でいい」

「魔道具店では三百万ソーロでしたが……？」

「それはあくまで店頭での販売価格だ。それにブレンド伯爵の喫茶店の件では、無理をさせてしまったからな」

「あれは私の望んだことで私にも利益のあることでしたので、ジルクさんが気になさることでは……」

「そうであってもだ。素直に値引きを受け入れてくれ」

俺たち貴族が頼んでしまうと、平民であるロンデルは断ることができない。

退路を塞いだような状態で頼んでしまったことへの詫びでもあるのだ。

力強く言うと、ロンデルは引き下がってくれた。

「……わかりました。その値段であれば、現金でお渡しできますがよろしいですか？」

「構わない」

ロンデルがカウンターの奥に引っ込み、程なくして大きな革袋を手にして戻ってきた。

それを受け取った俺は念のためにしっかりとお金を数える。

「確かに百万ソーロ受け取った」

「ありがとうございます」

金額が合っていることを確認すると【マジックバッグ】に放り込んだ。

「わあっ！　クーラーだ！　うちにもクーラーがやってきたんだ！　すごい！」

「リタ、学院で見たことがあるのなら使い方はわかるな？」

「はい！」

感激しているリタに頼むと、元気良く頷いてクーラーを設置する。

こうしてロンデルの喫茶店にもクーラーが設置され、俺はまた足繁く通うのだった。

26話
Episode 26

独身貴族はベランダにて声をかけられる

翌朝。スッキリとした目覚めを迎えた俺は、むくりと上体を起こした。

二度寝などという非生産的な行動はせず、そのままベッドから出ると洗面台に移動。

設置した魔道具からぬるま湯を出すと顔を洗っていく。

寝癖を直し、最後に冷水で肌を引き締めると意識がさらに引き締まった。

タオルで水気を拭うと、そのままリビングへ移動。

ガラリと窓を開けてベランダへ出ると、爽やかな空気が肌を撫でた。

夏の盛りである季節だが、朝だけは気温も低くて過ごしやすい。

そのため今だけは日差しが気持ちいい。

これがあと一時間もすれば、熱気と湿気を孕《はら》んだ不快な空気になるのだから夏というのは残酷だな。

閑静な住宅街ということもあってかアパートの周囲には人の気配はほとんどない。

聞こえる音といえば、軒先に止まっている小鳥のさえずりくらいのものだ。

「やっぱり朝は静かでいい」

ぼんやりと呟《つぶや》くと、そんな俺の言葉を否定するように隣室からドタドタという足音が聞こえた。

……静謐《せいひつ》な朝の空気が台無しだ。

早朝なのだからもう少し周りに配慮をしてほしいものだ。

などと思っていると隣のベランダからガラガラと窓を開ける音がした。

向こうも日光浴をするつもりなのか、洗濯物を干すつもりなのかは知らないが、早朝から話す気分にはなれない。家の中でくらい一人でいたいからな。

「ねえ、ちょっと！　起きてるんでしょ？」

そう思っていそいそとリビングに戻ろうとしたところで声がかかる。

まさかと思って振り返ってみると、なにを狂ったのかカタリナがこちらのベランダへと顔を覗かせてきているではないか。

「おい、プライバシーの侵害だぞ」

なんのためにベランダに仕切り板があると思っている。

互いの生活に干渉しないために設置されたものを越えてくるな。

「だ、だって、こうでもしないとまともに話せないじゃない！」

指摘してやるとカタリナは罪悪感があったのか怯《ひる》みはしたが、すぐに開き直った。

「……用件があるなら普通にチャイムを鳴らせ」

「でも、部屋に通してくれるわけじゃないんでしょ？」

「当たり前だ」

年頃の女を自宅に招き入れることは無しな以前に、そもそも他人を部屋に入れたくない。

却下するとカタリナは「じゃあ、チャイムを押しても意味ないじゃない」などと溢《こぼ》す。

それもそうだな。意味がない。

「で、何の用なんだ？」

朝からベランダで押し問答などはしたくないために、奴の面倒な言い分は置いておいて問いかける。

「え、えっと、あなたのお陰でスムーズにクーラーを手に入れられたからお礼を言っておこうと思って」

カタリナをはじめとする楽団の連中には、お世話になったこともあり特別に予約開始日と発売日をリークしてやった。

その甲斐《かい》もあって楽団員の連中は朝早くから魔道具店に向かい、早期からクーラーを予約することに成功し、各々の家庭に届いたようだった。

「お前たちにはまた【音の箱庭《サウンドガーデン》】への録音を頼みたいからな」

「それでもありがとう。お陰で多くの団員が涼しく過ごさせてもらっているわ」

楽団の連中とは仲が良いわけではないが、今後も個人的に取り引きをお願いしたい相手だからな。恩を売っておいて損はない。

「お前が素直に礼を言うと気持ちが悪いな」

「うるさいわね！」

決して喜んでもらいたいなどという純粋な心で教えてやったわけではないので礼を言われるほどのことではないが珍しく殊勝な態度を見せてきたので気持ちは受け取っておこう。

「で、話はそれだけか？」

「あ、あと！　支配人が歌劇場のために大型のクーラーが欲しいって……」

「さすがに今は無理だな。ただでさえ生産が追い付いてない上に、王族や貴族、大商会の連中が追加の発注を催促してきている。それらを突っぱねて優先するのは工房としては難しい」

「そうよね。やっぱり無理よね……」

「ああ、ジルク工房としてはな」

少し強調して言ってやると、しゅんとしていたカタリナがハッとした顔になる。

「工房を通しては無理でも、ジルク＝ルーレン個人としては交渉の余地があるわけね？」

「そうだ」

さすがにここまでわかりやすく言えば、俺の意図することに気が付いたらしい。

「どういう条件なら引き受けてもらえるのかしら？」

「歌劇場のホールを借り切り、オーケストラの録音をさせてもらいたい」

前回の録音は協力してくれた一部の管弦楽団員による演奏であって、カタリナが所属している楽団員が揃ってのものではない。

だから今度は管弦楽団全員での演奏を録音してみたい。

それに今度は練習用のホールではなく、歌劇場が普段演奏しているステージでの演奏がいい。

やはり、ただの多目的ホールとステージでは、音響設備などに大きな違いがあるからな。

「ステージを借り切ってオーケストラの録音!?」

俺の条件を聞いて、カタリナが素っ頓狂な声を上げた。

「ただでさえ忙しい上に、俺の貴重なプライベートな時間を捧げるんだ。これくらいが対価じゃないと割に合わん」

まあ、本当は俺が融通を利かせられるくらいには少しストックがあるのだが、見知らぬ支配人とやらにそこまでしてやる義理はないし、価値のあるものを安売りする意味もないしな。

中々に無茶を言っていると自分でも思うが、大型クーラーは今や王族でさえ手に入れるのが困難な品だ。これくらいの条件は突きつけても構わないだろう。

「さすがにそれは私の一存では判断ができないわね。支配人に聞いてみるわ」

「できれば早めにな。クーラーの発注がさらに増えれば、それだけ対応は困難になる」

今は大人しくしている王族や貴族だが、いずれは痺れを切らしてさらなる増産を迫ってくるだろう。そうなってしまえば今よりさらに余裕はなくなり、個人的に融通してやることもできなくなるかもな。

「わかったわ」

注意点を伝えると、カタリナはベランダから自分の部屋へと引っ込んだ。

窓を完全に閉め切っていないのかカタリナのベランダを通じて、こちらへと冷気が漂ってきた。

「朝っぱらからクーラーをつけているのか……」

涼しい早朝くらいはクーラーを稼働しなくていいと思うがな。

✣ ✣ ✣ ✣ ✣

いつも通りに職場にやってくると、工房の前からなにやら話し声が聞こえた。

塀から覗いてみると、パレットと見知らぬ男性が会話をしている。

魔道具店の関係者でもないし、うちの工房に素材や魔石を卸《おろ》しにくる業者でもないな。

うちの工房に出入りする関係者の名前までは把握していないが、顔くらいは把握している。

パレットに話しかけている男は見覚えのある者ではなかった。

となると外部の者だろう。

「すまないが、うちにもクーラーを売ってくれないだろうか？」

敷地の塀から様子を窺《うかが》っていると、男がそんな声を上げた。

どうやらクーラーが欲しいあまり俺の工房にまでやってきているらしい。

迷惑な客だ。ああいった独自の法則で動いている奴等は、対応するのも面倒なのでパレットに任せてしまおう。これも従業員としての業務だ。

「申し訳ございません。そういったご注文は魔道具店を通してお願いいたします」

「いや、魔道具店が取り合ってくれないから、こうやって私が足を運んでお願いしているんじゃないか。クーラーを作っているのはここなんだろう？」

「すみません。ジルク工房はあくまで魔道具の生産工房であって、そういったお願いは直接お引き受けしていないんです」

男のめちゃくちゃな主張を聞いても、パレットは綺麗な愛想笑いを浮かべて流した。

そうだ。うちの工房は魔道具を作るための場所であって、注文は承っていない。

そうしないとひっきりなしに魔道具を作れと客がやってくるからな。

まあ、それは基本的な建前で、ルージュが製作依頼を取ってくることもあるが、それは信用できる相手だけだ。信用の一切ない個人を相手にそのようなことはしない。

「はあ？　ここで作っているのに発注を受け付けていないっておかしいじゃないか。君じゃ話にならない、上の者を呼んできてくれ！」

しかし、パレットの説明を男はバッサリと切り捨てて、大声を上げ始めた。

工房の前を通りかかる通行人が何事かと視線を向けてきているのがわかる。

迷惑な客だ。

さすがに俺が出ないとマズいかと思ったが工房からトリスタンが出てきた。

後輩が困っているのを先輩として見過ごせなかった。という正義心ではなく、女の前でカッコつけたいという下心だろうな。

現にトリスタンは勇ましく歩きながらパレットにチラチラと視線をやっている。

奴の浅はかな下心はどうでもいいが、俺の代わりに面倒事を解決してくれるなら別にいい。

「すみませんが、お客様。先ほどうちの従業員が言ったようにうちは直接の注文は受け付けていませんので」

「誰だね君は？　ここの責任者か？」

「いいえ、魔道具師見習いのトリスタンと申します」

「魔道具師見習いの上に平民だと？　話にならん！　私は貴族だぞ！」

「うえっ!?　貴族様ですか!?」

「そうだ！　私は貴族だ！　お前のような平民が言葉を交わせるような相手ではない！　わかったらもっとマシな立場のものをよこせ！」

「いやいやそんなこと言われても困ります！」

「なんだ？　私の言う事に文句があるのか!?」

「いや、別に文句とかっていうわけじゃ……」

貴族とわかって途端に態度が弱々しいものになるトリスタンを見て、パレットが冷めたような顔になっていた。パレットからの好感度を上げようとしたが、小心者な性格が露呈して見事に逆効果となっていた。

トリスタンじゃ収拾がつかないと判断した俺は、仕方なく塀から出て男の下へと歩み寄る。

「あっ！　ジルクさん！」

俺に気付いたのかパレットが明るい声を上げる。

「工房長のジルク＝ルーレンです。うちの工房に何か御用でしょうか？」

「ジルク＝ルーレン？　ということは貴族か？」

「ルーレン家の長男です。子爵の地位を賜《たまわ》っております」

「フン、ならば伯爵家であるホンフリート家よりも下ではないか。ならば問題ない。我が屋敷のためにクーラーを作ってくれ」

俺がルーレン家の者だと聞いて、ここまで強気に出られるとは相当なボンボンだな。

両親に甘やかされて育った故に無知なのだろう。

「お断りいたします」

「なに？　ホンフリート家からの依頼だぞ？　断るというのか？」

「私の作り上げたクーラーは多くの方から反響をいただいており、大変光栄なことに王族をはじめ、大貴族の方にも魔道具店を経由してお待ちいただいている状態です。その状態でホンフリート家の方を優先したとなると、やんごとなき方々が機嫌を損ねてしまう可能性もありますが、よろしいのですか？」

「お、王族や大貴族が順番待ちだと!?　わ、悪いがさっきの注文は無かったことにしてくれ！」

王族や大貴族の威光を持ち出すと、ホンフリート家を名乗る男は顔を真っ青にして踵《きびす》を返した。

無知な奴ではあるが、さすがに王族や大貴族の機嫌を損ねるのは悪手だと理解できたらしい。

「ありがとうございます、ジルクさん。助かりました」

「別にいい。とりあえず、中に入れ」

また外にいると妙な輩《やから》に絡まれかねないからな。

「朝からお疲れさまね」

工房に入ると、ルージュが声をかけてくる。

真正面であれだけ騒げば中にいても状況はわかるだろうな。

「そう思うのならルージュが対処しろ」

「だってそろそろジルクが出勤してくる時間だってわかっていたもの。ジルクがくれば、すぐに収まるんだからあたしが出張る必要はないわ」

俺が指摘するもルージュは飄々《ひょうひょう》とした態度で流した。

貴族の相手は貴族にしてもらうのが一番だと言わんばかり。

事実だが、俺の行動を見透かされているようで少しだけ腹が立った。

「にしてもトリスタン、もうちょっとマシな対応はできないのか？」

「それは私も思いました！　トリスタン先輩ってば、助けにきてくれたのに何の役にも立たないんですもん！」

「ちょ、役に立たないは酷くない？」

「事実ですから」

パレットのハッキリとした物言いにトリスタンが項垂《うなだ》れる。

「しょうがないじゃないですか！　相手は貴族の方ですよ⁉　それも伯爵！」

「ここにいるのも貴族だが？」

「ジルクさんはジルクさんですから」

ホンフリート家とかいう貴族には弱気になり、ルーレン家の長男である俺にはこのような舐めた態度をとる。小心者なのか度胸があるのかないのかサッパリわからない。

「トリスタンさん、一応注意しておきますが爵位が高い方が、大きな影響力を持っているわけじゃないんですよ」

「え？　そうなんですか？」

どうやら先ほどの貴族と同じく無知なだけだった。

細かく説明するのも面倒なので、こういった説明はサーシャに任せておく。

彼女は面倒見がいいのでこういった細かい説明もやってくれるだろう。

「パレット。さっきの男は名乗っていたか？」

「ベイリーって名乗ってました！」

パレットがビシッと手を挙げ、生き生きとした表情で教えてくれた。

どうやらパレットには自慢するために名乗っていたようだ。

「ホンフリート家の五男ね。親の七光りであまりいい噂は聞かないわ」

「よく覚えているな」

もしかして、ルージュは王国にいる貴族すべての名前を把握しているんじゃないだろうか。なんて疑うと、

「家格だけはそれなりだから」

ルージュは肩をすくめて答えた。

どうやら商売で関係のありそうな貴族の家系は記憶しているらしい。

興味のない奴の名前までよく覚えられるものだ。

「ホンフリート家からクーラーの発注依頼はあったか？」

「あるわね。大型が五個に中型が三個、小型が七個ね」

「取り消せ」

うちの工房に乗り込んで迷惑行為をする連中に作ってやる魔道具はない。

「さすがに取り消しまですると面倒事になるし、抗議文と納品の後回しくらいが妥当じゃないかしら？」

「……仕方ない。それでいい」

気持ち的には今後一切の取り引きをお断りしたいところだが、そこまで深刻な迷惑行為をされたわけではない。

事を大きくしてこじれる方が面倒だ。ルージュの提案が落としどころだな。

27話 Episode 27 独身貴族は生暖かい視線を向けられる

面倒な客を追い返して仕事に取り掛かっていると、工房の出入り口が開く音がした。

つい先ほど工房の敷地までやってきた迷惑な貴族がいたために、思わず警戒の視線を向ける。

「え？　なんか視線が怖いんだけど」

「なんだ。アルトか……」

しかし、それはすぐに霧散させることになる。

入ってきた人物は俺の弟であるアルトだからだ。

「逆に誰だと思ったの？」

「またクーラーを売ってくれとかいう迷惑な貴族かと思ってな」

「ああ、それで微妙な空気だったんだ」

今朝の出来事を語ると、アルトは納得と安堵の混ざった表情になった。

身内の経営している工房で不審者扱いされれば、アルトが困惑するのも無理はない。

「あの、あちらの方はもしかしてジルクさんの弟さんですか？」

「ええ、ジルクの弟のアルト様」

おずおずとルージュに尋ねたのはサーシャだ。

彼女はアルトとは面識はないので、この場で会うのがはじめてとなるだろう。

「あっ、もしかしてルージュさんの紹介で入った新しい人かな？」

「はい。経理と雑務を担当していますサーシャと申します」

「はじめまして、アルトといいます。よろしくお願いします」

「こちらこそよろしくお願いします」

「いやー、ようやく他の従業員も雇ったんだね」

サーシャを見て、アルトがしみじみと呟《つぶや》く。

「まあな」

元からルージュの仕事量は明らかに多く、彼女の負担が大きいのはわかっていた。

従業員を増やすのが、彼女の負担を軽減する手っ取り早い手段だ。

見知らぬ者が増えるのはストレスだが、またルージュに倒れられて工房が無茶苦茶になるのも困るからな。

「ところで、今日は何のためにきたんだ？」

「イスカとパレットが兄さんの工房で正式に採用されたと聞いてね。様子を見にね」

「そんなことでわざわざ来たのか？」

ルーレン家にはルージュを通して、イスカとパレットの採用を手紙で通知してある。

こちらの工房に採用されただけで、アルトが顔を出す義理があるとは思えなかった。

「兄さんの工房を紹介したのは僕だしね。正式採用されたら祝いに顔を出すのは当然だよ」

「そういうものか？」

「そういうものだよ」

アルトがきっぱりと言い張るということは一般的な感覚ではそうらしい。

「なにはともあれ、二人とも正式採用おめでとう」

「「ありがとうございます」」

アルトに祝いの言葉をかけられて、パレットとイスカが嬉しそうに顔を綻ばせた。

「いやー、二人が採用されてよかったよ。兄さんのことだから厳しい課題を課せられて落とされるんじゃないかってヒヤヒヤしていたよ」

「ああ、ええっと、別にそこまで無茶ってわけではなかったですよ？」

「ただ僕たちが未熟だっただけです」

アルトの呟くにパレットとイスカが曖昧な表情を浮かべて答えた。

二人の沈痛な表情を目にして、アルトは思うことがあったのか神妙な顔で尋ねてくる。

「……ちなみに兄さんは二人にどんな課題を？」

「クーラーに使う氷魔石の完全均一化をやらせた」

「氷魔石の完全均一化!?　ただでさえ、氷魔石の加工は難しいっていうのに、それを完全均一化って……見習いの二人にさせる課題のレベルじゃないよ？」

「よそではどうかは知らんが、うちで働く以上はその程度の基礎くらいこなせなくては話にならんからな」

「紹介した僕が言うのもなんだけど、二人ともよく受かったね」

「本当に大変でした」

「辛かったです」

同情したアルトがイスカとパレットの肩に手を置くと、二人は素直に心境を吐露した。

「ですが、トリスタン先輩やジルクさんがアドバイスをしてくださったので、なんとか合格することができました」

「えっ！　兄さんがアドバイスをしてくれたのかい!?　どんな風に？」

イスカの言葉を聞いて、アルトが途端に前のめりになった。

「え、えっと、私たちにも理解できるように理論を説明しながら、目の前で何度も実演してくれました」

「それだけじゃなく、魔力制御の練習をするために貴重なマナボルテクスの角まで貸していただきましたよ」

「へー、兄さんが丁寧にアドバイスした上に、練習のための道具まで貸してあげたんだ」

「提出ギリギリの朝方まで付き合ってもあげたものね？」

「二人が消費してしまった氷魔石についてもジルクさんが負担していました」

「へー！」

ルージュとサーシャからの追い打ちで事情を聞き、ことさらアルトが驚きの声を上げた。

「その不愉快な視線をやめろ」

どこかの誰かがわざわざ山にまで押しかけてきて、若者なんだから長い目で見てあげろとか言うからしてやったというのに。こんな視線を向けられるのなら面倒を見るんじゃなかった。

「さて、あまり仕事の邪魔するのもなんだし、僕はそろそろお暇《いとま》しようかな」

「えー、もう行っちゃうんですか？」

アルトが帰る素振りを見せると、パレットが甘えたような声を上げる。

たとえ、既婚者が相手でもその技はやるんだな。

「ごめんね。ゆっくり話したいところだけど、この後にいくつか打ち合わせがあるからね」

さすがに二人の様子を見るためだけにわざわざ王都までやってきたわけではないらしい。

領主の上にルーレン家の工房長でもあるからな。さすがにそこまで暇ではないか。

きっちりと王都での仕事があるらしい。

「でも、夕方以降は空いているからお祝いも兼ねて二人とも食事はどうかな？」

「え、えっと、行きたいんですが……」

アルトが提案すると、パレットとイスカが窺《うかが》うような視線を向けてくる。

早く帰れるかどうかは俺の裁量にかかっているからな。

ルージュやサーシャのように家庭があるわけでもなく、従業員になったばかりの二人にとって早上がりを決めるのは難しいだろう。

「……今日は早めに上がっていいからアルトの相手をしてこい」

「ありがとうございます！　そんなわけで行かせていただきます！」

「よろしくお願いします」

「わかった。こっちの仕事が片付いたら工房に迎えにくるよ。兄さんもくるかい？」

「いかん」

「あはは、兄さんならそう言うと思った」

つい最近、歓迎会とやらに付き合わされたばかりだったので、またしても他人との食事に付き合わされるのはごめんだった。

「見送りは必要ないから。それじゃあ、また後で」

きっぱりと断るとアルトは苦笑しながら工房を出ていった。

自分の工房を離れた部下なのに面倒見がいいことだ。

こういったマメで優しい奴だからこそ誰からも慕われるのだろうな。

俺には到底無理だ。他人にそこまで興味が持てないし、優しくなれない。

改めて実家の工房はアルトに任せてよかったと再認識する俺だった。

28話
Episode 28

独身貴族は部下の恋心を見抜く

夕方になるとアルトはイスカとパレットを迎えに工房にやってきた。

アルトを目にするなりイスカとパレットはすぐにデスクを片付けて、カバンを手にした。

「それじゃあ、お先に失礼いたしまーす！」

「お疲れ様です」

嬉しそうにこちらを振り返って挨拶をすると、二人はアルトの後ろを追うようにして工房の外へと出ていった。

「いいなぁ。皆で食事会……」

扉が閉まるなりトリスタンが羨ましそうな声を上げてデスクに突っ伏した。

サーシャは家庭の事情で早上がりをし、ルージュは営業で外に出ている。

工房に残っているのは俺とトリスタンだけなので、必然的に会話の相手をしてやれるのは俺だけだ。

それをわかっていながら俺は無視してクーラーを組み立てる。

こういう時のトリスタンを相手にするのは非常に面倒だ。どうせまた皆と一緒に食事会がしたいだの、どこか美味しい店に連れていけなどとねだってくるに違いない。

「イスカとパレットが正式に従業員になったことですし、歓迎会をやりませんか？」

「この間やったばかりだろ。絶対にやらん」

「えー！　やりましょうよ！」

「そんなにやりたければ、自分で声をかけてやればいいだろう。というか、お前が一緒に食事をしたい相手はパレットだろ？」

「べ、べべ、別にそういうわけじゃないですって！」

俺がきっぱりと言ってやると、トリスタンはわかりやすいほどに目を泳がせて狼狽《うろた》えた。

「誤魔化したところでお前がパレットに好意を寄せてるのは丸わかりだぞ」

「マジっすか!?　ジルクさんでもわかるんですか!?」

「俺でもわかるってなんだ」

「だって、ジルクさんって結婚とか興味ないですし、異性を好きになることってないじゃないですか。女性に明らかに好意を向けられているのに鈍感で塩対応ですし……」

「あれは好意に気付いていないってわけじゃない。相手の好意に気付いた上で、その気持ちを無視しているんだ」

「それはそれで最低じゃないですか？」

「その気もないのに好意を向けてくる相手に優しくするのか？　そっちの方が最低だろう」

好意を向けてくる異性に優しさを見せれば、相手は気持ちを受け止めてくれるかもしれないと期待する。期待するが故にそれが現実にならなかった時に相手は大きなショックを受ける。だったら、最初から期待させない態度を取った方が相手も傷つかずに済むというものだ。

「確かにそれはそうかもですが……」

「別に俺の恋愛観はどうでもいい。あれだけ露骨な態度を取っていれば丸わかりだ」

「ジルクさんから見て、俺って脈があるように見えます？」

「ないな」

「やっぱりそうなんですかね？　食事に誘っても皆と一緒ならって言われますし、遊びに誘っても忙しいって言われるんですよね」

「明らかな脈無しサインじゃないか」

「え！　そうなんです？」

「食事に他の人を呼ぼうとするのはお前と二人っきりになることを敬遠している証《あかし》だ。遊びに関しても本当に遊びたい相手とだったら何がなんでも時間を空けて応じてくれるはずだ。つまり、日程を合わせてくれないということはお前にそこまでして遊ぶ価値はないと判断されているわけで――」

「わあああああ！　もういいです！　そんな非情な現実は聞きたくないです！」

冷静な分析を告げてやると、トリスタンが両耳を塞いでデスクに突っ伏した。

パレットも気がないならサッサと言ってやればいいと思うが、正式に従業員になったばかりの上に相手は業務として深くかかわる先輩だ。あまり無下にすることもできないのだろう。

とはいえ、このままトリスタンが空気を読まずにアプローチを続けると、パレットから不満が噴出したり、ぎくしゃくとした空気になったりしそうだ。

はぁ、こういう面倒な人間関係が増えるから従業員を増やすのは嫌だったんだ。

見習いとして雇う条件として性別を男に限定するか、家庭持ちの女にしておくべきだった。

今更そんなことを悔いても仕方がない。

できるだけ俺がストレスを感じない方向に誘導するべきだろう。

「正直に言って、今の状況でパレットと交際をするのは無理だろう。相手の立場になってみろ。この間、従業員として働けるようになったばかりだぞ？　自分の業務すら満足にこなせない新人が恋愛をする暇があると思うのか？」

「ないですね……」

ルーレン家の工房からこちらの工房にやってきてすぐに恋愛していれば、なにをしにこっちにやってきたのだと思われることは間違いない。

しかも、相手が職場の先輩なんて悪手もいいところだ。トリスタンからのアプローチは迷惑なことこの上ないだろう。

「だったら俺はどうすればいいんです？」

「今は自分を磨け。魔道具師となり収入を上げれば、パレットが恋人に望んでいる男の条件へと限りなく近づける」

「つまり、今の俺にできることは……」

「目の前の仕事を速やかに片付けることだ」

きっぱりと告げると、トリスタンがガックリと崩れた。

「真面目に相談していたのに結局そうなるんですね!?　いいですよ！　やってやりますよ！」

俺の言葉を聞いてヤケになったのか、トリスタンは腕まくりをして冷蔵庫の素材の加工をやり出した。

そうだそれでいい。恋愛などにうつつを抜かしていないでもっと働け。

✦ ✦ ✦ ✦ ✦

気が付けばすっかりと夜の帳《とばり》が降りており、王都は暗闇に包まれていた。

二人だけだとトリスタンも無駄口を叩く回数が減るし、騒がしい新人や姦《かしま》しい女性陣がいないのでとても静かな作業時間を過ごすことができた。

大型クーラーを八台、中型を十台、小型を五台。それに依頼されていた照明の魔道具を五つほど作ることができた。一日の成果として十分だ。

作業用の眼鏡を取り外すと、目頭を軽くもみほぐして立ち上がった。

ストレッチをして固まっていた筋肉をほぐすと、デスクの上にある魔道具や素材、工具などを片付けた。

今日はもう終わりだ。

「先に帰る。お前はどうする？」

「あっ、もうそんな時間なんですね。この素材の加工だけやったら帰ります」

工具を使って素材を研磨しながら返事するトリスタン。

どうやらキリのいいところまでやって帰るようだ。

「そうか。戸締りはちゃんとしておけ」

「はーい。お疲れ様です」

トリスタンの返事を聞くと、俺は速やかにバッグを手にして外に出た。

すると、むわりとした熱気が身体《からだ》を包み込む。

「……湿気がすごいな」

空には暗闇が広がっており昼間に比べると気温は下がっているはずなのだが、湿度が高いせいか妙な暑さを感じた。

ジリジリと肌を焼くような日差しも嫌だが、湿気と熱気を孕《はら》んだ空気というのも嫌なものだ。

夕食を摂るには少し遅い時間帯であるが、王都の大通りに展開されている酒場などはかきいれ時なのか多くの客で賑わっていた。

暑いというのによくあんなに人が密集した場所で食事を楽しめるものだ。

とはいえ、額に汗を流しながらエールを喉に流し込む客たちを見ると、意外とくるものがあるな。

こんなに暑いと冷たい酒が呑みたくなる。

エルシーの氷魔法でキンキンに冷えたお酒を呑むのも悪くないし、フローズン系のお酒を呑むのも悪くない。

今日のような暑苦しい日に呑めば、きっと美味いに違いない。

想像するだけで口の中に唾液が溢れ、ごくりと喉が鳴った。

「アイスロックにでも行くか……」

エルシーのバーには先日クーラーが設置された。暑い中、冷たい酒を呷《あお》るのも乙だが、涼しいところで冷たい酒が呑めるならその方がいい。

今夜の方針を決めた俺は方向転換し、バーのある方角へと足を向けた。

29話 Episode 29 独身貴族はバーでみぞれ酒を堪能する

いつも通りずれて置かれている立て看板の位置を修正すると、地下へと続く階段を下りていく。

扉を開けて中に入ると、清涼な空気が俺を迎えてくれた。

前回は気温こそ低かったが氷魔法が散布されていたせいで湿気がすごかった。今回はそのようなことはなかった。

「ちゃんと涼しいな」

端には小型のクーラーが設置されており涼しい空気を排出していた。

俺の作った魔道具はきっちりと仕事を果たしているようだ。

「……話題のクーラーをあなたが売ってくれたお陰よ」

カウンターにいるエルシーが涼やかな表情をしながら礼を言ってくる。

以前は暑さと湿気でどこかげんなりしている様子だったが、クーラーで店内が涼しいお陰かカッチリとシャツを着こなし、背筋もピンと伸びていた。

「自分のためだ。気にするな」

エルシーのバーには定期的にお酒を楽しみにきている。

頻繁に通う場所が暑苦しいのは困るからな。

クーラーを設置してもらうのは自分が快適に過ごすためだ。

決してエルシーを喜ばせたいなどという意図があってのものではない。結果として自分のためなのだ。

「……そういうことにしておくわ」

などと告げると、エルシーは苦笑しながらいつもの定位置となるテーブルにチェイサーを置いた。

そういうこともなにも、自分のため以外の意図はないのだが。

まあ、別にそんなことはどうでもいい。店内が涼しいのであれば文句はない。

席に座ると早速注文をする。

「フローズン系のおすすめを頼む」

「……わかったわ」

いつもならその日の気分に合わせて指定することが多いが、氷魔法を得意としているエルシーなら任せた方が面白い。

「あと適当におつまみも頼む」

今日は仕事に夢中になって何も食べていなかったからな。

お酒を呑む前に胃袋に軽く食べ物を入れておきたい。

「……わかった。とはいっても、あなたに燻製のつまみを出しても面白くないわね」

燻製ピーナッツの入った瓶に手を伸ばしかけていたエルシーが、ふと動きを止めた。

「まあ、俺が作って卸しているものだからな」

燻製のつまみがお酒に合うものならともかく、いつでも自分で作って食べられるものをお店で食べたいとはあまり思わない。

「……別のにするわ」

ピーナッツの入った瓶を棚に戻すと、エルシーはカウンターの奥へ引っ込んだ。

つまみを用意するには少し大仰だなと思っていると、奥の方から醤油の香りがした。

醤油ベースの煮込み料理か？

エルシーはホムラとも繋がりがあるので醤油を持っていてもおかしくないが、バーにはやや不釣り合いな香りだった。

疑問に思いながら待っていると、エルシーがお皿を持って戻ってきた。

「……赤魚の煮付けよ」

お皿の中には煮汁に漬かった赤魚と大根、ししとうがあった。

まさかの和風のおつまみが出てきたことに俺は驚く。

「随分と違う方向の食べ物が出てきたな」

エルシーは簡単なつまみこそ出すものの、あまり手の凝ったものは提供しない。

このバーではこういった食べ物は食べられないとばかり思っていたが……。

「……夕食に作っていたものだから」

「なるほど」

どうやらお店のフードではなく、プライベートでの料理だったようだ。

しかし、和食か……頼んだのはフローズンのお酒なので恐らくカクテルが出てくるだろう。

さすがにフルーティーなカクテルと煮付け料理は合わない。

まあ、悪酔いしないために頼んだので酒のつまみとは別であると考えておこう。

「……安心して。お酒もこれに合わせたものにするから」

そんな俺の心境を見抜いたのかエルシーがクスリと笑いながら冷蔵庫へ向かう。

「ということは清酒か？」

「……正解」

微笑を浮かべながらエルシーが持ってきたのは分厚い透明な瓶だった。

「……よく見ていてちょうだい」

彼女は瓶を慎重な手つきでこちらに持ってくると、冷やしたグラスへ清酒を勢いよく注いだ。すると、清酒がグラスに注がれた瞬間に凍り付いていく。まるで雪が舞うようだ。

冷凍温度にまで冷やすことでできるシャーベット状の清酒。

「みぞれ酒か！」

「……よく知っているわね。極東人でもあまり知っている人はいない飲み方だって彼から聞いたけど」

「たまたま知っていただけだ」

「……そう。博識なのね」

別にそこまで興味はないのかエルシーは特に追求することなく、空になった瓶を片付けた。

前世の知識として知ってはいたが、こうやって呑むのは初めてだ。

味わいが気になってすぐに手を伸ばしたくなるが、まずは悪酔いしないように煮付けを食べよう。

赤魚を箸で突《つつ》くと、しっかりと煮込まれているお陰かすぐにほぐれた。

柔らかな身を丁寧にすくいあげて口に運ぶ。

赤魚の身はとてもふっくりとしており、口の中でしっとりと溶ける。

臭みはまったくなく煮汁がよく染み込んでおり、ほんのりとした甘さの赤魚との相性は抜群だった。大根にも煮汁がしっかりと染み込んでおり、ししとうの苦みともよく合う。

「美味い」

やや甘辛さが強いのが実に俺の好みだった。

刻まれたショウガがほんのりと香りを主張してくるのも実にいい。

「……ゆっくり食べていると溶けるわよ」

「そうだった」

思ってもみないクオリティのおつまみが出てきたことや、空腹だったこともあり、つい食べることに夢中になっていた。

本命はみぞれ酒だ。

胃袋を落ち着かせた俺はグラスを手にして香りを楽しむ。

「穏やかな香りだな」

樹木を思わせる穏やかな香りだった。

少し香りを堪能すると、グラスを傾ける。

シャリシャリとしたいつも呑んでいるものとは違う口当たり。

清涼な香りが鼻腔を突き抜けた。

濃厚な味が口の中で広がり、甘み、酸味、苦みへと変化していく。

「スッキリとしていて美味いな。なにより口当たりが面白い」

カクテル系のフローズンを呑んだことはあっても、清酒のフローズンなど初めてだからな。

冷やした清酒はたまに呑むが、たまにはこういう飲み方もいい。

「凍らせてもあまり風味は損なわれないんだな」

「……純米酒だから風味は損なわれにくい」

「なるほど。冷凍するのに合った清酒を厳選しているというわけだな」

俺の言葉にエルシーはしっかりと頷《うなず》いた。

冷酒や熱燗に合う清酒があるようにみぞれ酒にも合う種類の清酒があるようだ。

みぞれ酒を口に含みつつ、ほんのりと温かな赤魚を食べる。

すると、みぞれ酒の余韻と煮汁の濃い味が混ざり合って風味が変化した。

純米酒だけあって濃い味付けの料理との相性も抜群だな。

「普通に料理もできるんだな」

前に市場で遭遇したのである程度の料理ができることはわかっていたが、ここまでちゃんとした料理ができるとは思っていなかった。

「……エルフは寿命が長いからできないと不便」

「確かにそれはそうだな」

エルフは人間よりも遥かに長い時間を生きる。当然食事をする回数も多いので自炊くらいできないと困ってしまうのだろう。

「……美味しい？」

「ああ、美味い」

「……よかった。ちゃんと作ったものを振る舞ったのは久しぶりだったから」

しっかりと頷くと、エルシーは安堵の息を漏らした。

顔にはあまり表れていなかったが料理の出来栄えを心配していたようだ。

「確かにここではつまみになるものしか置いていないな。料理は出さないのか？」

これだけ美味しい料理を作れるのだ。お酒に合う料理を作れば、もっとお酒の注文が入るのではないだろうか？

「……前は簡単なものを作って出していたけど、バーテンダーは私しかいないからお酒が作れない。それに料理を出すとお皿を回収したり、洗ったりとバタバタするから」

「確かにそれはそうだな」

「……私は美味しいお酒を出すことに集中したい」

珍しく饒舌なエルシーに少し面食らってしまったが、そこには彼女なりの考えや仕事に対する芯のようなものがハッキリと表れていた。

バーテンダーであり、経営者であるエルシーが確固たる決意を持って言っているのだ。

そこに同意を示そうが、否定を示そうが彼女の考えは変わらない。

客である俺は黙って頷くだけでいい。

「……でも、お酒に合うつまみの探求もサボりはしない」

エルシーはそう言いながら棚からいくつもの瓶を取り出した。

そこには魚や貝といった海鮮系の干物がいくつも入っていた。

「干物か」

「……オスーディアから仕入れた」

「隣国からか」

オスーディアとはうちの国の隣にある大国だ。

内陸の多いうちと違って、オスーディアは大きな海に広い範囲で面していることもあって水産業がかなり盛んだ。

王都で流通している海鮮食材よりも遥かに質と種類も豊富だ。

みぞれ酒と一緒に食べたら間違いなく美味しいだろう。

「……食べる？」

エルシーの問いかけに俺は即座に頷いた。

30話 Episode 30 独身貴族は仕事の打ち合わせをする

「ジルクさん、少しだけお時間いいでしょうか？」

工房の給湯室でハーブウォーターを飲んでいるとイスカが声をかけてきた。

集中力が持続している状態で話しかけられるのはあまり好きじゃないのだが、イスカはトリスタンやパレットと違って、無駄口を叩く性分ではない。きちんとした用件があるのだろう。

「なんだ？」

「父が昨日から王都に滞在しており、ジルクさんの都合が合えば食事がしたいと申しております」

「なるほど」

イスカの父であるナルシスとは、前に開催された写真展の時から顔を合わせていない。

写真展の開催とクーラーの販売に向けて互いに忙しかったからな。

「父は一週間ほど滞在することになっており、ジルクさんのご都合に合わせるとのことです」

ちょうどナルシスも王都にいるようだし、こちらもクーラーの製作こそ忙しいが業務は落ち着いている。そこまで合わせてくれているのなら会わない理由はないな。

「……明日の夜でどうだ？」

「かしこまりました。そのように父に伝えます」

そのように言うと、イスカは軽く頭を下げると速やかに業務へと戻った。

それと入れ違いになる形でトリスタンとパレットが給湯室に入ってきた。

「ジルクさん！」

「話しかけるな。あっちにいけ」

「いきなり酷い！」

「イスカとは話していたのに何で私たちはダメなんですか!?」

会話を拒否したにもかかわらず、トリスタンとパレットは食い下がってくる。

俺は話したくないと言っているのに、なんで続けて話しかけてくるんだ。

「お前たちの用件は業務とは関係ないからだ」

「どうしてそう思うんですか？」

きっぱりと告げると、トリスタンが視線を逸らし、パレットが目を丸くして尋ねてくる。

「フロアからルージュがハーブウォーターについて語っているのが聞こえてきた。ミーハーなお前らのことだ。なんとなく興味を持ったから俺のやつで味見をしたいとか考えてきたんだろう？」

「そ、その通りです」

「やば！　ジルクさんってうちの母さんより鋭いんですけど」

「俺が鋭いというより、お前たちが単純なんだ」

周囲の情報を集め、従業員のそれぞれの性格を把握すれば、どのように動いてくるか推測はできるものだ。

はぁ……イスカとの会話は一分で済んだのに、コイツらとの会話は何倍もの時間がかかってしまっている。これは追い返すよりも受け入れてやった方が早いな。

「飲みたいのなら好きにしろ」

諦めの境地でハーブウォーターの入ったボトルを渡すと、トリスタンとパレットは釈然としない顔をしながらもグラスを用意し始めた。

✦ ✦ ✦ ✦ ✦

翌日の朝。工房にやってくると、イスカが声をかけてきた。

「本日の夕方。父が馬車でお迎えに上がるとのことです。お店についても父が手配しております」

「わかった」

どうやらナルシスが迎えにきてくれるようだ。お店についてもナルシスが手配してくれているようなので心配する必要はないな。

予定が曖昧だとモヤモヤするのでスッキリすることができた。

これで仕事に集中することができる。

必要な業務連絡をルージュから聞き、本日の仕事を割り振ると、いつも通り仕事にとりかかることにした。

いつも通りに仕事をこなしていると、あっという間に夕方となる。

窓から差し込む夕日でそのことに気付いた俺は、早めに仕事を切り上げてデスクの周りを片付けることにした。

片付けが終わり、出かける準備ができた俺はイスカの方へと視線をやった。

イスカは俺とトリスタンが部品を加工した小型のクーラーを組み立てる作業に没頭している。

集中していて時間に気付いていないのだろうか。

イスカに話しかけても問題ないタイミングを計って、こちらの気配に気付くように近づく。

「イスカ、そろそろ時間だ」

「すみません。言い忘れていました。僕は父より仕事に専念するように言われております」

てっきり三人で食事をするものと思っていたが、イスカは同席しないらしい。

父親が息子を同席させないことを望んでいるのであれば、こちらが無理に連れていく理由はないな。

「そうか。作業中に話しかけて悪かった。後の業務はトリスタンに仰いでくれ」

「わかりました」

イスカにそのように指示を与え、工房内を掃除しながら時間を潰していると、ナルシスの使いらしき執事が工房内に入ってきた。

サーシャが立ち上がって対応をしようとするが手で制して座らせる。

用件がわかっている上に俺が向かえば、すぐに終わることだ。

わざわざ従業員の作業を止めるまでもない。

「ジルク＝ルーレンだ」

「ナルシス様の使いの者です。お迎えに上がりました」

「馬車に案内してくれ」

「かしこまりました」

老齢の執事は無駄なやり取りをすることなく、最低限の言葉のみで案内をしてくれた。

無駄な会話をしたくない俺の意図を汲み取ってくれて助かる。

工房の外には一台の馬車が停まっていた。

執事に扉を開けてもらって中に入ると、そこには優しげな笑みを浮かべたナルシスが座っていた。

「お久しぶりです、ジルク様」

「久しぶりだな、ナルシス」

「お店は手配しております。お話についてはそちらでゆっくりといたしましょう」

促されて対面の席に腰を下ろすと、扉を閉めた執事が御者席へと移動。

鞭《むち》をしならせて馬車を動かした。

整備された道を馬車が進んでいく。王都の中は人が多いので思うように速度は出せない。ゆっくりと背景が流れていく。

馬車の中では本当に何も話すつもりはないのか、ナルシスは無言で窓の外の景色を眺めていた。

ああは言いつつも雑談を挟んでくる輩《やから》が多いので、本当に話しかけてこないことに感心した。ジッとしているだけで目的地に着くのなら楽でいい。

「ジルク様、到着いたしました」

「ああ」

目を瞑《つむ》って依頼されていた魔道具の構想を練っていると、ナルシスから声をかけられた。

気が付けば馬車は停まっており目的地に着いたようだ。

執事に扉を開けてもらい外に出ると、見慣れた裏通りの光景が飛び込んできた。

アイスロックの立て看板が見えている。

「まさか、ここか？」

「いえ、違います。こちらです」

動揺を隠しながら尋ねると、ナルシスは一つ隣にある店を示した。

隣で雑に置かれた立て看板とは違い、きっちりと向きを揃えて置かれている立て看板には『シンフォニーレストラン』と書かれていた。

ナルシスが先導するように階段を下るので後ろをついていく。

木製の扉をナルシスが開けて、店内に入ると木と煉瓦《レンガ》で構成された店内が広がっていた。

地下に位置しており薄暗いことも相まってか、隠れ家的な雰囲気が漂っている。

落ち着いた内装をしているが、アイスロックほどシックな雰囲気ではない。少しカジュアルさが混じっており、いい意味で親しみがあった。

内装を眺めていると、奥にあるステージが目についた。

そこにはピアノをはじめとする数多《あまた》の楽器や音響を調節する魔道具が設置されていた。

「……もしかして、ここはピアノの生演奏が聴けるレストランか？」

「その通りです。このレストランは芸術家、音楽家、様々なクリエイターが集まり、作品を披露する場なのです」

「いいじゃないか」

さすがはナルシス。芸術一家だけあって店選びのセンスがいい。

これなら今日の夕食はかなり期待できそうだ。

「本日は貸し切りにしておりますのでお好きな席へどうぞ」

好きな席を選んでいいと言われたので、俺は中央の卓にあるイスに座った。

ゆったりとするならソファー席だが、せっかく貸し切りにしているのならわざわざ端っこに座る必要はない。

俺とナルシスが席に座ると、店員がメニューを持ってやってくる。

「料理と酒の選択は任せる」

「わかりました」

基本的に食べるものは自分で決めることが多いのだが、ナルシスのセンスと観察眼は確かなものだ。ナルシスのおすすめならば悪いものは出てこないだろう。

すべてを丸投げにすると、ナルシスは店員に言伝《ことづて》をして下がらせた。

すると、程なくしてトマトとバジルのブルスケッタや、彩り野菜のバーニャカウダといった前菜料理は出てくる。食事の共になるのは赤ワイン。悪くないチョイスだ。

「乾杯をする前にＢＧＭとなる演奏をお願いしましょうか。今日はジルク様のために新進気鋭の奏者を呼んであるんです」

「ほう、それは楽しみだ。早速、演奏を頼みたい」

せっかく生演奏が聴けるのであれば、是非ともお願いしたい。

ナルシスが太鼓判を押すほどの奏者とやらがどんな人物で、どんな演奏をするかとても気になる。

ナルシスが手を挙げると奥からコツコツとヒールの音が響き、ステージに青いドレスを纏った金髪の女性がヴァイオリンを手にして登場した。

ん？　気のせいか？　あの髪色にあのシルエットをした女性に見覚えがある気がする。

女性はドレスの端を摘《つま》んで優雅に一礼をすると、ゆっくりと顔を上げた。

それにより奏者の顔が正面からハッキリと確認でき、バッチリと視線が合った。

「げっ！」

ステージに上がった奏者はアパートの隣人であるカタリナだった。

31話
Episode 31

独身貴族は奏者を替えたい

チェンジで……そんな言葉が喉まで出かかったが何とか堪《こら》えた。

急遽会食の時間を指定してきた俺のためにナルシスがわざわざ手配してくれたんだ。

さすがの俺もそんなことは言えない。

「あの令嬢が新進気鋭の奏者なんだな?」

「はい！　カタリナ嬢はヴァイオリン奏者として有名なだけでなく、音楽会の歴史をひっくり返すほどの名曲を生み出し続けている天才作曲家でもあるのです！　特に最近の彼女の活躍は目覚ましく、音楽会の誰もが注目している方といっても過言ではございません！」

「ほう、ヴァイオリンの演奏だけでなく、それほどに素晴らしい曲も作れるのか……」

ナルシスの大讃美と俺の感想を聞いて、カタリナがダラダラと冷や汗を流しているのが見えた。

こちらに流れている金額からかなり儲けていることは知っているが、俺の提供した曲を作って随分ともてはやされているらしい。

「カタリナ＝マクレールと申します。本日はよろしくお願いいたします」

俺のジトッとした視線を無視し、見事な愛想のある笑みを浮かべて一礼。

そして、ヴァイオリンと弓を構える。

あんな奴でも一応はプロだ。

楽器を構えると、カタリナは動揺を見事に引っ込めて奏者としての顔になった。

ゆっくりと弓が動き、優美な音が奏でられる。

「……綺麗な音色ですね」

「ああ」

曲自体は控えめで穏やかなものだ。明るい曲や激しい曲が好きな人からすれば物足りないかもしれないが、レストランではお客が食事と会話を楽しむための場所だ。

奏者はＢＧＭとして心地よい曲を演奏しなければならないので、これくらい穏やかな曲がいいのだろう。

弾いている曲はもちろん俺が教えたもの。前世でも人気のある曲だったが、超絶技巧が随所に盛り込まれており、難曲として挙げられる。それをいとも簡単に弾いてみせるとは、さすがはプロだな。

やはり演奏の腕はいいらしい。

「それでは乾杯いたしましょう」

演奏が始まってしまえば、誰が弾いていようが気にならなくなる。

俺は音色に耳を傾けながら意識からカタリナを除外することにした。

グラスを軽く合わせ、赤ワインで喉を潤す。

「この度はジルク様の工房で息子を雇っていただきありがとうございます」

ブルスケッタや野菜を摘《つま》んで胃袋を落ち着かせると、ナルシスがそんなことを言ってきた。

この食事にイスカを同席させなかったのは、イスカのことを聞きたかったからだろう。

ナルシスがどのような意図を込めて言ったのかは不明だが、俺の中で一つだけは言っておかないと気が済まないことがある。

「……決してナルシスの息子だからといった理由で採用したわけじゃない。実家に頼まれて、ただ使えそうだから雇ってみただけだ」

「おお、それは私としても嬉しいことです。イスカはジルク様のお眼鏡に適ったということですから」

きっぱりと忖度《そんたく》していないことを告げるとナルシスは気分を害された様子はなく、むしろ嬉しそうに笑みを浮かべていた。

「そうだな。とはいっても要求ラインのギリギリだったがな……」

「イスカに魔道具師としての才能はありますか？」

ナルシスがおそるおそるといった様子で尋ねてくる。

イスカを同席させなかったのは率直な意見を聞きたかったからだろう。

だとしたら遠慮する必要はないな。まあ、いたとしても遠慮することはないが。

「現段階では判断しづらいが、少なくとも努力する才能はあるように思う」

イスカがうちにやってきた当初の実力では、氷魔石の均一化の課題は困難といえるレベルだった。

少なくとも本当に魔道具師を目指していなければ、匙《さじ》を投げてしまうくらいに大きな壁だ。俺やトリスタンが助言したとはいえ、その困難を打開する程度には努力をして乗り越えることができた。今は未熟とはいえ、魔道具師になるための努力ができるのであれば才能の有無は関係無しに魔道具師にはなれるように俺は思う。

「そうですか。才能がないようであれば諦めさせるつもりでしたが、ジルク様がそう評価してくださるのでしたら続けさせる価値はありますね」

ナルシスの意外にドライな呟《つぶや》きに俺は少し驚いた。

「逆に才能がなければ辞めさせるつもりだったのか？」

「ええ、才能がないのにやらせても時間とお金の無駄ですから」

低い物腰と柔らかな笑みを浮かべているが、クリエイターとしての判断は厳しいようだ。

芸術一家だからこその教育方針なのだろう。

所詮は他人の家のことだ。

それに対して俺があれやこれやを言う権利もないし、言うつもりもない。

どちらかと言うと、俺はナルシスと同じ考えを持っているタイプだからな。

好きだからといって、誰でもその職業につけるわけではない。

「まあ、これは私の教訓なのですけどね！　私は芸術一家に生まれながら、あらゆる芸の才に恵まれませんでしたから」

「だから、芸術家を上手く使いこなす側に回ったんだな？」

「ご名答です。我が一族は芸術一家だけあって、そういう方面は疎く、面倒くさがる方が多かったので入り込む穴があったというわけです」

ナルシスからはあまりクリエイターといった雰囲気が感じられなかった。どちらかと言うと、プロデューサーや営業といった雰囲気だ。

芸術一家に生まれながら、あらゆる芸の才がないというのも苦労してそうだが、今はプロデュースする側で遺憾なく才を発揮しているので楽しそうだな。

「私の身の上話は端に寄せておくとして、私やフォトナー家のことは気にせず、これからもイスカに厳しくご指導をお願いします」

「わかった」

元からナルシスの息子だからとって配慮するつもりは微塵《みじん》もなかったが、ここでは黙って頷いておくのが作法というものだ。

「さて、息子についてはこの辺りにしておきまして、お次は本題である写真展の件に移らせていただきます」

「ああ、あの後も写真展は好調だったのか？」

本格的にクーラーの製作、販売の準備と忙しくなり、あれから一度も写真展には足を運んでいなかったので、その後の推移は把握していない。

「はい、大盛況でございました。ジェラール王子殿下やラフォリア王女殿下だけでなく、多くの貴族の方にも足を運んでいただきました」

「……そうか」

多分、俺の開いている展示会だから興味本位でやってきたのだろうな。わざわざ王族が城を出てやってくるとはご苦労なことだ。

「それで一つご相談なのですが、ラフォリア王女殿下からいくつかの写真を買い取りたいと言われております」

あの不気味な王女の趣味は剥製収集だけかと思ったが、こういった芸術品の収集にも興味があったようだ。

面倒な奴が欲しがったものだ。思わず舌打ちしたくなったが、さすがに不敬なので心の中に留《とど》めておいた。

「ラフォリア王女殿下はどの写真を欲しがっている?」

「目玉となっていたケヅールの写真です」

あの王女、よりによって一番苦労して撮ったお気に入りの写真を望むとは……。

その気になれば突っぱねることもできるが、クーラーの追加製作を待ってもらっている状態で蹴るのも憚《はばか》られる。

多分、それがわかっていてあの王女は欲しがっているのだろうな。

「ラフォリア王女殿下が所望しているとあらば、お譲りしないわけにはいかないな」

「あの素晴らしい作品を売ってしまうのは悔しいですが、王族の方が所望したとあっては仕方がありませんね。ラフォリア王女殿下が買い上げたと知ると、それに便乗して他の貴族も買い上げを名乗り出る場合もございます」

ナルシスがそう言うということは、会場で買い取りについて尋ねるものたちが何人もいたということだろう。

「そもそも写真にはどのくらいの値段がつくものなんだ?」

芸術作品は時代や買いたいと思う者の価値によって値段が決まる。

さすがに素人の俺では判断のできない領域だ。

「美術品の値段を決めるのは、『美的な価値』『稀少性』『需要と供給のバランス』の三つが基本とされています。ただ美的な価値は文化圏によって違い、あやふやなところがありますから、残った二つが大きな要因となります。これらの写真はジルク様の所有している宝具でしか撮ることができず、それでいて有限です。以上のことから稀少性はかなり高いと判断し、王族、貴族、商人から求められており、需要も高いことから値段は名画に劣るものではないと推測します」

「そこまでか……」

「あとはオークションなどにかけてみれば、さらに値段は跳ね上がることでしょう。欲しい人が多ければ多いほどに価値は上がりますから」

「随分と悪い笑みを浮かべているな」

「お金なくして芸術活動はできませんから」

「気に入っている写真はダメだが、それ以外の写真であれば売ってもいい」

独りで撮って、独りで見返すだけのつもりだったが、一枚の値段がそこまで跳ね上がる可能性があるのであれば、いくつかは売っていい。

むろん、気に入っている写真を売ってまでお金が欲しいわけではないので、値段は吊り上げられてもそこは曲げない。別にそこまでお金に困っているわけではないからな。

「ただ、知らない奴等を相手に交渉するのは面倒だ」

「ご安心ください。そういった面倒事の対応はすべて私がいたしますので」

「わかった。いくらか手数料を支払う代わりに、そういった交渉のすべてを任せる」

「ありがとうございます」

ここまで面倒事をやらせるのであれば、ナルシスに手数料を払うのは当然だ。

面倒な雑事はすべて丸投げで、俺は写真を撮るだけでお金が入る。

ナルシスは俺の撮ってきた写真を上手く活用し、展示会、販売などをして自らの利益を上げる。

互いにストレスのない俺たちの関係はｗｉｎ－ｗｉｎだと言えるだろう。

「作品のタイトルをこちらにリスト化しておきました。売却可能なものだけにチェックをお願いします」

そう答えると、ナルシスはカバンから書類の束を取り出した。

各写真にタイトルをつけているのは俺なので、タイトル名を見ればどのような写真かは思い出せる。

実に準備がいいものだ。俺は売却しても構わない写真にペンでチェックをつけて、リストをナルシスに返却した。

「ジルク様、もう一度写真展を開くつもりはございませんか？」

リストをカバンに戻すと、ナルシスはそのようなことを提案してくる。

写真展については既に開催が終了している。

評判が良かったとのことなので、ナルシスはもう一度写真展を開きたいと考えているようだ。

「それは同じ写真を使い回すわけじゃなく、新しい写真が欲しいということか？」

「はい。できれば、次は魔物の生態を中心としていただけると嬉しいです」

「魔物の写真か？」

「ジルク様のような冒険者ではない限り、多くの人たちは魔物の姿をじっくり見ることはできません。写真に写る魔物の姿は来場者にとってとても刺激的に見えるようです」

そういえば、会場でもケヅールの写真の他には、多くの子供や貴婦人が魔物の写真のところに集まっていたように感じた。

俺だけでなくずっと会場の様子と客の反応を見ていたナルシスが言うのであれば、間違いはないだろう。

ここ最近はカメラにも触れておらず、王都にこもりっぱなしでちょうど外に出たいと思っていた。

前回は動物や自然背景を中心に撮影していたので、魔物を中心に撮影してみるのも面白い。

「いいだろう。ただ少し時間がかかるかもしれないが構わないか？」

相手はなにせ魔物だ。

【擬態外套《インビジブルマント》】があるとはいえ、接近することは大きなリスクだ。撮影する難易度は動物よりも遥かに高い。それなりの枚数をすぐに用意できる保証はできない。

「危険を承知でお願いしていることですから急《せ》かすつもりはございません」

「助かる」

そのことを伝えると、ナルシスはこくりと頷《うなず》いてくれた。

「真面目な話はこれくらいにして後は食事と音楽を楽しみましょう」

ステージに視線を向けると、カタリナが何曲目かわからないが違う曲を弾き始めていた。

これだけ会話をしていてもまったく気にならなかった。

歌劇場とは違う距離感で聴く音楽も悪くはない。

32話 Episode 32
独身貴族は一人で帰りたい

「今日はお忙しい中、ありがとうございました」

「こちらこそとても有意義な会話ができた。感謝する」

カタリナがステージからいなくなり、食事も終えると食事会はお開きだ。

俺とナルシスは握手をすると帰り支度をする。

「帰りも馬車でお送りしますよ」

「少し夜風に当たりたい。帰りは結構だ」

気持ちのいい音楽と食事を楽しんだのだ。この余韻は一人で帰りながら味わいたい。

「わかりました」

そう返答すると、ナルシスは特に気にした様子もなく頷《うなず》き、次に帰り支度を整えたカタリナへと寄っていく。

「カタリナ嬢も本日はお忙しい中、素敵な演奏をありがとうございます」

「フォトナー子爵のお頼みとあれば、いつでも参りますわ」

「夜も遅いことですし、帰りはうちの馬車で近くまでお送りしようと思いますがいかがでしょう？」

ナルシスがそう提案すると、カタリナは動揺の表情を浮かべてこちらを盗み見る。

ゲストとして招いているカタリナをナルシスが送るのは当然の成り行きだ。

ここで避けたいのは俺たちが同じアパートに住んでいるのがバレること。別にカタリナとは断じてそういう関係ではないが、同じアパートに住んでいるだけで妙な邪推をされるかもしれない。そんなのはまっぴらごめんだった。

……俺は独りで歩いて帰る。だから、お前は馬車に乗ってナルシスに送ってもらえ。

そんな意図を込めて鋭い視線を送ると、カタリナはこくりと頷く。

「お心遣いありがとうございます。ですが、今日は少し夜風に当たりたく歩いて帰ろうかと思います。住んでいるところもここから近いですから」

なんでそうなるんだ！　大人しく馬車に乗っておけばいいものを！

「おや？　カタリナ嬢も歩いてご帰宅ですか？」

「え」

「さすがにこの時間に女性を一人で帰すわけには……」

ナルシスがそう言ってこちらへと振り返る。

嫌な予感がする。

「ジルク様、申し訳ありませんがカタリナ嬢を家の近くまでお送りいただくことは可能でしょうか？」

そんなの真っ平ごめんだ。

そう言い放ちたいが、ナルシスの掲げた大義名分を跳ね返してしまえば俺は外道といった評価を受けてしまうだろう。

「そうだな。万一があってはいけない。そういうわけで、私が同伴することをお許しください、カタリナ嬢」

「冒険者としても名高いジルク様が一緒であれば安心ですわ。お願い致します」

恭しい態度で言うと、カタリナはお淑やかな笑みを浮かべて頷いた。

ナルシスや店員たちに見送られて俺とカタリナは並んで歩いて帰る。

そのまま通りを曲がって、ナルシスたちが見えなくなるなり俺はため息を吐いた。

「どうして俺がお前と一緒に帰らなければならん」

「それはこっちの台詞《せりふ》よ！」

「お前が大人しく馬車に乗って帰っていれば、こんなことにはならなかった」

「あなたが一人で帰りたいと思って気を利かせてあげたのよ！　だから馬車に乗らなかった！」

どうやらあの時の俺の視線を馬車に乗るなと言うように受け取ってしまったようだ。

「さすがの俺もそこまで酷いことは……しないとも言えないな」

カタリナのような女であれば、一人で歩いて帰れと言ってしまうかもしれない。

「ほら！」

「俺のことはさておき、ナルシスのような男が夜道を女一人で帰らせると思っているのか？」

「そ、それは……」

彼の中でカタリナを一人で帰すことは絶対にしないという価値観だ。

カタリナが馬車にさえ乗っておけば問題はなかった。仮に同じ馬車に乗ることになっても、男の俺は適当に仕事を思い出したとか、買い物があるとか理由をつけて抜けることができたからな。

「まあ過ぎたことは仕方がない。とりあえず、帰るぞ」

「……ええ」

別にこいつも悪気があってナルシスの馬車を辞退したわけじゃないんだ。最悪な結果は回避できたことだし、そこまで腹を立てることでもない。

人通りの少ない夜道を俺とカタリナが歩く。

こんな夜更けに並んで歩いているところを見られるのが嫌なのか、カタリナは周囲をキョロキョロと確認しながら、少し後ろを付いて歩いていた。自意識過剰な女だな。

俺の役割はこの女をアパートまで無事に送り届けるだけだ。まったく知らない人間ってわけでもないので気を遣って話しかける必要はない。特に会話を振ることもなく無言で歩いていく。

「ねえ」

すると、カタリナが声をかけてきた。

話したい気分でもなかったので無視をしていると、カタリナがカツカツと靴音を立てて服を掴んできた。

「ねえってば！」

「なんだ？」

「歩くのが速い！　こっちはヒールなの！」

そう言われて視線を落とすと、確かにカタリナはヒールを履いていた。

俺とカタリナでは足の大きさも歩幅も大きく違う。非常に面倒だが役割を果たすためにはペースを合わせざるを得ないのか。

「悪かった」

「わかればいいのよ」

ああ、ただ歩くだけだというのに他人に合わせなければいけないのが苦痛だ。歩くことくらい好きにさせて欲しい。

「ねえ」

「今度はなんだ？」

今度はきちんとカタリナの歩く速度に合わせているし、文句を言われる覚えはないのだが。

ややうんざりしたように振り返ると、カタリナがもじもじとしながら言う。

「……私の弾いた曲どうだった？」

「それを俺に聞くのか？」

楽曲の元になるのを提供した俺に。

「だ、だって、ところどころアレンジしてるから……」

アレンジを加えているがために元の曲を知っている俺の感想が気になるようだ。

「確かに俺の故郷の曲とは微妙に違ったが、特に気にならなかったな。というか、ああいう柔らかい音色も出せるんだな」

「フン！　誰かさんが私の弾く曲は柔らかさが足りないとか言ってたからね！」

俺の指摘をずっと根に持っており、練習していたようだ。

ご苦労なことだ。

「とはいえ、ローラには敵わないがな」

「うるさいわね！」

「だが、まあ悪くなかった。お前の奏でる音はいつも想像の上をいく。これからも演奏を楽しみにしているぞ」

「と、当然よ！　音を再現するだけじゃ二流もいいところだしね！　その曲に込められた意図を理解し、自分なりに表現するのが私たちの仕事だもの！」

シンプルな感想を述べると、カタリナはなぜか頬を赤く染めながら言い張った。

そうだな。真似るだけならある程度の技量があればできる。

そこにカタリナという奏者の解釈が入るから面白いのだろうな。

「ところで、フォトナー子爵とは何の話をしてたの？」

音楽の話で調子に乗ったカタリナがそんなことを尋ねてくる。

「……ゲストで呼ばれた奏者がそれを尋ねるのか？」

「別に言いたくなかったらいいけど……」

などとは言っているものの、カタリナの顔を見ると明らかに不満そうだ。

ああいった場に呼ばれた者は、客たちが何を話していたか尋ねない、聞いたとしても外に漏らさないのがマナーなのだが、別にそこまで秘密にすることでもない。

「次の写真展についての話をしていた」

「次ってことは、あの写真展もう一度やるの？」

「いつになるかはわからんが、そのつもりだ」

「ふうん、まあそれなりに面白かったしいいんじゃない？　ローラや他の楽団員たちも楽しんでいたし、見に行けなかった子とかは残念そうにしてたから」

「展示会では魔物の写真が人気だったと聞いていたが、やっぱりそうなのか？」

随分と上からの評価が気になるが、今はそんなことより実際に会場を訪れていたカタリナの感想が気になった。

「え？　ああ、そうね。私たちは外では無力だもの。仮に出たとしても大勢の護衛に囲まれての移動になるから、あんな風に魔物の姿をじっくり見たのは初めてだったから」

「そういうものか」

俺は外でも散歩感覚で出歩けるので気にしたこともなかったが、やはり大勢の人にとっては外を自由に歩き回ることはできないらしい。

「だからって他の写真に人気がないってわけじゃなかったわよ？　ケヅールの写真なんてとても綺麗だったし、普段目にしている王都の風景も親しみがあって好きだったわ」

「そうか」

特に聞いてもないのに写真の感想を語り始めるカタリナ。

この女の感想によって俺の撮る写真に影響が出るわけではないが、写真を初めて目にした人間の感想が新鮮だったのでとりあえずは耳を傾けておいた。

33話 Episode 33 独身貴族は冒険者ギルドに顔を出す

ナルシスとの食事会を終えた翌朝。

「今日は写真を撮りに行くか」

爽快な目覚めを迎え、天気がいいことを確認した俺は本日の休暇を決めた。

ここ最近はクーラーの製作ばかりで王都にこもりっきりだった。

趣味である日帰りキャンプにも行っていないし、昨日写真についての話をしたせいか無性に写真を撮りに行きたくて仕方がなかった。

とはいえ、何も告げぬままに欠勤しては工房にいらぬ混乱を与えるので、休暇を伝えるために工房に寄ることにした。

「おはようございます、ジルクさん」

「ああ」

扉を開けると、入り口にある花瓶を拭いていたイスカが挨拶をしてきた。

「昨夜はお忙しい中、父とお会いしてくださりありがとうございます。父もとても喜んでおりました」

「お陰でこちらも有意義な話ができた。段取りをつけてくれたことに礼を言う」

というより、俺に声をかけるために入り口付近で待機していたみたいだな。

相変わらず真面目な奴だ。

「おはようございます、ジルクさん。今日はいつもと格好が違いますね？」

今度はパレットが声をかけてくる。

サーシャや新人の二人が入ってからは外に出ていなかったので、いつものスーツとは違った服装が珍しいようだ。

「今日は外に出るからな」

「そういえば、ジルクさんは冒険者でもありましたね。ルージュさんから聞いていたのですが、魔道具師としてのイメージが強いので忘れていました」

「冒険者はあくまで副業だからな」

副業のイメージが強くては魔道具師として困る。

「副業でBランクになって、Sランクの魔物も倒せるなんてすごいですね」

「魔道具師になれるほどの魔力制御技術があれば、それなりの位置にはいけるものだ」

「へえー、そうなんですか！」

パレットが感心したような声を上げた。

「つまり、それほど魔力制御は重要だということだ」

魔力制御が上手ければ、効率的な身体強化ができ、効率的な魔法運用ができる。

それらの技能があるだけで、そこらの冒険者とは一線を画す技能を獲得していると言えるだろう。

「魔力制御の訓練を続けているな？」

「はい、続けています」

「ならいい」

パレットとイスカが揃って頷《うなず》いたところで、ルージュが出勤してくる。

「そういうわけで俺は今日休む。ここに加工した素材をいくつか置いておく。各自やるべき作業を進めておいてくれ」

「わかりました」

【マジックバッグ】から素材を取り出し、各々から返事の声が上がったことを確認した俺は工房を出た。

「ギルドに顔を出しておくか」

ここ最近は外に出ていなかったからな。王都周辺の環境を確認するためにも依頼を確認しておいた方がいいだろう。

そんなわけで工房から直接外には向かわず、中央区にある冒険者ギルドに向かうことにした。

ギルドにやってくると、いつもは開放されている二枚扉が閉め切られていた。

もしかして、ギルドが営業をしていないのか？

だが、俺が王都にやってきてギルドが営業をしていない日など見たことがない。

試しに扉を開けてみると、ギルドは普通に営業していた。

ただ異様なほどに冒険者の数が多い。

「なんだこの人の多さは……」

「おい！　そこのお前、早く扉を閉めろ！　冷気が逃げるだろ！」

いつもとは違う光景に呆然としていると、酒場の入り口近くに腰かけている男に怒鳴られた。

無言で扉を閉めると、微かにだがギルドの中がヒンヤリとしている気がした。

本当に微妙にだが。

にしても、この人数の多さが気になる。特別な依頼でもあっただろうか？

比較的ランクの低い魔物が大量発生などをすると、冒険者たちは報酬を目当てに参加してお祭り騒ぎになることがある。

しかし、目の前に広がっている光景ではそのようなお祭りのような雰囲気は感じられなかった。

「おい、これはどうなってるんだ？」

ギルド内の人数が多く、あまりにも不気味なので近くにいる受付嬢に尋ねた。

「前日ようやくギルドにもクーラーが届きまして、冒険者の皆さんが涼みにきてるんです」

「涼みにきてるだと？」

「魔道具だけあってクーラーはとても高く、誰でも買えるわけではありませんから」

受付嬢の口ぶりからして、これは今日だけでなく連日のようだ。

理屈はわかるが、なんと迷惑な奴等だろう。

ギルドに来るたびにこんなにも人で溢れていれば辟易《へきえき》としてしまう。

「依頼を受けない奴は追い出せ。邪魔だ」

「……冒険者の皆さんも一応は酒場で注文をされているので無下にもできないのです」

受付嬢の言う通り、酒場に居座っている奴等を見ると、全員がなにかしらの飲み物や料理を注文していた。

中には安いエール一杯で粘っている奴等もいる。まるで深夜のファミレスのようだ。

「いっそのことクーラーを撤去したらどうだ？」

「そんなことをすれば、暴動が起きてしまいますよ！　それに私も困ります！」

なんてことを言っているが、職員たちの本音は後半部分にありそうだ。

一度でもクーラーの恩恵を知ってしまえば、クーラーの無い状態に戻ることは難しいのだろう。

「あの、ジルクさん。相談があるのですが、いいですか？」

「想像はつくが一応は聞いておこう」

「ギルドに特別にクーラーを売ってもらうこととかって――」

「できんな」

「ですよねー」

一縷《いちる》の希望も見せることなく断ると、受付嬢はガックリと肩を落とした。

後ろで見守っている職員たちが「負けるな」「もっとガンガンいけ」「色目を使え」などと無責任な言葉を投げかけている。

この受付嬢も可哀想だな。

あくまでギルドは依頼の仲介所であって中立だ。大してお世話になっている覚えもないので特別な配慮をする義理もないだろう。

「おい、今の奴ジルクって呼ばれてなかったか？」

「ジルク？　もしかして、あいつがジルク＝ルーレンか？」

「クーラーを作った魔道具師か!?」

一人、二人の呟《つぶや》きがあっという間に伝播してギルドの中に広がった。

冒険者たちの視線が刺さって鬱陶《うっとう》しい。

そんな中、一人の強面《こわもて》の冒険者がテーブルに酒杯を叩きつけて叫んだ。

「おい、ジルクさんよ！　ちょっとクーラーっていうのが高すぎるんじゃねえか!?」

「そうだそうだ！　俺たち平民の気持ちも考えろ！」

「知るか」

魔道具は高級品だ。高いのは当然だ。

冒険者たちの甘ったれた言葉を一蹴してやると、さらに大きな怒声が飛んでくるようになった。

……ここは動物園か。

「クーラーが欲しいのであれば、自分で稼いで手に入れるくらいの気概を見せろ」

「ジルクさんの言う通りですよ！　クーラーが欲しければ、依頼を受けてお金を稼いでくださーい！」

「そんな正論は聞きたくねえ！」

「俺たちは楽してクーラーを手に入れたいんだ！」

俺の言葉に便乗して受付嬢が言うと、冒険者たちは揃って両耳を塞いでテーブルに突っ伏した。

本当にどうしようもない奴等だ。

いや、こんなどうしようもない奴等だからこそ、ここでたむろしているんだろうな。

よく見れば、高位のランクの冒険者はほとんどいない。向上心の高い奴等はクーラーを買うために依頼を受けているのだろう。こいつらも見習えばいいものを。

34話
Episode 34

独身貴族は魔物を撮る

ギルドの掲示板で生態状況を確かめた俺は、王都の東に位置する森にやってきた。

まずは深く深呼吸。

「……久しぶりにやってくると空気が美味い」

先ほどまで混雑した空間にいたせいか、なおさら空気が美味しく感じられた。

誰もいない空間というのは最高だ。

天気はすこぶる快晴だが鬱蒼と生い茂った木々が見事に日差しを遮っている。そのお陰で直射日光はあまり当たらず、想像よりも暑さはマシだった。

日陰が多くて風通しがいい分、王都よりも涼しいかもしれない。

森の空気をたっぷりと吸い込むと、俺は【マジックバッグ】から【写し出す世界】という宝具、もといポラロイドカメラを取り出した。

カメラの調子に異常がないことを確認すると、ストラップを装着して首にかける。

これで準備は完了だ。あとは撮影対象となる魔物を気ままに探すだけだ。

青臭い草を踏みしめて森の中を進んでいくと、三体ほどゴブリンがうろついているのを見つけた。

反射的に腰に引っ提げている剣に手をかけてしまうが、今日の目的は討伐ではなく撮影だ。撮影対象を討伐するわけにはいかない。

鞘から手を離すと、木の裏へと移動してカメラを構えた。

棍棒を手にして歩いているゴブリンたちをフレームに収めると写真を撮る。

宝具が静かな音を立てて写真を現像した。

気配に敏感ではないゴブリンだから問題ないが、気配に敏《さと》い魔物を至近距離から撮影するのは難しそうだな。

などと考えながら現像された写真をケースに収納。

すぐに成果を確認したいが、生憎《あいにく》とポラロイド式なのでくっきりと写るまで時間がかかってしまう。現像に時間がかかるのも乙だが、こういった一枚一枚の成果をすぐに確認したい時は少し不便だな。

いい写真が撮れているか不安だ。

そもそもさっきの写真はゴブリンという魔物を表現できた写真なのだろうか？

一度、カメラを構えるのはやめてゴブリンという魔物について考えてみる。

ゴブリンは残虐な魔物だ。

自分よりも弱い生き物に容赦がなく、食べるなどの目的もなく、己《おの》が快楽のために暴力を加えたりする。

さっきの写真でそんな一面はまったく見えていない。

もう少しゴブリンらしい行いをしているところを撮影したい。

ただ遠くから撮影するなら冒険者なら誰でもできることだ。

そんなわけで俺はゴブリンの後をつけることにした。

ゴブリンの後ろをついていくと、ゴブリンたちの足が止まった。

ゴブリンに気配を悟られたわけではない。なにかを見つけたようだ。

彼らの視線の先を辿ると、少し開けた場所で木の実を食《は》んでいる鹿がいる。

ゴブリンたちはどうやらあの鹿を狩りたいらしい。

ゴブリンたちは一言、二言小さく言葉を交わすと、一体だけが迂回するように回り込んだ。

どうやら挟み撃ちをしたいらしい。

魔物としての強さは大したことはないが、それなりに知恵が回るのがゴブリンの特徴だと言えるだろう。

一体のゴブリンが反対側に回っていくと、程なくして二体のゴブリンが茂みから飛び出していった。

ゴブリンの奇襲に驚いた鹿は、すぐに反対方向へと駆け出す。

しかし、そこにはさらにゴブリン。

待ち伏せしていたゴブリンは正面からやってきた鹿に棍棒を振り下ろす。

鹿は跳ねるようにして右に躱《かわ》すが、後ろから追い立てていたゴブリンの一体が投擲した棍棒が頭に直撃した。

鹿は立ち上がろうとするが頭部にクリーンヒットしたせいで脳震盪《のうしんとう》を起こしているのかすぐに立ち上がることができない。

そんな鹿に対してゴブリンたちは容赦の欠片《かけら》も見せずに棍棒を叩きつけた。

シャッターチャンスの到来を感じ取った俺は、すぐに【擬態外套《インビジブルマント》】を羽織って傍まで近づいた。ゴブリンたちは獲物に夢中で背景に溶け込んだ俺に気付くことはない。

二体のゴブリンが鹿に棍棒を叩きつけ、もう一体のゴブリンも棍棒を回収するとすぐに加わった。

バコバコと乾いた打撃音が響き渡る。一撃ごとに鹿は甲高い悲鳴を上げる。

そんな獲物の上げる悲鳴すら愉悦なのか、ゴブリンたちはさらに表情を歪《ゆが》めて棍棒を叩きつけていた。

そんなゴブリンたちに俺はカメラを向けていく。

フレームいっぱいにゴブリンの醜悪な表情が収まると、シャッターを切っていく。

……いい顔だ。この醜悪な表情こそがゴブリンと言えるだろう。

すぐには現像されないが、今撮っている写真はきっといいものであるという確信があった。

それぞれのゴブリンの表情と生気を失っている鹿の目が実に対照的であり、外の世界の厳しさを教えているようでもあった。

満足のいく写真が撮れると、俺はゆっくりとゴブリンたちから離れていく。

気配に鈍い魔物とはいえ、さすがにここまで近いと気付かれる可能性があるからな。

鹿に意識が向いている内に距離を取ると、ゴブリンの悲鳴らしき声が上がった。

振り返ると、緑色の体表をした狼がゴブリンたちへと襲いかかっていた。

森狼だ。ゴブリンの声を聞きつけて、獲物を奪いにきたのだろう。

狩りの成功を喜んだ瞬間の蹂躙《じゅうりん》。

「見事な漁夫だ」

しかし、この辺りに森狼が出現するとは珍しい。

普段はもっと森の奥に棲息しているものなのだが。

そんな疑問が頭をよぎるが、撮影チャンスを逃さないために意識を切り替え、すぐにカメラを構えた。

無防備な状態から奇襲を受けてしまったゴブリンたちは、なすすべもなく森狼に食いちぎられた。

咄嗟にシャッターを切ったがあまりにも速かったためにピントが合っている自信がない。

森狼たちは口に咥《くわ》えたゴブリンを不快そうにしながらすぐに捨てた。

ゴブリンは非衛生的なせいかとても臭く、肉も筋張っていて美味しくないらしいからな。

あくまで森狼たちの目的は鹿のようだ。

森の中を我が物顔で闊歩する森狼の姿は気高いな。

狩りを終えて周囲を警戒している森狼たちもフレームに収めていく。

ゴブリンたちと違って見た目がいいので実に写真映えする被写体だった。

「グルル？」

カメラが写真を現像する音に気付いたのか、森狼の一体が怪訝《けげん》そうな声を上げた。

森狼の一体がこちらへ近づいてくる。

俺は息を潜めると、すぐに宝具を発動できるように準備だけしておく。

森狼は俺の近くを確かめるように徘徊すると、ハッとこちらに顔を向けた。

そして、首を傾げた。

匂いはそこにあれど存在がないことを不思議に思っているのだろう。

【擬態外套《インビジブルマント》】は周囲の背景に溶け込むことで目を欺くだけで、完全に透明になれたり、気配を消せるような万能な宝具ではない。消臭剤で極限まで匂いは消しているが、完全に消すことは不可能だ。その微かな痕跡で違和感を抱かれてしまったらしい。

姿は見えないものの、なにかの匂いはする。

森狼は自らの嗅覚を信じることにしたらしく前脚を伸ばしてくる。

後ろに動いても気配で確実にバレるし、動かなくても羽織っている外套がずれて姿が見える。

どうせバレるなら油断している隙に至近距離での撮影をしてしまおう。

森狼に外套を剥がされる瞬間、俺はカメラを構えて超至近距離での写真を撮ってやることにした。

「グルル!?」

伸ばされた前脚によって外套がずれ、俺の姿が露《あら》わになると森狼が目をまん丸にする。

シャッターを切ると、そんな音に驚いたのか森狼は跳ねるようにして後ろに下がった。

「今のは面白い写真が撮れただろうな」

現像された写真をケースに仕舞い、カメラを【マジックバッグ】に放り込む。

突然、姿を現した人間に森狼たちは驚きつつも、すぐに襲いかかってきた。

「被写体が近づいてくるのなら結構だ」

森狼の群れが一斉に飛びかかってくるのに対し、俺は宝具を起動した。

頭上から青い光の膜が現れ、俺を包み込むように球状の結界が生成される。

飛びかかってきた森狼たちは結界にぶち当たっていく。

中には鼻先をぶつけてしまったのか悶絶している個体もいた。

これは【結界指輪】という宝具で、魔力をチャージしておけば、防御用の結界を起動できる。魔法よりも発動が速く、意識さえあれば任意で発動ができるので非常に使い勝手がいい。

発動の速さに重点を置いているために他の防御用の宝具よりも結界の強度は劣るが、森狼のような低級の魔物であれば攻撃は一切通すことはない。

森狼たちは結界を突破しようと必死に体当たりをしたり、噛みつこうとしたり、爪で引き裂こうと試みている。

「これは臨場感が出そうだ」

なにせ魔物が目の前にいて、こちらに殺意を向けて襲いかかっているのだ。

迫力がないわけがなかった。

慌てて俺はカメラを構えて、森狼たちをフレームに収めていく。

獰猛《どうもう》な息遣いが聞こえそうなほどの顔のアップや、跳躍して上から襲いかかってくる姿などを撮影していく。

そうやって撮影に夢中になっていると、突然森狼たちの攻撃が止《や》んだ。

フレームを覗くのをやめて顔を上げると、森狼たちが一定の距離を取っていることに気付いた。

「おい、どうした？　もっと襲ってこないか」

挑発するような声を上げてみるも、森狼たちはこちらに視線を向け襲いかかってくることはない。

しょげたように座り込んだり、漁夫で得た鹿を食べ始めたりと自由な振る舞いを始めた。

宝具の結界があまりにも硬いせいで攻略することを諦めてしまったらしい。

さすがに十分も攻撃して割れる気配がなければ仕方ないか。

結界を纏いながらくつろいでいる森狼たちに近づいてみると、視線こそ向けられるものの襲いかかられることはなかった。

俺のことは食べることのできない生き物だと認識したらしい。

こちらから危害を加えない限り、特に攻撃を仕掛けたり、逃げたりするといったことはなさそうだ。

試しにカメラを向けてみると、森狼たちは胡乱《うろん》げな視線や警戒の視線を向けてくるものの逃げたりはしない。

素っ気ない視線が好きにしろとでも言っているようだった。

こうして大人しい姿を見ていると、大型犬のようだ。

獰猛な姿を写真にできないのは残念だが、こうやってのんびりとした姿を撮影するのも悪くない。

さっきの写真と合わせるといい対比になりそうだ。

俺は襲われないことをいいことに好き勝手にカメラを向けて撮影を続けるのだった。

35話
Episode 35

独身貴族は偵察をする

「結構な数の写真が撮れたな」

木陰で現像された写真をチェックしながら呟《つぶや》く。

森狼を撮影した俺は、その後も探索を続けてコボルド、キラービー、ダンゴロンといった魔物の写真を撮影することに成功していた。

ブレが激しかったり、ピントがずれているものも多いが、宝具の活用により思っていた以上にいい写真が撮れたので非常に満足だ。

写真の成果に満足しつつも、少しだけ気がかりなことがある。

それは普段現れることのない魔物が何体か出現していたことだ。

森狼やコボルド、キラービー、ダンゴロンなどはもっと森の奥地に棲息している魔物だ。

こんな森の中腹に出現する魔物ではない。そういったイレギュラーは魔物だけでなく、動物なども含まれていた。

一種類や二種類の魔物の出現であれば、棲息圏内からはぐれた個体だったり、餌を求めて狩りにやってきた個体という推測ができるが、ここまで数が多いとそのような推測は破綻する。

つまり、奥地に棲息していた魔物たちが中腹にやってこざるを得ない状況があったというわけだ。

考えられる状況は自然災害などがあるが、今日の天気は快晴だ。昨日も普通に晴れだったので雨風などによる災害はあり得ない。山火事なんてものも起きた様子はないし、地震による地割れの気配もまるでない。

原因が自然災害でないのだとすると、奥地にいた魔物たちを脅かすほどの強者が誕生した可能性がある。

つまり、大きな魔物の群れの形成や上位種の出現だ。

かき集めた情報と冒険者としての勘がそれだけ告げている。

「……面倒だな」

知らんぷりをして帰りたいが、もし上位種が出現したり大きな群れが形成されたりしたのであれば、発見の遅れが思わぬ被害を出すことになる。

俺がだんまりを決め込んだせいで他の冒険者が死んだら寝覚めが悪いし、近くを探索していた俺にギルドが追及をしないとも限らない。

無視して帰った方が大きな面倒事になりそうだ。

「それなりの貢献は見せておく必要があるか……」

ため息を吐きながら俺は立ち上がった。

なにも魔物の群れや上位種を討伐しなくともいい。

偵察して情報を持ち帰るだけで十分だ。

幸いにも俺にはカメラがある。

どんな魔物がいるか、魔物たちがどこにいるか写真に撮ってギルドに提出してやるだけで十分な貢献となるだろう。

そんなわけで俺はカメラを手に、森の奥地に向かって探索を始めることにした。

いつもより少し静かな森の中を歩いていると、ノシノシと地面を踏みしめる音が聞こえた。

【擬態外套《インビジブルマント》】を羽織って木陰に身を隠すと、豚の頭をした太った人型の魔物が歩いている。

オークだ。討伐ランクはC。

三体のオークはそれぞれが離れることなく、ピッタリとくっついて巡回している。

普通のオークはこのように三体で巡回などはしない。つまり、それを指示できるほどの知能を持った上位種がいるという証明だ。

少し遠めの位置からカメラを構えて、俺は三体で巡回しているオークたちの写真を撮っていく。

巡回するオークの写真を撮ると、そいつらに構うことなく奥へ進む。

俺の役目は偵察だ。

無闇に手を出して、奥に潜んでいる奴等に情報を与える意味はない。

そんな風に三回ほど巡回をかいくぐって進むと、洞窟を見つけた。

入り口には一体のオークが立っている。

どのような場所なのかわかるように、周りの風景を入れて写真を撮る。

巣のようにも見えるが、オークの群れが生活するには小さすぎるように思える。

「……少し探ってみるか」

消臭剤を振り撒き、俺は遮蔽物から遮蔽物へと移動しながら近づいてみる。

しかし、洞窟の前は開けており遮蔽物となるものがない。

ここからは【擬態外套《インビジブルマント》】を頼りに素通りしてみるしかない。

【擬態外套《インビジブルマント》】を羽織った俺は足音を消して、ゆっくりと洞窟へと近づいていく。

入り口を警備しているオークとの距離は五メートルもない。

少し鼓動が速くなるのを感じながらそのまま進んでいくと、あっさりと横を通ることができた。

オークは森狼ほど嗅覚や聴覚に優れてはおらず、俺の気配に気づくことはなかった。

安堵の息を吐きそうになるのを我慢し、洞窟の中を進んでいく。

洞窟は奥へ行くごとに広くなっており、たくさんのオークとハイオークが棲息していた。

数はざっと見ただけで二十から三十はいる。完全に群れだな。

写真を撮りながらオークの横を通り過ぎ、さらに奥に進んでいくとそこには褐色の肌をし、武装しているオークが立っていた。

オークジェネラルだ。

討伐ランクはＢ。オークの上位種として君臨する魔物だ。

となると、今回の群れはオークジェネラルの出現によるものか。

森の異変はオークジェネラルの出現による群れの拡大。そう判断していいだろう。

オークジェネラルの写真を撮ると、俺はすぐに洞窟を出ることにした。

「これだけあれば十分だろう」

オークの住処《すみか》、オークとハイオークの数、そして上位種であるオークジェネラル。

俺の撮った写真を見れば、それらの情報は一目瞭然だ。

「後はこれをギルドに提出すれば……」

現像された写真を見てそんなことを考えていると、洞窟とは別の方から気配を察知した。

俺はすぐに【擬態外套《インビジブルマント》】を深く羽織ると、木立の裏へと身を隠す。

やってきたのは三体のハイオークだ。

ハイオークたちは洞窟へ入っていくと、程なくして食料を手にして出てきた。

それから別の方角へと歩いていく。

あそこがハイオークの住処なのであれば、わざわざ食料を運び出す必要はない。

つまり、食料を運び込む住処がまた別にあるということだ。

「しょうがない。もう少し偵察するか」

精度の甘い情報を持ち帰ったなどと文句を言われるのも面倒だからな。

俺は食料を運び出したハイオークの後ろを付けていくことにした。

しばらくハイオークを尾行していくと、森の北側にある山の麓《ふもと》にまでやってきた。

そこにはぽっかりと大きな穴が空いており、入り口には武装したハイオークが二体ほど立っていた。

明らかにさっきの洞窟よりも大きく、警備体制も厳重だ。

ということは、こちらがオークたちの本拠地であり、先ほどの洞窟はあくまで食料をかき集めるための貯蔵庫的な役割を果たす場所だったのだろう。

ハイオークたちが入り口に近づくと、警備とは別の大きなオークが姿を現す。

黒い肌に発達した大きな牙。上半身を包み込むような漆黒の鎧を身に纏い、手には大きな肉斬包丁を手にしている。オークジェネラルよりも体は一回りほど小さいが、内包されている魔力はこちらの方がより濃密で強烈な存在感を放っている。

間違いない。討伐ランクAのオークキングだ。

オークジェネラルよりもさらに上位種であるオークキングがいるのであれば、オークたちの統率された動きも、住処を分けるというリスク回避をしていることも納得だ。

面倒くさがらずにちゃんと確認しておいてよかった。

カメラを構えると、オークキングをフレームに入れる。

やや距離は遠いが、さすがに宝具があってもオークキングの傍に近寄るのは危険だからな。

このくらいの距離感でも写真を見れば、オークキングだとわかるだろう。

シャッターを切ると、カメラから写真が出てくる。

カメラへと意識が向かった瞬間、俺の第六感が激しい警鐘を鳴らした。

撮った写真をすぐに胸ポケットに仕舞って、身を伏せた。

すると、俺の頭上を巨大な肉斬包丁がザンッと通り過ぎた。

肉斬包丁は俺が身を隠していた木立をあっさりと切断しただけでなく、後ろにあった木々も粉砕していた。

写真を撮る際に出てしまう僅かな音に気付いて投げつけてきたらしい。

恐るべき反応とパワーだ。

そのまま身を伏せた状態でジッとしていると、配下らしいハイオークが肉斬包丁を取りにきた。その際に周囲を確認するが、幸いには【擬態外套《インビジブルマント》】を羽織った俺の姿を看破することはできず、肉斬包丁だけを回収して戻っていった。

ハイオークとオークキングの気配が完全に無くなったことを確認すると、俺はようやく身を起こした。

「ふう、武器を取りにきたのがハイオークで助かったな」

面倒くさがらずにオークキングが回収にきていれば、バレていたかもしれない。

腕にはそれなりに自信のある俺だが、さすがに群れの真っただ中でオークキングと戦うのは面倒だからな。

「……さすがにあの巣の中に忍び込むのは難しそうだな」

あの洞窟の中にどれだけのオークがいるのか気になるが、気配に敏感なオークキングがいるので侵入は不可能だろう。

オークキングが存在するとわかっただけでも大きな収穫だ。

ここらで帰りたい気持ちもあるが、オークキングがいる以上は他にも巣がありそうだ。

「……もう少し他にも巣がないか確かめて帰るか」

オークキングの巣穴から離れると、俺は他にも巣がないか確かめるために偵察を続けることにした。

36話
Episode 36

独身貴族は討伐作戦に一人で参加する

王都の冒険者ギルドに戻ってくると、フロア内は朝と変わらず仕事をしない冒険者で溢れ返っていた。

「よお、ジルク！」

そんな冒険者たちの脇を通って歩いていくと、一人の金髪の男が声をかけてきた。

「エイトか……」

「やっほー、ジルクさん」

「俺もいるぞ！」

「……声を上げなくてもそのデカい図体でわかるから」

エイトだけでなく、マリエラ、ガウェイン、カレンといった面々もいた。

パーティーの面々が揃っている姿は結婚式以来初めて見たかもしれない。

「久しぶりだな。ここのところ森にもきてなかっただろ？」

「……悪いが雑談は後にしてくれ」

エイトと近況を話し合うのも悪くないが、今はそれよりも先にやるべきことがある。

「なにかあったのか？」

「少し森で面倒事があってな」

「面倒事ってなんだ!?」

エイトはなんとなく事態を察したようだが、ガウェインという奴は本当に察しが悪い。

「……気になるなら後ろで聞いていればいいじゃない」

「それもそうか！」

後ろをこのデカいのにちょろちょろされると気になるのだが、相手をするのも面倒なので放置して
受付に向かうことにした。

「こんにちは。どうなさいましたか？」

「東の森でオークキングが出現した」

にっこりと笑みを浮かべて出迎える受付嬢に俺は端的に報告を述べた。

「詳しい報告をお聞かせ願えますでしょうか？」

「北側にある山の麓《ふもと》の巣にオークキングがいて、その周囲の洞窟にオークジェネラルが三体、ハイオークやオークが大勢いて巣を三つほど作っている」

報告をしながら俺は宝具で撮った写真を提出した。

「これだけ精緻な絵を一体どうやって描いたんです？」

「こ、これはオークキング！　それだけじゃなくオークジェネラルが三体も⁉」

オークキングとオークジェネラルたちの写った写真を見て、受付嬢が驚きの声を上げた。

「この間の写真ってやつか！　オークキングが写ってるってことは森にオークキングがいるんだな⁉」

「……彼の報告からしてそうなるわね」

「すげえな！　写真のお陰でどんな魔物がどこにいるか丸わかりだぜ！」

後ろから写真を手に取るガウェインが素直な賞賛を上げる。

一見して何も考えていない脳筋に思えるが、宝具の本質的な有用性を見抜くことはできるらしい。さすがはエイトの仲間なだけはあるな。

「ただ写真を撮るだけの道楽宝具だと思っていたけど、使い方次第でこんなにも便利なのね」

「一見して使い道の少ない宝具も、考え方をかえればとんでもない効果を発揮することがある。それも宝具の面白いところだ」

使い手次第で性能が何倍にも跳ね上がる。その可能性を引き出すのは使用者の才覚と言えるだろう。

「なんて宝具について語っている場合じゃないな。オークたちを放置すれば群れがさらに拡大し、最悪の場合は王都に侵攻してくる可能性もある。早めの対処をすることを勧める」

「待ってください、ジルクさん」

報告は終えたとばかりに背中を向けると、受付嬢がこちらを呼び止める。

彼女の言わんとすることが想像できるな。

「なんだ？」

「ジルクさんは討伐に参加してくださらないのですか？」

「先行してこれだけの情報を持ち帰ってきたんだ。冒険者としての貢献は十分過ぎるはずだが？」

「そ、それはそうですが……」

「ギルドには大勢の冒険者がいる上に、エイトたちだっている。わざわざ俺が行かなくても十分だろう？」

危険な森の中を奥まで偵察し、これだけ情報を集めてきたんだ。

俺がBランク冒険者であり、それなりの戦力であることはわかっていることだが、これ以上の過剰な労働はごめん被《こうむ》る。俺の役目は十分に果たしただろう。

「おいおい、ジルク。ルイサちゃんを苛《いじ》めてやるなよ？」

なんて言っていると、エイトが肩に手を回しながら言ってくる。

ルイサというのは誰か知らんが、会話の流れからしてこのセミロングの髪型をした受付嬢のことなのだろう。

「別に苛めてなどいない。事実を述べただけだ。ランクＢの俺が出しゃばらなくても解決できるだろう？」

「……そうかしら？」

「どういうことだ？」

「……朝っぱらからお酒を呑み続けてる人たちが使い物になると思う？」

カレンに指し示されて酒場に視線をやると、冒険者たちのほとんどが酒杯を傾かせていた。

顔を真っ赤にしているものがほとんどで、オークキングが出現したというのに真剣に耳を傾けている者は少ない。

……確かにこいつらはダメだな。

「有象無象がダメでも、高位の冒険者を集めればいい」

ここは王都だ。Ａランク冒険者はエイトたち以外にもいるし、Ｂランクの冒険者だって大勢いる。

ここで酔っぱらっている奴等以外の者を招集すれば、十分に対処できる。

「そ、それが高位の冒険者は外に出ていまして……ほとんどいないんです」

「ほとんどいないとはどういうことだ？　ここは曲がりなりにも王都だろ？」

高位の冒険者が揃いも揃って王都にいないとは一体どういうことなのか。

「え、えーっと、クーラーを買うための資金稼ぎに奔走しています」

「「…………」」

受付嬢が言いづらそうにしながら口を開くと、エイトたちの視線が一斉にこちらに集まった。

まるで俺がクーラーを販売したのが悪いとでもいうような視線だ。

「俺のせいだというのか？」

「そういうわけじゃねえよ？　ただ、貴重な戦力を逃がすほど余裕がないってのはわかるだろ？」

「エイトたちだけで何とかならないのか？」

「ちょっとキツいな」

「オークキングだけなら問題ないけど、オークジェネラルまで出てこられるとしんどいわ」

「……他にもハイオークやオークたちもいる。私たちだけじゃ殲滅しきれない」

エイト、マリエラ、カレンが口々に言う。

確かにいくらAランクでもオークキングに複数のオークジェネラルまでは対処しきれないか。

エイトたちの言い分も理解できる。

「だが、うちにジルクが加わってくれれば別だ」

「俺はBランクだぞ？」

「誰とも組まずに一人でBランクになっている男だぞ？　そこらのAランク冒険者よりよっぽど強い

だろ」

エイトの前でロクに戦った覚えはないのだが、随分と実力を買ってくれているものだな。

「なあ、ジルク。俺たちのパーティーに加わらないか？」

エイトがこちらを見据えながら真摯に誘ってくれる。

が、俺の考えは変わらない。

「断る」

「おいおい」

「一人で戦う。それが参加する絶対条件だ」

俺は今までずっと一人で戦ってきた。誰かと合わせて戦うなんてしたことはないし、背中を他人に預けるなんてことも性分的にできない。

俺は根っからの一人好きだ。

臨時とはいえ、エイトたちのパーティーに加入することはできない。

それに独神の加護の影響もある。

エイトのパーティーに加わって戦闘をしようものなら、俺は弱体化してまったく使い物にならないだろう。

仲間と一緒に戦ったが故に命を落とす可能性だってある。

一人で戦うという条件は俺にとって絶対に譲れないものだった。

「わかった。参加してくれるならそれでいい」

「ええー、いいの？」

「ジルクは今まで一人でやってきたんだ。彼のやり方を尊重しないと」

マリエラは不満そうにしていたが、エイトがそう言うとため息を吐いて、それ以上は何も言わなくなった。

「で、一人でどう戦うつもりなんだ」

ここで一番高位の冒険者はエイトだ。

冒険者を率いるのは当然彼の役目になるので、勝手な動きをされると困るのだろう。

「そうだな。俺がオークキングを引き受ける。お前たちはオークジェネラルやオークたちの掃討を頼みたい」

オークジェネラルたちが守っている巣は三つある。

それらをエイトや他の冒険者に掃討してもらい、俺がオークキングの住処《すみか》へと単身で乗り込む。

そうすれば、俺が一人で行動しても足並みを乱すことはないし、誰の迷惑にもならないだろう。我ながらいいアイディアだ。

「……あなた一人で勝てるの？」

「勝てない相手に挑むほどバカじゃない」

当然、これは俺がオークキングに勝てるからこその提案だ。

そうでなければ、無駄死にになってしまうので提案などしないし、参加もそもそもしない。

「わかった。なら、オークキングはジルクに任せる」

「決まりだな」

俺はオークキングを討伐し、その巣穴を壊滅させればいい。

話し合いが終わると、エイトや受付嬢が声を張り上げて緊急招集を行った。

オークキングの出現や巣穴の数を共有すると、参加できる者を集めてパーティーの振り分けを始める。

しかし、一人でオークキングを討伐する俺には関係のないことだ。

騒がしくなった冒険者たちをよそに、俺は【マジックバッグ】から取り出した宝具のチェックをして時間を潰すことにした。

37話
Episode 37

独身貴族はオークキングと単身で対峙する

緊急依頼に参加することになった俺はエイトをはじめとする王都の冒険者たちと共に東の森にやってきた。

「ジルクさん、顔色が悪いけど大丈夫？」

「誰かと足並みをそろえることにストレスを感じているだけだ」

「そんなに苦痛なの!?」

「ああ」

本当は独神の加護のせいで身体能力が落ちているだけだ。あの神の判定ではこうやって他人と一緒に行軍するだけでも減衰の対象になるようだ。

まあ、こいつらと離れて行動をすれば、減衰もなくなるので問題ない。

「エイト、これを渡しておく」

「これは?」

「【共鳴輪】という宝具だ。腕輪に魔力を流すと、共鳴して互いの腕輪に振動がいくようになっている」

今回の作戦は俺一人がオークキングの巣穴を壊滅させ、エイトをはじめとする王都の冒険者たちがオークジェネラルの棲息する三つの巣穴を各個撃破することになっている。

面倒なのは相手が一点に集中して総力戦になることだ。そうならないためにタイミングを合わせて、それぞれが巣穴に奇襲を仕掛ける必要がある。これはそのタイミングを合わせるための宝具だ。

「めちゃくちゃ便利だな!」

「ちなみに腕輪一つで二千万ソーロだ。絶対に破損はさせるなよ?」

「カレン持っておいてくれ」

「……すごく嫌なんだけど」

「私たちは前衛だから後衛のカレンが持つ方が安心でしょう？」

「……もっともらしく言ってるけど、絶対に自分が持ちたくないだけよね？」

カレンがそう言うと、エイト、マリエラ、ガウェインは一斉に視線を逸らした。

とてもいいパーティーじゃないか。

「……魔法を打ち上げるんじゃダメ？」

「オークたちに気付かれたら奇襲の意味がないだろう」

狼煙《のろし》や魔法を打ち上げるのが一般的だが、それじゃ相手にも気配を気取られる可能性も高い。

しかし、この宝具は魔力を発することもなく、どれだけ距離が離れていようとほとんどタイムラグ無しで振動してくれる。奇襲の効果を高めるためには使わない手はないだろう。

「わかった。他のリーダーにも注意して持ってもらうよ」

「厳重にな。準備が整ったら魔力を流せ」

冒険者はどうも荒っぽい奴らが多いからな。エイトには念を押しておく。

「俺はそろそろ行く」

オークキングの巣穴は北の山脈の麓と、オークジェネラルの守護している巣穴よりも遠い。

早めにたどり着いておかなければ、エイトたちを待たせてしまうことになる。

それにエイトたちと一緒にいると、独神の加護のせいか頭痛や倦怠感がするからな。一刻も早くこの場を離れたい。

「くれぐれも討ち漏らしはするなよ？」

「そっちこそ。オークキングが倒せないなんて泣き言は吐くんじゃねえぞ」

エイトとそのような軽口を叩き合うと、俺は一人先行して森の奥深くへと進むのだった。

✧ ✧ ✧ ✧ ✧

【擬態外套《インビジブルマント》】で一人オークの巡回を潜り抜けた俺は、オークキングが住処としている山脈の麓にまでやってきた。

入り口には武装したハイオークが立っており、中の様子を窺《うかが》うことはできない。

ハイオークやオークが他に何体いるかはわからないが、迂闊に探ろうとすればオークキングに感知される危険がある。ぶっつけ本番で対処するしかないだろうな。

巣穴の様子を窺っていると、右腕にはめている腕輪が三回目の振動を告げた。

これでエイトをはじめとする他の冒険者の準備が整ったようだ。

これで俺のタイミングで一斉に攻撃が仕掛けられるわけだな。

準備が整ったのなら遠慮はいらない。

俺は腕輪に魔力を流して、奇襲の合図を伝えると、【擬態外套《インビジブルマント》】を羽織ったまま巣穴の入り口へと近づいていく。

ハイオークの目の前までやってくるが、姿が見えないせいか相手は何も反応しない。

俺は素早く外套を脱ぎ去ると、そのままハイオークの懐に潜り込んで首を斬りつけた。

「フゴオオッ!?」

二体のハイオークはくぐもった悲鳴を漏らしながら地面に倒れた。

「ブオオオオオオオオオオオッ！」

次の瞬間、巣穴の中から雄叫びが上がった。

あまりの音量に周囲の幹に止まっていた鳥たちが一斉に飛び立っていく。

雄叫びが止《や》むと、巣穴の中からドスドスという重低音が響いてくる。

「一本道から素直にやってきてくれるなら好都合だ」

俺は出てきたのが何かを確かめることもせず、【マジックバッグ】から取り出した槍を投擲した。

しかし、それは肉斬包丁によって弾かれた。

「さすがにこの程度の攻撃を食らうわけがないか」

巣穴を出るタイミングが一番の隙となる。先手を取られている相手が警戒しないはずがないか。

巣穴からオークキングが姿を現す。

三メートル近くある巨体に黒い肌をした豚頭をした魔物。上半身を覆うように防具を纏っており、
右手には巨大な肉斬包丁が握られている。濃密な魔力を纏っており、外敵である俺に向けて凶悪な目

つきで睨んできている。

駆け出しの冒険者であれば、この殺気と魔力に呑まれて身動き一つとれなくなってしまうほどの迫力だ。

しかし、俺はBランク冒険者だ。魔道具の素材を採取するために魔物と対峙したこともあるし、宝具を手に入れるためにダンジョンに潜ったことだってある。この程度の魔物を相手に臆することはない。

オークキングがこちらを見据えながら弾いた槍を拾い上げようとする。

しかし、それは手中に収まることなく、ひとりでに動いて俺の手中に収まった。

「それは俺の宝具だ。勝手に触るな」

こちらの言葉を理解しているのかは不明だが、オークキングがわかりやすく苛立《いらだ》った表情を浮かべた。

これは【投擲槍】という宝具で、使用者として登録をしておけば、手元から離れても勝手に戻ってくる便利な槍だ。外れても失う心配はないし、相手に奪われる心配も不要なので使い勝手がとてもいい。

ただ特別な攻撃力が付与されているわけではないので、オークキングのような魔物が相手では牽制にしかならないだろうな。

こちらに気付かないようであれば、このまま奇襲を繰り返してオークたちの数を減らそうと考えたがそう甘くはないか。先ほどの物音と血臭で敵襲だと気付いたようだ。

「フゴオオオオオッ！」

オークキングが顔の脂肪を震わせながら雄叫びを上げると、巣穴から大量のオークとハイオークたちが姿を現した。

ざっと見ただけで三十体以上はいる。

本拠地としている巣穴だけあって、控えているオークの数が多いな。

まあ、いくら数を寄越《よこ》そうが宝具の前では無力だ。

「【怠惰な杖《スロウスワンド》】広域解放」

俺は【マジックバッグ】から新たなる宝具を取り出すと、発動キーワードを唱えた。

先端にある紫宝玉が輝くと、超重力が発動。

一斉にこちらへと近づいてきたオークとハイオークたちが地面に沈んでいく。

高出力で放たれた重力はオークやハイオークであっても身動き一つ取ることはできない。地面に蜘蛛の巣状の亀裂が入る中、さらに重力を加えていくとオークたちの体がバキバキとへし折れる音が響き、あちこちで血しぶきが舞った。

「これで雑魚は片付いたな」

先日、ギルドに絡んできた冒険者を相手にした時は殺さないよう加減に苦労したが、今回はその必要がないので楽だったな。

ふと杖を確認すると、先端にある宝玉が輝きを失っていた。

「もう魔力切れか」

かなり広域な上に高出力で力を使ったせいで、一回で魔力切れになってしまった。

再使用するには魔力の充填が必要なので、今回の戦闘ではもう使えないな。

【怠惰な杖《スロウスワンド》】は雑魚狩りにとても便利なのだが、如何《いかん》せん魔力の消耗が激しいのが難点だな。

さて、雑魚がいなくなって相手はどう出るか。

38話
Episode 38
――独身貴族は宝具を駆使する

大量の手下が瞬殺されたがオークキングに動じた様子はない。

こちらの動きを観察するような理知的な瞳をしている。

手下をけしかけたのはこちらの情報を集めるためだったのだろう。狡猾だ。

こちらが杖を仕舞うと、オークキングが動き出す。

速い。

オークといえば、がっしりとした体躯のせいで鈍重なイメージがあるが、実際には分厚い脂肪の下には強靭な筋肉が凝縮されており、見た目とは裏腹な俊敏さを見せるのだ。

力強く地面を蹴ったオークキングが猛烈な速度で接近してくる。

三メートルを超えた巨体から繰り出される攻撃は言わずもがな。まともに食らえば、人間などひと捻りだろう。

「悪いが真正面からの勝負に付き合うつもりはない」

肉斬包丁を振り上げてくるオークキングに対し、俺は踵《かかと》を打ち鳴らした。

宝具が発動し、俺の身体《からだ》が勢いよく上昇した。

オークキングはすぐに視線を上げて、落下したところを迎え撃とうと肉斬包丁を構える。

しかし、跳躍した俺は落下することはなかった。

宙に波紋を広げながら浮いている。

これは【空靴】という宝具で魔力の続く限り空を歩くことができる代物だ。

オークキングが深く屈んで跳躍してくるが、俺は少し上昇するだけで射程圏内から逃れることができた。

地面に着地したオークキングを鼻で笑ってやると、わかりやすいくらいに憤慨を露《あら》わにしていた。

「フゴオオオオッ！」

オークの言語は理解できないが、雰囲気でこちらを罵《のの し》っているのは理解できる。

弱虫だとか卑怯者だとかそんなところだろう。

そもそも魔物と人間とは根本的な身体のスペックが違う。

まともに正面からやり合えば、こちらが敗北するのは明白だ。

負けるとわかって相手の土俵に登るバカはいない。

オークキングの声を無視し、俺は指輪にはめている数々の宝具を一斉に起動させた。

すると、右手の指輪が赤、水、土、緑、黄と五色に輝き出す。

「お前のために用意した宝具だ。存分に味わえ」

照準を定めるように右手を差し出すと、それぞれの指輪から五色の光が放たれた。

火炎弾が着弾し、すかさず水槍が突き刺さる。地面からは土の杭が生え、風の刃が切り裂き、雷が落ちた。五属性の力を宿した宝具の砲火にオークキングの体はあっという間に見えなくなった。それでも俺は宝具を下ろすことなく、五属性の光を放ち続ける。

オークの体は頑丈な上に微弱ながら再生能力まで有している。

オークキングにまでなるとその再生能力はかなりのものなので、攻撃を加えるならば徹底的にやらなければ意味はない。

二分ほど放ち続けたところで指輪の光が弱まってきた。

「……そろそろ宝具の魔力が切れるか」

一度攻撃を中止すると、土煙の中から岩石が飛来してきた。

俺は慌てて左指にある【結界指輪】を起動させて岩石を弾いた。

土煙が晴れると、オークキングが目を真っ赤に血走らせながらこちらを睨みつけている。

宝具の砲火によって纏っていた防具は壊れ、露出した黒い肌のあちこちから出血していた。

しかし、それらの傷は持ち前の再生力ですぐに癒えていく。

鎧を破壊し、確かなダメージは与えられたが命を刈り取るまではいかないようだ。

「この程度の宝具では仕留めきれんか」

先ほどの宝具は戦闘を意識して、属性攻撃力と連射性に特化したものであり、威力は高い方ではない。やはりオークキングを仕留めるには、もっと威力の強い宝具がいるようだ。

一撃で仕留められそうな宝具はいくつかあるが、使ってしまうと魔力の充填に半年から一年ほどかかってしまう。

高位の魔法使いに魔力チャージを頼んだとしても出費がバカにならない。

オークキングの魔石や素材を買い取ってもらったとしても回収できるものではない。

明らかに赤字だ。さすがにこの程度の魔物を相手に赤字を出したくはない。

「少しは身体を動かすとするか」

赤字を出したくなければ、自分で穴埋めすればいい。

ここのところあまり外に出ておらず、弱い魔物としか戦っていなかった。

久しぶりにしっかり運動するとしよう。

宝具での戦闘は力の強い宝具がすべてじゃないからな。

俺は剣を引き抜くと、何もない空中を蹴って接近。

オークキングは上段から肉斬包丁を振るってくるが、俺は空中を横に蹴った。

急激な動作の変更にオークキングは対処することができず、俺の剣はがら空きとなった脇腹を捉えた。

「硬いな」

まるで分厚いタイヤでも斬りつけたような感触だ。

斬りつけられた脇腹には、裂傷が刻まれているもすぐに癒えてしまう。

刀身を魔力で強化し、斬撃性能を上げていてもこれだ。

キングを称する魔物だけあって、そこらの魔物とはスペックが桁違いだな。

やはり、ただの剣では到底致命傷を与えることはできない。

だったら別の手段を加えればいい。

俺は【マジックバッグ】から茨《いばら》を引き抜くと、それをオークキングの足元へ放り投げた。

オークキングは投げられたものを回避しようと足を一歩引くが、茨は蛇のように動き出して足へと絡みついた。

「ッ!?」

オークキングの注意が足元へいっている隙に、俺は剣を振るった。

それはオークキングの左腕に軽い裂傷を刻んだ。

――だが、それだけで十分だ。

次の瞬間、オークキングの足に絡みついていた茨が急成長し、鋭い刺《とげ》が体を穿《うが》っていく。

「フゴオオオッ!?」

傷みにオークキングが悲鳴を上げた。

これは【痛哭の茨】という宝具による自動攻撃。使用者が対象者に攻撃を与える度に茨が急成長し、対象者に攻撃を与えるのだ。

それがたとえどんなに小さな傷であろうと、茨が反応して攻撃を加えてくれるので非常に楽だ。頑丈で再生力の高い魔物を相手にするにはうってつけの宝具だな。

オークキングは足元に絡みついた茨を取り除こうとするが、茨を掴むことはできない。

「無駄だ。その茨からは逃れることができない」

その茨は魔力で出来ており、掴むことはできない。

茨から逃れるには使用者である、俺を倒さないと不可能だ。

そのことをオークキングも悟ったのか、肉斬包丁を猛全と振るってくる。

俺はオークキングの挙動をじっくりと観察しながら回避。

その速さと威力こそ脅威であるが、そこには洗練された技も駆け引きもない。

なまじその身体能力だけで生き残ることができたので、磨き抜かれることがなかったのだろう。

俺は相手の攻撃を回避すると、隙が出来たところで刃を走らせる。

威力がなくても問題ない。少しでも攻撃が加われば、宝具が自動的に起動する。

その度にオークキングは血を流す。

相手は大振りで攻撃をしてくるのに対し、こちらはできるだけ隙を出さない一撃離脱。

無理な一撃を与える必要はない。宝具が勝手にやってくれる。

剣を突き出す。

すると、オークキングは攻撃を食らいにくるような形で前に出て、肉斬包丁を振りかざしてきた。

自身の頑丈さを利用し、攻撃を受け入れながらのカウンター。

剣を突き出しているために通常なら動作を変えることはできないが、【空靴】を起動すれば予備動作無しでの急制動が可能となる。

オークキングの巨腕を潜り抜けた俺は、そのまま後ろに回って背中を斬りつけた。

【空靴】による立体的な俺の回避運動にオークキングはすっかりと翻弄されており、手も足も出ない。

小さな攻撃を重ねる度に茨は成長していき、オークキングの体の動きを阻害する。

動きが阻害されれば、隙も多くなって楽に攻撃を与えることができる。

さらに茨は成長し、傷が傷を広げてさらなる出血を生みだしていく。

こちらとしては楽な循環だが、相手からすれば地獄のような循環だろうな。

だからといって同情したり手を止めることはない。

俺は淡々とオークキングに攻撃を加えていく。

気が付けば、オークキングの体は血塗《ちまみ》れになっており、自己再生も止まっていた。

度重なる攻撃に自己再生の力も底をついたらしい。

あくまでオークは強い自己再生を有しているだけで、不死身な存在であるわけではない。

何事にも限界はある。

ここらで止《とど》めだな。

荒い息を漏らしながら膝をついたところで俺は剣を手にして近づいていく。

「フゴオオオオオオオオオオオオオッ!!」

「なっ!」

すると、オークキングは最後の力を振り絞ったのか、急に立ち上がって肉斬包丁を振り下ろしてきた。

その予想外の動きに俺は対応できず、脳天から真っ二つに割られてしまった。

そんな光景を目にしてオークキングが笑みを浮かべた。

獲物を仕留めたと思い込んだこその愉悦。

「残念ながらそれは幻影だ」

その空白を利用して後ろに回り込んだ俺は、オークキングの後頭部に剣を突き刺した。

頭蓋と脳を破壊されたオークキングにその言葉が届いたかは定かではないが、別に届こうが届くまいがどうでもいい。

「言っただろう。真正面からの勝負に付き合うつもりはないと」

【欺く光影】……幻影を映し出すことのできる宝具だ。

真正面から使ってしまえば容易に見破ることができるが、相手を騙して仕留めたと思い込んでいたオークキングに効果はてきめんだったようだ。

念のため剣を捻《ね》じり、しっかりと脳を破壊してから剣を引き抜いた。

剣を振り払って血糊を飛ばすと、オークキングが前のめりに倒れる。

今度こそ完全に死亡したことを確認すると、オークキングに絡まっている【痛哭の茨】に魔力を流す。

すると、体に絡みついていた茨は小さくなって、あっという間に体から剥がれた。

【マジックバッグ】を構えると【痛哭の茨】はシュルシュルと茨をくねらせて戻った。

まるで蛇みたいだな。

宝具の回収を済ませると、オークキングの背中にナイフを突き立てる。

死亡して時間が経過した魔石には魔力の淀みが入りやすいので、討伐したらすぐに魔石を回収しないといけない。

一息つきたいところだが、先に素材の回収をしておかないとな。労働の価値が下がる。

「大きさも魔力の純度も申し分ない」

太陽に透かして見ると、綺麗な輝きを放っている。

内包されている魔力の質も高い。

これなら冒険者ギルドも高く買い取ってくれるだろうし、魔道具に使用してもいいだろう。

久しぶりにたくさんの宝具を使用したが、【怠惰な杖《スロウスワンド》】以外は魔力チャージに時間がかかるものではない。

破損した装備はなに一つないし、良質な魔石も手に入った。

今回の戦闘は黒字だな。

俺はオークキングの遺骸を【マジックバッグ】に収納する。

陥没した地面にはたくさんのハイオークとオークの遺骸があるが、【怠惰な杖《スロウスワンド》】のせいで遺骸がぐしゃぐしゃな上に地中深くに埋まっている。

さすがに一人で素材を採取するのは面倒だ。大きな利益となる魔石も潰れてしまっているだろうし。

俺は宝具による火魔法を発動すると、地中に埋まっている遺骸を焼き払うことにした。

適当に放置してアンデッド化でもされたら困るからな。

宝具で炎を鎮火させ、洞窟の中に他のオークがいないかを確認すると、俺はエイトたちと合流するべく踵《きびす》を返した。

39話
Episode 39

独身貴族はオークキングの肉を堪能する

エイトたちと合流した俺は、王都のギルドに戻ってきた。

エイトや他の冒険者たちは無事にオークジェネラルたちのいる巣穴を壊滅させることができた。それぞれが同時に奇襲を仕掛けたお陰か群れ同士で合流されることもなく、一方的な展開で殲滅することができたようだ。僅かに負傷者はいるものの、死者はゼロ。

俺も無傷でオークキングをはじめとするハイオークやオークを討伐することができたので、今回の緊急依頼は大成功と言えるだろう。

ギルドで討伐を証明するために遺骸や魔石の提出をし、受付嬢に詳細な報告をする。

それをギルド側が精査して、後ほど報酬が支払われるのを待つだけだ。

ロビーで待機していると、エイトたちがやってくる。

「まさか、本当にオークキングを討伐するとはな！」

「信じていなかったのか？」

「べ、別にそういうわけじゃないぞ？」

「でも、早くオークジェネラルを片付けて、ジルクが苦戦してるか見に行ってやろうぜって言ってたわ」

「おい、バカ！　それは言わない約束だろ!?」

マリエラが口を挟むと、エイトが慌てた様子で口の前に人差し指を立てる。

「……そんなしょうもないことを考えていたのか」

「オークキングが相手ならジルクの珍しい表情が見られると思ったんだがなぁ」

「まさか、俺たちよりも早く片付けられるとは驚いた！」

エイトが残念そうにし、ガウェインが豪快に笑い声を上げた。

珍しい姿を見る以前に、エイトたちが介入してきた時点で独神《ヒトリガミ》の加護が発動し、俺は大きく身体能力が下がっていただろう。さすがにシャレにならないのでやめてほしい。

やはり、自分以外の誰かと討伐依頼に赴くのは俺にとってリスクでしかないな。

「にしても、ジルクさんってやっぱり強いのね。一人でオークキングを倒せるなんて最早Bランクじゃないでしょ」

「……ランク詐欺」

「別にオークキングを倒せるBランクがいてもいいだろうに」

Bランクだからといって、そこに収まる実力でなければいけないことはない。

マリエラとカレンにランク詐欺などと言われるのは心外だ。

「実際のところジルクはなんでAランクじゃないんだ？」

情報の整理をしている受付嬢にエイトが尋ねた。

すると、受付嬢は言いにくそうにしながらも口を開く。

「そ、そのAランクに昇格するには実力だけでなく、有事の際には他の冒険者を束ねるリーダーシップ、他パーティーとの連携といった協調性が必要になりますので……」

「ああ、そりゃジルクには無理だ」

「無理ね」

受付嬢の答えを聞いて、エイトとマリエラはすぐに同意するように頷《うなず》いた。

「別に無理ってわけじゃない。やりたくないからやらないだけだ」

「別に強がらなくてもいいんだぜ？」

「そもそも俺は貴族であり、魔道具師として自分の工房を持っているんだぞ？」

生まれながら屋敷には使用人などの部下がおり、ある程度の人員を動かせるほどの采配力を持っている。それでいて工房にはトリスタン、ルージュをはじめとする部下がおり、そいつらを上手く使いこなしながら楽に仕事を進めている。それはリーダーシップやコミュニケーション能力がなければできないことだ。勝手に協調性が無いと烙印を押されるのは不愉快である。

「それもそっか！　ってことは、私たちなんかより人の扱いには慣れてるってことじゃん！」

「そういうことだ」

「じゃあ、どうしてそれを冒険者として発揮してくれないんですか!?」

こくりと頷くと、受付嬢がテーブルから身を乗り出すような勢いで言ってくる。

なんだか表情がとても必死だ。

「やる必要がないからだ」

俺は一人が好きなんだ。誰かと一緒に行動したり、合わせたりするといった行動は好きじゃない。工房でのリーダーシップはそれが魔道具師として生きていくのに必要だからやっているだけに過ぎない。逆に、それほどの理由がなければやりたくないことなのだ。

「ギルドマスターからは早く昇格させろとせっつかれますし、よそのギルドからは実力のある冒険者に不当な評価や扱いをしているなんて言われるんですよ!?」

「別に俺は一人でも冒険者としてやっていけるし、Aランクにそれほど興味もない。ギルドマスターやよそのギルドにそう伝えておけ」

「うう……」

「集計は終わっただろ。早く報酬を渡してくれ」

職員たちの動きでオークキングの素材の査定が終わっているのはわかっている。

半泣きになっている受付嬢から緊急依頼達成によるもろもろの報酬金を受け取ると、【マジックバッグ】に仕舞った。

報酬を貰った以上はこれ以上ギルドに留《とど》まる意味はない。

そのままスタスタと出入り口へ歩いていくと、エイトが慌てて声をかけてくる。

「おい、ジルク！　どこに行くんだ!?」

「家に帰る」

「祝勝会は？」

「参加しない」

「えー！　オークキングを討伐した主役が帰るってどういうことなのよ!?」

マリエラの声に呼応するように他の冒険者たちが口々に文句の声を上げる。

こんな大人数で食事をするなんてゴメンだ。

絶対に家に帰って一人で食事をした方が美味しいに決まっている。考えるまでもない。

「オークキングの肉はエールよりハイボールの方が合うからな」

脂の旨みが強いオークキングの肉はさっぱりとしたハイボールで味わうのが一番だ。

ギルドの酒場でハイボールなんて味わおうものなら冒険者共にたかられて、ハイボール製造マシンへと成り果てるだろう。

「ハイボールで味わうとかズルいぞ！　俺もジルクの家に連れてってくれ！」

同じ食の嗜好をしているからだろう。エイトは目を輝かせて言ってくる。

「ダメだ。他人は家に入れない主義だ」

家族だろうと同性の友人だろうとそこは曲げられない。

あのアパートの一室は何者にも侵入を許さない俺の聖域なのだから。

「エイトまでいなくなるなんてダメなんだからね!?」

「いたた！　マリエラ、痛いって」

断られてもなお行きたそうにしているエイトの頬をマリエラが指で引っ張る。

妻を含んだ食事会よりも、俺との食事会に強い興味を示したが故の嫉妬だろうな。

さすがにエイトも地雷を踏んだと判断したのか冷静になったようだ。

「なら今度のキャンプで焼いてくれ！」

「それ相応の酒を用意するならな」

「絶対だぞ？」

「ああ」

日を改めて二人で食べることを約束すると、エイトは嬉しそうな笑みを浮かべた。

冒険者ギルドを出ると、途端に周囲が静かになる。

いかにギルドが騒がしかったかよくわかる。

空に浮かぶ太陽が傾きつつある。ゆっくりとしていると帰り道が混雑してしまう。

俺は足早にギルドから自宅へと向かうのだった。

✦　✦　✦　✦　✦

自宅へと戻ってきた俺はすぐに夕食の準備を開始する。

本日のメインとなるのはオークキングの肉だ。

オークやハイオークの肉は屋台でも串肉として売られており、大衆食堂でも料理として提供されることも多く、市場などで安価に買うことができる。

しかし、オークキングの肉となるとそうはいかない。

キングを称する上位種の魔物であり、普遍的に棲息しているわけはないので高級レストランでも滅多に仕入れることはできない代物だ。

そんな稀少なお肉が俺のキッチンに鎮座していた。

「美しい色合いだ」

一般的な豚肉やオーク肉に比べると、赤身が濃く、ルビー色に輝いている。

分厚い脂肪の下に筋肉がギュッと詰まっているからだろう。きめ細かい肉質は惚《ほ》れ惚《ぼ》れするほどの美しさだ。

今回食べるのはロース肉。

どっしりとしたブロック肉を持ち上げてみる。

「それに張りもある」

通常のブロック肉は持ち上げると自重で肉が垂れてしまうのだが、オークキングの肉は身が引き締まっているからか垂れることはない。

「早速、調理していくか」

事前にギルドの解体所で可食部となる肉をカットしてもらっているので、いちいち切り出す必要はない。というか、オークキングは巨体なので家で解体することなど不可能だからな。

まずは付け合わせだ。タマネギの皮を剥いてスライス、ニンジンを食べやすい大きさにカット、舞茸をむしっておく。

付け合わせの準備ができると、オークキングの肉に塩、胡椒をかけていく。

分厚くかなり大きいために塗り込んでいくのもひと苦労だな。

脂身の部分にまでしっかりと下味をつけると、脂身を少しだけ削ぎ落してコンロで加熱している大人の鉄板の上に載せる。脂を溶かすと、そこにスライスしたニンニクを投入。

ニンニクがキツネ色になり、脂の旨みと風味が移ったところでオークキングの肉をトングで掴む。

かなりの重さがあるので持ち上げるのだけでひと苦労だな。

重量感のある肉は慎重に大人の鉄板の上に載せた。

ジュウウウッと脂の弾ける音が鳴る。

「いい音だ」

通常ならこのままじっくりと焼くだけでいいのだが、なにせ今回の肉はかなり大きくて分厚い。さすがに大人の鉄板をもってしても内部にまで火を浸透させることは難しいため、今回は蓋を被せて蒸し焼きにすることにする。

蓋を被せるとややくぐもった焼ける音が響く。これはこれで悪くない。

蓋を被せたことで内部の熱が逃げることなく、じっくりと浸透していく。

そんな工程を想像するだけで涎《よだれ》が垂れる思いだ。

十五分ほど加熱すると、蓋を開けて様子を見る。

肉の表面はこんがりと焼けている。肉の旨みが油に溶けており、香ばしい匂いだ。

今すぐに食べてしまいたいくらいの香りであるが、その巨大さ故にまだ内部は焼けていない。

付け合わせの具材を投入し、トングで裏返しにして表面にハーブを載せると、もう一度蓋をして弱火でじっくりと加熱。同じように側面も焼いてやると完成だ。

オークキングの肉や他の具材を大皿に移すと、そのままダイニングテーブルへ持っていく。

「酒はハイボールだな」

ステーキに合うのは赤ワインなのだが、今日のステーキの巨大さと脂身の多さを考えると赤ワインでは物足りないかもしれない。

量が量なのでここは少量の赤ワインと合わせるよりも、爽快に脂を流せるハイボールやエールの方がいい。

素早くグラスを用意すると氷を入れて、丁寧にウイスキーを注ぎ入れる。

【泡沫の酒杯《バブリーカップ》】で炭酸水を生成。氷の隙間から注ぎ入れて、ゆっくりとマドラーでかき混ぜると完成だ。

すべての準備が整った俺はいそいそと席についた。

ナイフとフォークを手にすると、その巨大な肉の解体に取りかかる。

オークキングの肉はその分厚さとは裏腹にナイフがあっさりと通った。

僅かな弾力をナイフから感じながら切り分けると、外側はこんがりとしており、中の方は上品なピンク色の肉が露出した。

「おお、いい色だ」

自らの焼き加減に満足しつつも、早速切り分けた肉を口に運ぶ。

「……美味い」

大きさからは想像できない柔らかさだ。赤身からは力強い甘みと旨みを感じる。

脂身にはしつこさがなく、まろやかなで上品な甘さをしていた。

味付けは塩、胡椒、ハーブといったシンプルなものだけだったが、オークキングの肉はそれで正解のようだ。濃厚な肉の旨みと甘みがあるので、それだけで十分だ。

外側のカリカリに焼けた表面は香ばしい。その対比として内部のしっとりとした柔らかい身が引き立っているように思える。

このような焼き方ができるのは、この分厚い大人の鉄板だからだろう。

並のフライパンでは肉の表面を焦がすか、中まで火を浸透させることができなかったに違いない。

付け合わせのタマネギはシャキシャキとしており、肉汁の旨みをしっかりと吸っている。

ニンジンも柔らかく、蒸し焼きにされたお陰か甘みが凝縮されていた。舞茸は独特な風味を感じさせつつも、肉汁と絡んでおり美味しい。

付け合わせを食べると、再びオークキングの肉に戻る。

切り分けているにもかかわらず、一切れ食べただけで口の中がいっぱいだ。

もっと小さく切り分けることもできるが、この肉を食べるにはこれくらい豪快な方がいい。

噛めば噛むほど内側から肉汁が溢れてくる。

前に食べたドラゴンステーキは肉の旨みや力強さ、荒々しさといったものを感じたが、オークキングの肉は旨みと甘みが絶妙なバランスタイプ。共にタイプが違うのでどちらが美味しいなどといった評価はつけられないな。

口の中が旨み、甘みで満たされたところでハイボールを呑む。

スッと喉の奥を過ぎていく爽快感。仄かな薫香のあるハイボールが口の中の脂を流し去り、清涼な味わいをもたらしてくれた。

「最高だな」

オークキングの肉を大人の鉄板で焼いたらどうなるのか？

その解はもっと美味しくなる。

肉を美味しくできる調理器具で、美味しい肉を調理すれば美味しいに決まっているだろう。

具体的に検証をするために今から普通のフライパンでオークキングの肉を焼いたりするのは野暮というものだ。少なくとも今すべきことではない。

やりたくもない依頼だったが、この美味しさが味わえたことを考えるとこなした甲斐があるというものだ。

こればっかりはお金があるからといって、いつでも食べられるわけではないからな。

そんな稀少な肉をほぼ独り占めにできる。これは単独で討伐したからこその特権だ。

「やっぱり、討伐も一人でするに限る」

40話
Episode 40

独身貴族は王子に頼まれる

オークキングを討伐した翌日。俺はいつも通りに工房へとやってきた。

フロアに入ると、トリスタンをはじめとする部下たちからの挨拶が飛んでくるので適当に返事してデスクに向かう。

「そういえば、昨晩街が妙に賑わってませんでしたぁ？」

「確かに大通りだけでなく、飲み屋街の方も人が多かったですね」

「そうだったんです？　私は昨日早上がりだったので知りませんでした」

「めちゃくちゃ人が多かったんですよ！　お陰で昨日は外食するのも面倒になって帰っちゃいました」

「なにかお祭りでもあったんでしょうか？」

「ねえ、ジルク。なにか知らない？」

カバンを置いて、上着をハンガーに掛けているとルージュが尋ねてくる。

「オークの群れが討伐されたからな。冒険者ギルドから大量の肉が卸《おろ》されて、周囲の飲食店が賑わっていたんだろう」

オークの皮は皮鎧などの防具に使用されるが、それ以外の部分は使い道がほぼない。

しかし、食肉としての価値は高いので、オークやハイオークを狩った冒険者の多くが肉を売り払ったのだろう。

「ってことは、ハイオークやオークジェネラルの肉が売られてるってことですか!?」

「もしかすると、オークキングの肉も売られてるかも！」

俺の言葉を耳にして、トリスタンとパレットが勝手に盛り上がる。

「残念ながらオークキングの肉は市場にもレストランにもないぞ」

「え？　もう売り切れたってことですか？」

「そもそもほとんど市場に流れていないからな」

オークキングの肉は俺が七割、エイトたち残りの冒険者に二割ほど分けており、一割をギルドに卸してやった。

オークキングの肉が稀少で美味しいことは冒険者たちも知っている。

食に興味のない奇特な奴以外は祝勝会ですべて使っただろう。

となると、残っているのはギルドの所持している一割であって、それらを多くの業者が奪い合うことになったはずだ。

肉片の一片たりとも市場に流れるようなことはないだろうな。

「えー！　そんなの手に入らないじゃないですか！」

「オークキングは無理でもオークジェネラルならありますよね？」

パレットが瞳に僅かな希望の光を灯して尋ねてくる。

「……一日経過していることを考えると怪しいな」

オークキングには劣るもののオークジェネラルの肉も中々の美味しさだ。

そのことをよく知っている仲卸業者はすぐにオークジェネラルの肉を買い占めている。

オークジェネラルも巨体とはいえ、討伐されたのはたった三体だ。王都の富裕層の胃袋を満たすにはいささか数が足りないだろうな。

「じゃあ、残ってるのはハイオークの肉だけですか。それじゃあ、いつもと変わらないですよ」

「まあ、いつもより安くハイオークの肉が買えるって考えればいいんじゃないかな？」

すっかりとしょげた様子のパレットをトリスタンが慰める。

そういった高級品は富裕層が金とコネを使って強引にでも手に入れるからな。

平民に回ってくることはほとんどない。

「にしても、昨日は休暇だったのにやけに詳しいわね？」

相変わらずルージュが鋭い。

「……討伐には俺も参加させられたからな」

「へー、珍しい！　ジルクって一人で黙々と素材集めとか討伐に向かうから、こういった大規模な討伐依頼には参加しないでしょ？」

「確かに！」

「どんな人とパーティーを組んだんです？」

「誰とも組んでない。一人だ」

問いに答えてやると、パレットをはじめとする他の従業員たちが気まずそうな顔になった。

「あっ……聞いちゃいけないこと聞いちゃった」みたいな雰囲気をしている。

不愉快だ。

「冒険でも一人なのね」

「冒険だからこそ一人なんだ。誰とも知らない奴に自分の命を預けられるものか」

そんな俺の主張を聞いて、ルージュは呆れたようにため息を吐いた。

独神の加護を抜きにしても、他人に命を預ける行いが俺には信じられない。

少しのミスが、予期せぬ他人の行動が、自分だけでなくパーティーの危機に直結する。

自分のミスで死ぬならまだしも、他人のミスで命を落としでもしたら悔やみきれないからな。

「ですが、一人でも参加することに意義がありますから」

「そうですね。オークキングが出現したということは、かなりの数のオークがいたということになります」

サーシャとイスカがフォローするように言うが、別に俺は気にしていないので余計な気遣いだな。

「ジルクさんはどれくらい討伐したんですか？」

「雑魚を三十体くらいとオークキングを一体だな」

「へー、三十体以上――って、オークキングですか!?」

「ああ、オークキングだ」

「そ、そそ、それってジルクさんがたった一人で倒したってことですか？」

「そうだな」

俺はそのことを証明するために【マジックバッグ】からオークキングの魔石を取り出した。

「これがオークキングの魔石!?」

「……魔力の純度がかなり高いですね」

「後学のために見ておけ」

パレットとイスカがこちらのデスクに寄ってきて、オークキングの魔石をじっくりと観察する。

これだけ大きくて魔力の質がいい魔石は稀少だ。

さすがに二人に任せることはできないが、今後のために魔力の流れなどを見ておくのは悪いことじゃない。

「オークキングってAランクの魔物ですよね？　それをお一人で討伐されるなんて……」

「まあ、Sランクの魔物を一人で倒してるし、ジルクからすれば余裕でしょう」

サーシャはともかく、ルージュはオークキング以上の魔物を何度も討伐しているのを知っているから驚くこともない。

「あっ！　オークキングの肉が市場にない本当の理由がわかった！　ジルクさんがほとんどの肉を独占してるからだ！」

「正解だ」

「ズルいです！　俺にもください！」

「もうちょっとマシな物言いをできんのか」

「靴を舐めればいいですか？」

「やめろ。気持ち悪い」

それは卑屈過ぎだろうが。

他人に靴を舐められて喜ぶ輩《やから》が一体どこにいるのやら。

それで喜ぶと思うトリスタンの思考が理解できない。

妙な迫り方をしてくるトリスタンから距離を取ると、不意に工房の扉が開いた。

視線を向けると、先日王城に向かう際にやってきた使者の男だった。

嫌な予感しかしない。

「失礼いたします。ジルク＝ルーレン様、ジェラール第二王子がお呼びです」

突然の使者の言葉に平民であるトリスタンとパレットはわかりやすいくらいにたじろいだ。

「クーラーの追加生産ならまだ無理だ。もう少し待て」

「いえ、本日は別件かと」

「別件？」

クーラー以外の用件でジェラールに呼び出されるようなことはないと思うのだが。

「詳しいお話はジェラール様がなされるかと。申し訳ありませんが至急王城までご同行をお願いします」

開いている扉の奥を見ると、既に王家の紋章の入った豪華な馬車が待機している。

こちらの都合などお構いなしだ。着いたらすぐに文句を言ってやろう。

「そういうわけで少し行ってくる。お前たちはいつも通りに作業を進めておけ」

「ええ、わかったわ」

ルージュが返事をするのを聞くと、俺は使者に促されるままに馬車へと乗り込んだ。

「涼しいな」

馬車の中には涼しい空気が漂っていた。

「ジルク様が開発してくださった小型クーラーを設置致しました」

座席の後ろを見ると、使者の言う通りに小型クーラーが設置されていた。

しかし、以前はあった座席を撤去して設置しているので、馬車の中が少し狭くなっている。

さすがに馬車専用のクーラーを作っている暇がなかったので、馬車に設置するためのアドバイスをしたが本当に実行するとは。

俺と使者が座席に腰かけると、御者の男が鞭《むち》をしならせてゆっくりと馬車を動かした。

「ジルク様のお陰でお客様の送迎が快適になり、見苦しい姿をお見せすることもなくなりました。ご助言ありがとうございます」

「拙《つたな》い助言だったが快適になったのであればよかった」

使用している本人はとても快適そうであり、客人からの反応も良いようだ。

やや強引とはいえ、馬車にクーラーがあるのと無いのとでは雲泥の差だからな。

とはいえ、これは美しくないな。

豪奢な馬車の内装と小型クーラーの外観が見事にミスマッチしている。

前世で自動車に搭載しているクーラーを知っているからか、この機能美を損なった馬車を見ていると我慢できない。

「落ち着いたらできるだけ小型化し、王家の馬車の品格を損なわないように調整してみよう」

「本当ですか!?　よろしくお願いします！」

使者も思っていたのだろう。ハッキリとそのことを口にはしないが、かなり喜んでいる様子だった。

いずれはルーレン家の馬車にも搭載することになるんだ。どうせ作ることになるなら恩を売っておいて損はない。

そんな風にとりとめのない会話をしていると、俺たちの馬車は王城へと着いた。

「今回は結構です」

前と同じように宝具を外して【マジックバッグ】に詰めようとしたところで王城の使者から声をかけられた。

「いいのか？」

「ジェラール様からそのように命じられておりますし、ひとつひとつ確認していると日が暮れそうなので」

「わかった」

前回は事前に王城に行くとわかっていたので宝具を減らしていたが、今日は突発的な命令だったので減らしていない。そう言ってもらえると非常に助かる。

そんなわけで俺は宝具や【マジックバッグ】を所持したまま王城に入ることに。

案内されて中央塔の四階まで移動すると、使者の男が二枚扉をノックした。

「ジェラール様、ジルク様をお連れしました」

「入れ」

中に入ると、広々とした応接室が出迎えた。

以前はフカフカの赤い絨毯が敷かれていたが、今回はウールのような真っ青な絨毯へと変わっていた。

テーブルやソファーも以前は色艶のある重い色合いものが多かったが、カーペットに合わせた落ち着いた色合いになっていた。

部屋の端には中型クーラーが設置されており、ヒンヤリとした空気を出している。

そんな涼しい部屋の中央にあるソファーでジェラールはワインの入ったグラスを片手に寛いでいた。

ジェラールの下に近づいていくと、使者はすぐに扉を閉めて退出した。

「随分と急な呼び出しだな？」

「すまんな。ちょっと急な用件があったものでな。とりあえず、座ってくれ」

俺が予定を崩されるのが嫌いであることをジェラールはわかっている。

それでも呼び出さなければいけない用件があったのだろう。

「で、急な用件っていうのはなんだ？」

「オークキングの肉を売ってくれ」

「帰る」

「おいおい、ちょっとした世間話じゃないか！　そんなすぐに機嫌を悪くするなよ！」

ソファーから立ち上がろうとすると、ジェラールが慌てて引き止めてくる。

いつもならそれくらいの会話にも応じてやるが、今は悪手だ。

「こっちは急に呼び出されてイライラしてるんだ。用件があるならすぐに話せ」

「わかった！　すぐに話す！」

真剣な顔で言うので渋々腰を下ろすと、ジェラールは改まるように咳払いをした。

「実は俺に婚姻の話がきてな」

「ほう、確か二人目だったか？」

「三人目だ。お前、間違っても俺の妻の前で間違えるなよ？」

王族は子孫を絶やさないために何人もの妻がいる。

誰が何人の妻を娶《めと》っているかなんて興味のないことを把握できるわけがない。

「お前の妻たちとは会わないようにする」

「気を付ける部分が間違っているが……まあいい」

「ちなみにどこの国なんだ？」

ジェラールはこの国の第二王子。王位継承権も高く、婚姻の相手ともなるとそれなりの国の王女でなければ釣り合いがとれない上に、互いにメリットもないからな。

「オスーディアだ」

以前、エルシーが干物を仕入れた国であり、漁業や養殖業といった水産業の盛んな王国だ。

「オスーディアか……ジェラールを生贄《いけにえ》にすることで豊富な海産物が入ってくるなら悪くない」

「生贄とか言うな。というか、相手が嫁入りしてくるんであって俺が婿入りするわけじゃないぞ」

「わかってる」

ジェラールがよその国に行こうが、王女がこちらに嫁いでこようが興味がないのでどうでもいい。俺にとって重要なのは両王家の結びつきによってもたらされる繁栄だからな。

「今回の縁談相手であるユーフィル王女とは一度も会ったことがなくてだな」

じゃあ、会いに行けと切り捨ててやりたいところだが、魔物の蔓延《はびこ》る世界では王族が他国に行くということはリスクが大き過ぎるので滅多に行われない。結婚式当日に初めて顔を見たというケースも珍しくもないほどだ。

「別に俺はそのことに慣れているんだが、ユーフィル王女はまだ幼い上に初めての国外だから不安に思っているようなんだ」

「それで？」

「ユーフィル王女の不安を解消するためにジルクにはオスーディアに行ってほしい」

「意味がわからん。どうして俺が行くことになる？」

外交官ならともかく、うちは魔道具作りを生業《なりわい》としている家系だ。

あくまで自国の貴族を相手とした交流ならこなしてみせるが、文化や常識の違う他国との貴族、王族と交流を行えるほどのノウハウはない。

その上、ユーフィル王女の不安を取り除けだと？　できるわけがない。

どれも俺が不得意としていることだ。ジェラールがなぜに俺を送り込もうとしているのか意図が不明だった。

「ジルクには写真を撮ることのできる宝具があるだろ？　それで俺の写真を撮って送れば不安が解消されると思ってな」

「逆にそれでユーフィル王女が絶望するかもしれないぞ？　こんな男と結婚するハメになるのかと」

「生憎《あいにく》だがそんな心配をするほど醜い顔立ちはしていない」

さらりとした銀色の髪をかき上げながら堂々と言い放つジェラール。

顔は小さく整った目鼻立ちにきめ細やかな肌。それに自信に満ち溢れた表情。

好みのタイプの違いはあれど、ジェラールの顔を見て不細工だと言う人間はいないだろうな。

「まあ、それもそうか。昔から王族は権力や財力にものを言わせて美男、美女を取り込んでいる。そこから生まれる子供が美男美女なのも当然か」

「おい、ジルク。言い方が悪いぞ」

ジェラールが突っ込みを入れてくるが、事実を言っただけなので詫びるつもりはない。

「とりあえず、お前の意図は理解した。だが、写真を撮って送ってほしいなら適当な外交官に渡して手紙と一緒に送らせればいいだろう」

「そうしたらユーフィル王女の写真は誰が撮るんだ？」

「お前は顔も合わせずに結婚するのに慣れているんじゃないのか？」

「そりゃ俺だって前もって顔が見られるのならば見たい」

「…………」

「それに先方には大型クーラーを贈るつもりなんだ。開発者であるジルクに設置してもらった方が万が一の心配もないだろ？」

俺がジトッとした視線を向けると、ジェラールは慌てたように言う。

「そういうわけで頼む！」

「こんなことのためにわざわざオスーディアまで行かねばならんのか……」

なぜよりによって独身である俺が、他人の婚姻のために手を尽くさなければいけないのだろうか。

エイトとマリエラの時といい、俺に変な流れがきている気がする。

「おいおい、一応俺はこの国の第二王子であり、ジルクの友人でもあるんだぞ？」

「本当の友人ならば、身分を盾にしてお願いなどはしないし、友人の嫌がることはさせないはずだ」

「それは本当にすまん。だが、今後のことを考えるとオスーディアとの繋がりは重要なんだ。なんとしても婚姻は成功させたい」

ジェラールが頭を下げて頼んでくる。

国同士の政治的な問題は知らないが、ジェラールの口ぶりからして重要なのだろう。

さすがにここまで真剣に頼まれてしまっては断ることもできないな。

ジェラールはこの国の王子だ。借りを作っておいて損な相手ではない。

「はぁ、タダでは引き受けんぞ？」

「ああ、今回はジルクには大きな苦労をかける分、それなりの報酬を用意するつもりだ」

「なにをくれる？」

「オスーディアの宝具だ」

「ほう」

「相手方にはジルク＝ルーレンが無類の宝具好きだと伝えておこう。ジルクがあちらの国に向かうだけで、もてなしの一つとして宝具を貰えるはずだ」

「悪くないが、もう一押し欲しい」

別に俺の財力をもってすれば、あちらの国に行かなくても手に入れられる手段はいくつかある。なんなら俺個人がオスーディアに向かい、貴族や商人を相手に交渉して宝具を買いにいってもいいくらいだ。提示される報酬としては些《いささ》か安い。

どうせなら通常の手段では手に入れることのできない宝具がいい。

「ぐっ、だったら城の宝物庫に貯蔵してある宝具でどうだ!?」

「いいだろう。ならば、イカサマトランプを貰いたい」

「……なんのことだ？」

王家が所有している宝具の中から具体的に指定すると、ジェラールが眉をピクリと動かした。

平静を取り繕おうとしているが、明らかに動揺しているな。

「惚《とぼ》けるな。手札を意のままに変換、あるいは入れ替えるトランプ型の宝具があるだろう？」

「……どうしてそれを知っている？　王家の中でも限られた者しか知らない宝具だ」

「以前、貴族との遊戯で使っているのを見てな」

高貴な者たちは意見が対立した際に遊戯で決着をつける場合がある。

それはボードゲームであったり、トランプであったりと種類は様々なのだが、王家はその中でカードゲームがとりわけ強いとされている。

異常な勝率を誇る王家に違和感を持った俺は、何度かトランプによる対決に同席して観察させてもらった。そして、その強さの秘密が宝具だと見抜いた。

「参考までに気付いた理由を知りたい」

「捨てられたカードの種類と枚数が合っていなかった。イカサマをする時は残っているカードの種類と枚数を記憶しておくことを薦める」

見抜いた理由まで述べてやると、ジェラールは観念したように背もたれに背中を預けた。

「はぁー、相変わらず宝具に対する執着心が異様だぞ」

宝具はロマンだからな。

「で、どうなんだ？」

「幸いなことにそれなら三つあるから一つを特別に譲ってやろう」

「では、宝物庫に行こう」

「いや、わざわざ行く必要はないんだが……」

「俺が見に行きたい」

宝物庫には他にも数多《あまた》の宝具が陳列されている。

中に入れる機会なんて滅多にないので、どうせなら見に行きたい。

「言っとくがこれ以上の追加は無しだからな?」

「わかっている。見るだけで十分だ」

「相変わらずお前は宝具が好きだなぁ」

面倒くさそうに立ち上がるジェラールの後ろを俺は付いていった。

次巻予告

ジルク、
慰安旅行に行かされる。

友人のジェラール王子から突然の呼び出しを受けたジルク。
クーラーの要件かと思いきや、
「婚約者である隣国の王女の元へ自分の写真を届けてほしい」
とお願いされる。
ジルクは王家秘蔵の宝具と引き換えに
その依頼を引き受けることに。
さらに、ジェラールの計らいで慰安旅行も一緒に行うことになり、
ジルク工房の従業員達は大喜び！

果たして依頼をこなしつつ
日頃の疲れを癒やすことは
できるのか——？

2024年発売予定！

※発売予定および内容は変更になる場合があります。

あとがき

『結婚しないと孤独死が待っている』なんて言葉を言われたことはないだろうか？

独身で生きていく以上、どうしてもついてくる問題の一つだ。

高齢となって脳梗塞などで倒れてしまっても独身者には共同生活者がいないので救急車を呼ばれることもなく、誰に気付かれることもなくアパートの一室で亡くなってしまう。

そんな心配ごとも結婚すればもう安心。

……などと本当に言えるのだろうか？

一巻から三巻のあとがきで提示した通り、遠い未来では高齢の独身男女の割合が増える。

さらに現代の思考から相手の男性が年上であるカップルが多く、データからも出ている通り女性の方が平均寿命は遥かに上だ。

仮に結婚したとしても生物的に女性は、人生の後半において独りに戻ってしまうタイミングがくるということだ。

二人同時に死ねるとは限らない。

必ずどちらかが先に死に、どちらかが残る。

子、孫をなしていても同居していなければ、もしもの場合にすぐに駆けつけることはできない。

状態でいえば、独身でいるのと同じだ。

果たしてそんな状況で結婚すれば安心などと言えるだろうか？

さらに今は三組に一組が離婚すると言われる時代だ。

仮に結婚したところで孤独死が気になってしまう老後までたどり着けるかも怪しい。

近年になって離婚が注目されるようになったが、もともと日本は離婚大国だ。

明治以降の長期の離婚率の推移を調べればわかる通り、江戸時代から明治の初期にかけて特殊離婚率は四割近くで現代よりも多い。

ちなみに人口千対離婚率でみても1833年時点で3.38もあり、2019年実績である1.69のほぼ倍の数値を叩き出している。

江戸時代では4.80を記録した村もあり、2019年では世界一高い離婚率はチリの3.22だ。

昔の日本の離婚率は世界でもトップレベルである。

そんな離婚民族の血を引いている我々が五十年、百年もの時間を共に誰かと生活することができるだろうか？　もちろん、中にはできるものがいるかもしれないが、大抵は離婚する。

そういうものだ。

だから『結婚しておけば、決して孤独死なんてしない』という理由で結婚するのはやめておくことを著者は勧める。

どうせ未来には独身者たちがマジョリティになるのだ。マジョリティになれば、そこに合わせたサービスが充実して、孤独死を回避できる画期的なシステムが現れるだろう。

GC NOVELS
独身貴族は異世界を謳歌する
～結婚しない男の優雅なおひとりさまライフ～ 4

2024年2月5日　初版発行

著者　錬金王
イラスト　三登いつき

発行人　子安喜美子
編集　弓削千鶴子　川口祐清
装丁　AFTERGLOW
本文DTP／校閲　株式会社鷗来堂
印刷所　株式会社平河工業社
発行　株式会社マイクロマガジン社
URL:https://micromagazine.co.jp/

〒104-0041
東京都中央区新富1-3-7　ヨドコウビル
TEL 03-3206-1641　FAX 03-3551-1208（販売部）
TEL 03-3551-9563　FAX 03-3551-9565（編集部）

ISBN978-4-86716-527-0　C0093

本書は小説投稿サイト「小説家になろう」(https://syosetu.com/)に掲載されていたものを、加筆の上書籍化したものです。

ファンレター、作品のご感想をお待ちしています!

宛先　〒104-0041　東京都中央区新富1-3-7　ヨドコウビル
株式会社マイクロマガジン社　GCノベルズ編集部　「錬金王先生」係　「三登いつき先生」係

死亡エンド！？
好評発売中！
B6判／定価1,320円（本体1,200円＋税10%）

寝落ち後《のち》、
ラスボスによる
原作下剋上譚、
開幕！
GC NOVELS
かませ犬から始める
天下統一
1
人類最高峰のラスボスを演じて原作ブレイク
Yayoi Rei
弥生零
Illustration
狂zip

昼は学生!? 夜は冒険者!?
二拠点生活を送る
ダンジョン冒険譚!!
恋愛魔法学院
Love & magic academy
ヒロインも悪役令嬢も関係ない。
俺は乙女ゲー世界で
最強を目指す
[1]
岡村豊蔵
Toyozo Okamura
illust. Parum
好評発売中!!